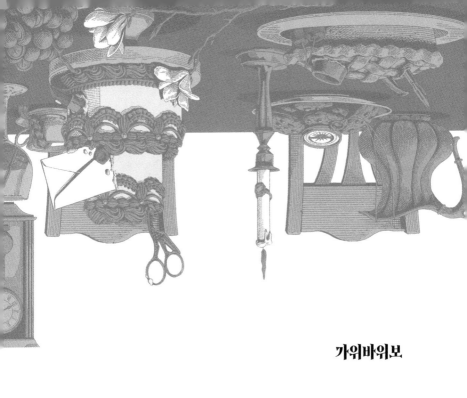

가위바위보

가위바위보

초판 1쇄 발행일 2023년 5월 30일 │ **초판 2쇄 발행일** 2023년 6월 23일

지은이 앨리스 피니 │ **옮긴이** 이민희 │ **펴낸이** 김석원 │ **펴낸곳** 도서출판 밝은세상

출판등록 1990. 10. 5 (제 10 – 427호) │ **주 소** (10881) 경기도 파주시 문발로 119, 202호

전 화 031-955-8101 │ **팩스** 031-955-8110 │ **메일** wsesang@hanmail.net

블로그 blog.naver.com/balgunsesang8101 │ **인스타그램** www.instagram.com/wsesang

ISBN 978-89-8437-460-7 (03840) │ **값** 16,800원 │ 잘못된 책은 구입한 곳에서 교환해 드립니다.

일러두기 각주는 모두 옮긴이 주입니다.

가위바위보
ROCK, PAPER, SCISSORS

앨리스 피니 장편소설

ALICE FEENEY

이민희 옮김

밝은세상

어밀리아

2020년 2월

 내 남편은 내 얼굴을 못 알아본다. 조수석에 앉은 남편의 시선
이 와닿는 게 느껴진다. 그의 눈에 내 얼굴이 어떻게 비칠지 자
못 궁금하다. 애덤의 눈에는 누구나 똑같이 낯설게 보이겠지만
내 배우자가 범인 식별 절차에서조차 내 얼굴을 가려낼 수 없다
고 생각하면 기분이 묘하다.
 애덤이 어떤 표정을 짓고 있을지 보지 않아도 안다. '그러게
내가 뭐랬어?'라는 듯이 부루퉁하고 신경질적인 표정을 짓고 있

겠지. 그래서 나는 차라리 운전에 집중한다. 아니, 집중하지 않을 수 없다. 눈발이 점점 심해지면서 이제 거의 화이트아웃 상태다. 내 모리스 마이너 트래블러의 와이퍼가 지독한 악천후에 고전하고 있다. 내 차는 1978년 식으로 나랑 동갑이다. 관리만 잘하면 몇 년 더 가겠지만 애덤은 아내와 차를 좀 더 어린 모델로 바꾸고 싶어 할지도 모른다. 애덤은 집에서 떠날 때부터 수백 번쯤 안전벨트를 확인했고, 그래도 안심할 수 없는지 무릎 위에 올려놓은 두 손을 꽉 쥐고 있다. 런던에서 스코틀랜드까지 장장 여덟 시간 걸리는데 눈보라가 극심해 속도를 올릴 엄두가 나지 않는다. 날이 점점 어두워지고 있어 우린 곧 길을 잃을지도 모른다.

"주말여행을 떠난다고 부부 관계가 개선될까요?" 상담사가 여행을 제안하자 애덤은 그렇게 되물었다. 애덤의 말이 떠오를 때마다 머릿속으로 후회가 밀려든다. 애덤과 결혼해 인생의 많은 시간을 허비했다고 생각하면 서글퍼진다. 물론 과거와 현재가 완전히 같을 수는 없지만 머릿속의 수많은 기억이 우리를 거짓말쟁이로 만든다. 그래서 나는 미래에 집중한다. 미래에도 애덤과 함께하는 모습을 상상할 때가 있지만 다시 혼자가 된 나를 그려보기도 한다. 혼자가 되길 바라지는 않지만 무엇이 우리에게 최선인지 알 수 없다. 바닷물의 오랜 침식작용이 해변 지형을 변화시키듯이 시간의 흐름 속에서 인간관계도 변하기 마련이니까.

애덤은 일기예보를 보고 주말여행을 미뤄야 한다고 했지만 나는 떠나자고 고집했다. 나에게 이번 주말여행은 우리 문제를 바로잡을 마지막 기회다. 바로잡을 시도라도 해볼 기회.

내 얼굴을 알아보지 못하는 건 애덤 잘못이 아니다. 애덤은 안면실인증이라 사람의 얼굴을 식별할 수 없다. 심지어 자기 얼굴도 모른다. 길거리에서 나랑 마주치고도 마치 낯선 사람처럼 지나쳐 걸어간 적이 한두 번이 아니다. 애덤의 안면실인증은 우리 두 사람 모두에게 사회적 불안감을 일으킨다. 애덤은 파티에서 친구들에게 둘러싸여 있어도 아는 사람이 아무도 없다고 느낀다. 그래서 주로 우리끼리 시간을 보낸다. 우리끼리라고는 하지만 같은 장소에 있을 뿐 붙어 있는 건 아니다. 애덤은 같이 있어도 나를 투명 인간처럼 느끼게 하는데 안면실인증 때문만은 아니다. 애덤은 아이를 원하지 않았다. 아이 얼굴을 알아보지 못할 거라 생각하면 끔찍하다면서. 평생 그런 식으로 살아왔고, 나 또한 감수하고 만났다.

애덤은 내 얼굴을 식별하지 못하지만 다른 방식으로 알아본다. 향수, 목소리, 손의 감촉으로.

결혼은 실패하지 않는다. 사람이 실패할 뿐이다.

나는 오래전 애덤과 사랑에 빠진 그 여자가 아니다. 애덤은 내가 지금 얼마나 나이 들어 보이는지 알까? 긴 금발에 새치가 드문드문 섞여 있다는 걸 알까? 누군가 불혹의 나이는 새로운 출발점이 될 수도 있다고 했지만 웃을 때마다 주름이 자글자글 잡히는 내 얼굴을 보면 울적하다. 한때 우리는 공통점이 많았다. 침대만이 아니라 비밀이나 꿈도 공유하는 사이였다. 우린 여전히 그때처럼 서로의 말을 대신 맺곤 하지만 요즘은 틀릴 때가 더 많다.

"계속 같은 자릴 맴도는 느낌이야." 애덤이 나지막이 중얼거린다. 그 말이 우리의 결혼 생활을 뜻하는지 운전을 뜻하는지 잠시 헷갈린다. 우중충한 잿빛 하늘이 애덤의 기분을 반영하는 것 같은 데다 수 마일을 달리는 동안 그가 처음 한 말이라 귀에 거슬린다. 눈 쌓인 도로와 점점 거세지는 바람도 차 안에서 부는 폭풍에 비하면 아무것도 아니다.

"내가 출력해온 안내도나 좀 읽어줄래?" 말에 짜증을 섞지 않으려고 애썼지만 실패다. "분명 거의 다 왔을 거야."

애덤은 나와는 달리 믿을 수 없을 만큼 곱게 나이 들었다. 애덤의 마흔두 살 나이는 지극히 세련된 머리 모양, 보기 좋게 그을린 피부, 하프 마라톤에 푹 빠진 덕분에 매끈하게 다져진 몸매에 가려졌다. 애덤은 예전부터 달리기에 재능이 있었다. 특히 현실로부터 달아나기.

애덤은 시나리오 작가다. 학교를 마치자마자 영화 산업에 뛰어들었다고 말하고 다니지만 거짓이다. 작가가 되기 전 영화판에서 밑바닥 생활을 전전한 경험이 있다. 열여섯 살 때 노팅힐에 있는 일렉트릭 시네마에서 영화 티켓과 스낵을 팔다가 스물한 살에 첫 번째 시나리오를 썼다. 애덤이 쓴 《가위바위보》는 제작 단계로 넘어가지 못했으나 계약 과정에서 에이전트가 생겼고, 그때 다른 사람이 쓴 소설을 각색하게 되었다. 베스트셀러 소설은 아니었지만 애덤이 쓴 각본이 저예산 영국 영화로 만들어져 바프타상(영국 아카데미상)을 수상했다. 소설을 각색한 시나리오라 애덤이 창조한 인물들이 스크린에서 살아 움직이는 것과는 다르지만 더는 팝콘을 팔지 않고 전업으로 글을 쓸 수 있게 되었다.

시나리오 작가가 유명 인사가 되는 경우는 드물다. 다만 애덤이 누군지 모르더라도 그가 쓴 시나리오로 제작한 영화를 누구나 한 편쯤 봤으리라 장담한다. 우리가 부부라는 사실과는 별개로 나는 애덤이 이룬 성취가 자랑스럽다. 애덤 라이트는 그다지 주목받지 못한 소설을 각색해 블록버스터급 영화로 탈바꿈시키는 재능을 인정받았고, 늘 다음 작품을 물색하느라 바쁘다. 가끔 질투가 나지만 애덤이 잠자리에서도 책을 놓지 않은 숱한 밤을 떠올리면 지극히 당연한 일이다. 그러니까 내 남편은 요즘 내가 아니라 시나리오와 연애한다.

인간은 예측 불가한 존재다. 나는 차라리 동물과 지내는 시간이 좋다. 내가 배터시 유기견 보호소에서 일하는 이유 가운데 하나다. 다리가 넷인 동물은 다리가 둘인 동물보다 좋은 친구가 될 가능성이 크다. 특히 개는 괜히 누군가를 미워하거나 원망하지 않는다.

눈앞에 펼쳐지는 풍경이 다채롭고 변화무쌍하다. 다양한 빛깔의 녹음, 눈이 시리도록 반짝이는 넓은 호수, 눈 덮인 산, 끝없이 펼쳐진 야생 그대로의 땅이다. 나는 금세 스코틀랜드 하일랜드의 매력에 흠뻑 빠졌다. 일찍이 이보다 아름다운 풍경을 본 적이 없다. 대자연을 마주하자 런던에 있을 때보다 세상이 훨씬 더 커 보인다. 아니, 내가 작아진 건지도 모른다. 산간벽지의 고즈넉한 정적이 마음에 든다. 한 시간이 넘도록 오가는 차나 사람을 보지 못했다. 내 계획을 성사시킬 장소로 완벽하다.

나는 왼쪽의 바다를 지나 계속 북쪽으로 달린다. 거친 파도 소리가 마치 바다가 우리에게 불러주는 세레나데처럼 들린다. 구불구불한 도로 폭이 점점 좁아지면서 하늘이 파랑에서 분홍으로, 보라에서 검정으로 물들어 호수의 살얼음에 반사된다. 내륙으로 더 깊이 들어가자 울창한 숲이 차를 에워싼다. 우리 집보다 큰 고송의 나뭇가지가 눈을 뒤집어쓴 채 위태롭게 휘청거린다. 귀신처럼 울부짖는 거센 바람이 끊임없이 차를 길에서 몰아내려 아우성을 친다. 차가 빙판길에 살짝 미끄러질 때마다 나는 뼈마디가 살을 뚫고 나올 정도로 운전대를 꽉 움켜쥔다. 약지에 낀 결혼반지가 눈에 들어온다. 그래, 갈라서야 할 이유가 아무리 많아도 우리는 여전히 부부다. 지난 시절을 그리워하는 건 위험하지만 나는 행복했던 지난날의 기억이 머릿속에서 찰랑이는 느낌을 즐긴다. 어쩌면 우리 부부는 아직 우리가 깊이 우려하는 만큼 길을 잃지 않았을 수도 있다.

과연 우리는 예전으로 돌아갈 비상구를 찾을 수 있을까?

나는 옆자리에 앉은 남자를 힐끗 본다. 그런 다음 아주 오랜만에 손을 잡으려고 팔을 뻗는다.

"멈춰!" 애덤이 소리친다.

흩날리는 눈발 탓에 흐려진 시야 사이로 도로 한복판에 서 있는 수사슴의 형체가 들어온다. 급브레이크를 밟자 차가 빙그르르 돌다가 사슴의 뿔 바로 앞에서 가까스로 멈춰 선다. 사슴은 눈을 두어 번 끔뻑이다가 아무 일도 없었다는 듯이 숲속으로 유유히 사라진다.

나는 요란하게 뛰는 심장을 가라앉히며 가방으로 손을 뻗는다. 떨리는 손이 지갑과 열쇠, 나머지 소지품을 모두 훑고 나서야 흡입기를 찾아낸다. 나는 흡입기를 흔들어 한 모금 빨아들인다.

"괜찮아?" 내가 흡입기를 한 모금 더 빨기 전에 애덤에게 묻는다.

"내가 이건 아니라고 했잖아."

혀를 어찌나 많이 깨물었는지 너덜너덜할 지경이다.

"더 좋은 생각이라도 있었어?"

"아무튼 주말에 차로 여덟 시간을 달리는 건 무리야."

"예전부터 스코틀랜드 하일랜드에 가보고 싶어 했잖아, 우리."

"그렇게 따지면 달에도 가고 싶지. 나중에 달나라 여행 로켓을 예약할 생각이면 미리 말해줄래? 요즘 내가 얼마나 바쁜지 알잖아."

바쁘다는 말이 언제부턴가 우리의 결혼 생활을 좀먹고 있다. 애덤은 바쁜 티를 훈장처럼 두르고 다닌다. 애덤의 입장에서 볼 때 바쁜 건 성공의 상징이자 자존감의 증표겠지만 나에게는 그가 각색한 시나리오를 그의 얼굴을 향해 집어던지고 싶게 만드는 요인이다.

"당신이 늘 바빠서 우리가 이 지경이 된 거야." 나는 달달 떨리는 이를 악물고 말한다. 차 안이 어찌나 추운지 말할 때마다 하얀 입김이 쏟아져 나온다.

"스코틀랜드에 온 게 내 잘못이라는 뜻이야? 2월에? 하필이면 눈보라가 치는 날에? 미안하지만 난 따라온 죄밖에 없어. 차라리 쓰러지는 나무에 깔려 죽거나 이 고물차 안에서 저체온증으로 사망하는 편이 낫겠어. 적어도 당신 잔소리는 피할 수 있을 테니까."

우리는 남들 앞에서는 결코 이런 식으로 싸우지 않는다. 우리 둘 다 체면을 차리는 데 능숙하고, 다른 사람들의 눈에 이상적인 한 쌍으로 보이길 바라니까. 하지만 우리 부부 사이에는 오래전부터 해결하지 못한 뿌리 깊은 문제가 있다.

"내 휴대폰이 있었다면 벌써 도착했을 거야." 애덤은 또다시 글러브박스를 뒤적거린다. 내 남편은 기계와 기구가 인생의 모든 문제를 해결해준다고 믿는 사람이다.

"출발하기 전에 내가 필요한 물건을 다 챙겼는지 물어봤잖아."

"다 챙겼어. 내 휴대폰을 분명 글러브박스 안에 넣어 두었다니까."

"그럼 있어야지. 당신 소지품까지 내가 일일이 다 챙겨줘야겠어? 내가 당신 엄마도 아니고."

그 말을 내뱉는 순간 후회했지만 말은 영수증처럼 환불할 수 없다. 애덤은 주변 사람 얘기를 안 하는 편이고, 특히 어머니 얘기는 금기에 가깝다. 글러브박스를 뒤적이는 애덤의 행위는 사실 부질없는 짓이다. 애덤은 분명 그 안에 휴대폰을 넣어 두었다. 하지만 오늘 아침 출발하기 전에 내가 다시 꺼내 집에 놓아두고 왔다. 이번 여행을 통해 애덤에게 중요한 교훈을 줄 생각인데 휴대폰이 있으면 방해가 될 테니까.

차를 다시 출발시키고 나서 15분 뒤 비로소 진전이 보인다. 애덤은 어둠 속에서 눈을 가늘게 뜨고 내가 인쇄해온 길 안내도를 읽는다. 그는 책이나 원고가 아닌 이상 종이에 적힌 글을 읽는 데 서툴다.

"다음 로터리에서 오른쪽 첫 번째 길을 타." 예상보다 자신 있는 목소리다.

얼마 지나지 않아 우리는 오로지 헤드라이트 불빛에 의존해 눈길을 더듬어 간다. 주변에는 가로등 하나 없고, 모리스 마이너의 전조등은 겨우 한 치 앞을 밝힐 수 있을 뿐이다. 휘발유도 떨어져 가고 있지만 한 시간가량 주유소는 구경도 하지 못했다. 눈은 그칠 기미가 없고, 몇 마일 내내 산과 호수만이 이어지고 있다.

마침내 '블랙워터'라고 적힌 표지판을 지나면서 차 안의 공기는 눈에 띄게 누그러진다. 애덤은 이제 다 와 간다는 사실에 고무된 듯 의욕적으로 마지막 경로를 읽는다.

"다리를 건너 호수를 바라보는 벤치를 지나자마자 우회전해. 길은 오른쪽으로 휘어지다가 골짜기로 접어든대. 펍을 지나게 되면 진입로를 놓쳤다는 뜻이니 유념하길."

"이따가 펍에서 저녁을 먹으면 되겠네." 내가 말한다.

블랙워터의 펍이 눈에 들어온 순간 우린 둘 다 할 말을 잃는다. 펍을 지나기 전 우회전해 샛길로 접어들면서 살펴보니 창문들을 판자로 막아둔 채 오래도록 방치해둔 폐건물이라는 걸 알 수 있다. 골짜기로 들어가는 구불구불한 길은 경치가 장관이지만 무시무시하다. 마치 끌로 파낸 듯 내 작은 차가 겨우 지나갈 수 있을 만큼 폭이 좁고, 바깥쪽은 가드레일이 설치되지 않은 천 길 낭떠러지다.

"뭔가 보이는 것 같아." 애덤이 허리를 수그려 바깥에 펼쳐진 어둠을 응시하며 말한다. 내 눈에는 검은 하늘과 그 아래 만물을 뒤덮은 흰 담요만이 보일 뿐이다.

"어디?"

"저기, 저 나무들 너머에."

나는 애덤이 가리킨 곳을 살피려고 속도를 조금 늦춘다. 저 멀리 커다란 건물이 눈에 들어온다.

"그냥 예배당이네." 애덤이 바람 빠진 목소리로 말한다.

"제대로 왔어!" 나는 눈앞의 낡은 나무 간판을 보며 외친다. "블랙워터 예배당이 바로 우리 목적지야."

"고생고생하며 먼 길을 달려와 묵게 된 곳이 고작 오래된 예배당이라고?"

"예배당을 개조한 숙박 시설이야. 게다가 운전은 내가 다 했고."

나는 곧바로 속도를 줄이고 골짜기 길에서 산기슭으로 이어지는 눈 덮인 흙길로 접어든다. 오른쪽에 있는 오두막집을 지나 작은 다리를 건너자마자 난데없는 양 떼와 맞닥뜨린다. 옹기종기 모여 길을 가로막은 양들이 헤드라이트 불빛에 으스스하게 비친다. 부드럽게 엔진 소리를 키우고 경적을 울려 보지만 양들은 꿈쩍하지 않는다. 어둠 속에서 빛나는 양들의 눈이 왠지 초자연적으로 보인다. 그때 트렁크에서 으르렁거리는 소리가 들려온다.

우리의 반려견인 검은 래브라도 리트리버 밥은 이번 여정 내내 얌전했다. 평소에도 먹고 자는 것 말고는 관심이 없는 노견인데 양을 유난히 무서워한다. 특히 양의 털을. 밥이 으르렁거리는 소리는 양들에게 전혀 위협이 되지 않는다. 애덤이 예고 없이 벌컥 차 문을 열자 곧장 거센 눈발이 차 안으로 들이닥친다. 차에서 내린 애덤은 한쪽 팔로 눈발을 막고 양들을 헤집으며 앞으로 걸어간다. 애덤이 양들이 사는 목장 문을 활짝 연다. 어둠 속에서도 용케 문제가 뭔지 알아본 게 놀랍다.

양들이 모두 목장 안으로 들어가자 애덤은 말없이 차에 올랐고, 나는 다시 앞으로 천천히 나아간다. 호수 가장자리에 아슬아슬하게 접한 길을 따라가다 보니 왜 이곳을 블랙워터라 부르는지 알 수 있을 듯하다. 마침내 예배당 가까이 차를 세우자 마음이 한결 놓인다. 힘든 여정이었지만 결국 해냈다.

숙소 안으로 들어가면 기분이 좀 더 나아지겠지?

차 바깥으로 발을 내놓자마자 폭풍이 몰아쳐 온몸이 휘청거린다. 코트를 파고든 찬바람이 폐부를 할퀴고, 차가운 눈송이가 얼굴을 후려친다. 트렁크에서 밥을 끌어내린 뒤 우린 눈발을 뚫고 고딕 양식인 커다란 이중 나무 문 앞으로 다가간다. 예배당을 개조한 숙소라고 해서 매우 로맨틱할 거라고 기대했다. 이색적인 묘미를 느끼게 해줄 거라고. 하지만 직접 와서 보니 공포 영화의 도입부처럼 느껴진다.

예배당 문은 굳게 잠겨 있다.

"주인이 열쇠가 어디 있는지 말해주지 않았어?" 애덤이 묻는다.

"그냥 문이 열려 있을 거라고 했어." 내가 말한다.

나는 쉴 새 없이 내리는 눈을 손으로 막으며 하얀 건물을 올려다본다. 두꺼운 돌벽, 종탑, 스테인드글라스 창문이 차례로 눈에 들어온다. 밥이 다시 으르렁거린다. 평소의 녀석 같지 않다. 아마 애덤과 내 눈에는 띄지 않지만 먼발치에 양이나 다른 동물이 있을지도 모른다.

"건물 뒤쪽에 다른 문이 있지 않을까?" 애덤이 말한다.

"제발 그랬으면 좋겠네. 차는 벌써 눈에 파묻히고 있어."

우리는 건물 외벽을 따라 터벅터벅 걷는다. 밥이 무언가를 추적하듯 앞장선다. 스테인드글라스로 된 창문만이 끝없이 이어질 뿐 다른 문은 없다. 멀리서도 보였던 외부 조명이 건물 전면을 밝히고 있을 뿐 건물 안은 칠흑처럼 캄캄하다. 우리는 무섭게 퍼붓는 눈발을 피해 고개를 푹 숙이고 건물을 빙 둘러본 다음 다시 제자리로 돌아온다.

"이제 어쩌지?" 내가 묻는다.

애덤은 대답이 없다.

나는 손을 들어 눈 위를 가리며 고개를 든다. 그런 다음 애덤

의 시선을 따라 예배당 정문을 본다. 거대한 나무 문 두 짝이 안
쪽으로 활짝 열려 있다.

가위바위보

애덤

모든 이야기가 해피엔딩으로 끝난다면 우리는 이야기를 다시 시작할 이유가 없다. 인생은 선택의 연속이고, 쓰러졌을 때 다시 일어서는 방법을 터득하는 과정이다. 누구나 그렇다. 아닌 척하는 사람도 마찬가지다. 나는 아내의 얼굴을 알아보지 못하지만 아내가 어떤 사람인지 모르는 건 아니다.

"아까는 분명 잠겨 있었는데 이상하네." 내 말에 어밀리아는 대꾸가 없다.

우리는 예배당 밖에 서서 사방에서 몰아치는 눈보라를 맞으며 떨고 있다. 심지어 언제나 해맑은 밤도 오늘따라 몹시 처량

해 보인다. 길고 지루한 여행길은 두개골을 진득하게 두드리는 두통 때문에 더욱 힘들었다. 어젯밤에 술을 너무 많이 마셨다. 나 자신을 변호하자면 나는 술을 마시지 않고도 얼마든지 어리석은 짓을 저지를 수 있다.

"아닐 수도 있어." 어밀리아가 자신 없게 말하지만 우리 둘 다 분명하게 확인한 사실이다.

"문이 저절로 열릴 리 없잖아."

"하우스키퍼가 노크 소리를 듣고 열어준 게 아닐까?"

"하우스키퍼? 어느 웹사이트로 예약했는데?"

"웹사이트에서 예약한 게 아니야. 크리스마스에 직원 대상으로 주말여행권 추첨 행사를 했는데 그때 당첨되었어."

고작 몇 초지만 침묵은 시간을 늘어뜨린다. 게다가 입이 얼어 말이 나오지 않을 것 같다. 하지만 막상 입을 열어보니 기우에 불과하다.

"크리스마스 때 배터시 유기견 보호소에서 직원들을 대상으로 추첨 행사를 했고, 스코틀랜드 교회에서 묵는 주말여행권이 당첨되었단 말이지?"

"교회가 아니라 예배당이야. 매년 크리스마스 때마다 직원 대상으로 열리는 추첨 행사야. 사람들이 기부한 상품 중에서 하나씩 뽑는데 처음으로 좋은 상품이 당첨되었지."

"훌륭해. 지금까지는 확실히 '좋았'으니까."

가위바위보

어밀리아는 내가 장거리 여행이라면 질색하는 걸 안다. 나는 운전을 싫어해 면허조차 따지 않았다. 눈보라가 치고 폭풍이 몰아치는 날 어밀리아의 깡통 차에서 여덟 시간 동안 갇혀 있어야 한다는 게 처음부터 그리 달갑지 않았다. 나는 심리적인 지지가 필요해 밥을 보지만 녀석은 떨어지는 눈송이를 할짝대느라 여념이 없다. 어밀리아는 불리한 분위기를 만회하려고 한껏 발랄한 목소리를 낸다. 한때 그런 말투를 들으면 웃음이 절로 나왔지만 이제는 차라리 귀를 막아버리고 싶다.

"일단 안으로 들어가서 묵을 만한 곳인지 살펴보는 게 좋겠어. 도저히 머물 수 없는 곳이면 호텔을 찾아보거나 차에서 자는 수밖에."

다시 좁아빠진 차에 타느니 차라리 내 간을 먹겠다.

어밀리아는 요즘 같은 말을 몇 번이고 반복하는데 말로 꼬집거나 때리는 느낌이다. '당신을 이해할 수 없어.'라는 말이 가장 심하다. 이해할 게 뭐가 있다고? 어밀리아가 사람보다 동물을 더 좋아하듯이 난 소설을 더 좋아한다. 우리 부부의 문제는 배우자보다 동물이나 소설을 더 좋아하는 것에서 비롯되었다. 우리 부부가 제대로 합의하지 않은 문제다. 어밀리아를 처음 만났을 때부터 나는 일 중독자였다. 어밀리아의 표현대로라면 작가 중독자. 내가 아는 사람들 대부분은 중독자고, 모든 중독자는 현실에서 도피하길 원한다.

'같은 듯 다르게'는 내가 새로운 각본을 시작할 때마다 되새기는 말이다. 많은 사람들이 원하는 영화의 공식이다. 소설을 몇 장만 읽어도 스크린에 어떻게 나올지 뻔히 보인다. 검토할 소설이 넘쳐 나서 다행이다. 내가 가장 잘하는 일이지만 평생 하고 싶지는 않다. 다른 사람이 아닌 나만의 이야기를 선보이고 싶다. 하지만 할리우드는 내 독창성에는 관심이 없고, 그저 이미 나온 소설을 영화나 드라마로 각색하길 원한다. 포도주를 물로 되돌리듯이. 같은 듯 다르게. 그 원리는 부부 관계에도 그대로 적용된다. 결혼 생활에서 각자 맡은 배역을 너무 오래 연기하다 보면 지겨워서 포기하거나 끝장을 보기 전에 바꿀 수밖에 없으니까.

"그럼 안으로 들어가 볼까?" 어밀리아가 내 생각을 뚝 자르더니 으스스한 예배당 위로 솟은 종탑을 올려다보며 말한다.

"숙녀 분 먼저." 어쭙잖은 신사 흉내를 내는 건 아니다. "난 차에서 가방을 챙겨 올게." 몇 초라도 혼자 있고 싶다.

나는 제작자, 감독, 배우, 에이전트, 작가 등의 비위를 맞추느라 많은 시간을 보낸다. 게다가 안면실인증이 있어 늘 살얼음 위를 걷는 기분이다. 언젠가 결혼식에 간 적 있는데 어느 커플이 신랑 신부인 줄도 모르고 10분이나 대화를 나눈 적이 있다. 신부는 전통적인 드레스를 입지 않았고, 신랑은 들러리들의 복제품처럼 보이는 차림새였기 때문이다. 하지만 사람들을 매혹하는 방법을 잘 알고 있는 나는 우스꽝스러운 상황이 될 수도 있던 그 순간을 재치 있게 모면했다. 나에게 각색을 맡겨 달라고 소설 원작자를 설득하는 건 생면부지인 사람에게 첫아이를 맡기라고 부모를 설득하는 것보다 더 까다로운 일이다. 내가 가장 잘하는 일이지만 슬프게도 내 아내를 매혹하는 방법은 잊어버렸다.

나는 안면실인증이 있다는 사실을 남에게 절대로 알려주지 않는다. 안 그러면 나를 대하는 태도가 달라질 테니까. 사람들이 나를 동정하거나 괴짜로 여기는 걸 원하지 않는다. 안면실인증은 나에게 프로그램된 영구적 결함일 뿐이다. 그렇다고 아무렇지 않다는 뜻은 아니다. 가족이나 친구를 알아볼 수 없고, 심지어 아내 얼굴도 알아보지 못한다. 레스토랑에서 어밀리아를 만나자고 약속했다가 혹시 엉뚱한 자리에 앉게 될까 봐 주로 음식을 포장해간다. 가끔은 거울에 비친 내 얼굴조차 낯설지만 긍정적으로 받아들이는 법을 배웠다. 삶이 불리한 패를 쥐여 줄 때 모두가 그러하듯이.

금이 간 결혼 생활을 받아들이는 방식도 마찬가지다. 난 패배주의에 빠진 게 아니라 그냥 솔직해지고 싶다. 성공적인 관계는 원래 타협을 바탕으로 한다.

과연 완벽한 결혼 생활이 있을까?

우리는 여전히 서로를 사랑한다. 다만 예전만큼 돈독하지 못할 뿐이다.

나는 현관 계단에 그대로 서 있는 어밀리아에게로 돌아온다. 이틀 밤을 지내기에는 짐 가방이 과하다. 어밀리아가 어깨에 메고 있는 내 작은 가방을 쏘아본다.

"노트북이야?" 알면서도 묻는 이유는 뻔하다.

나는 굳이 핑계를 대거나 사과하지 않는다. 어밀리아가 '너 잘 걸렸어.' 하는 표정을 짓는 걸 보니 불길하다. 이번 주말에는 글을 한 줄도 못 쓰고 견뎌야 할지도 모른다. 만약 우리의 결혼 생활이 모노폴리 게임이라면 어밀리아는 내가 실수로 자기 영역을 침범할 때마다 통행료를 두 배로 청구할 것이다.

"이번 주말에는 일 안 하기로 약속했잖아." 이제는 어밀리아의 푸념이 너무나 익숙하다. 내가 하는 일로 집세와 휴가비를 충당한다는 걸 잊었나? 우리가 결혼 생활을 통해 누리는 모든 것, 이를테면 런던의 멋진 집, 경제적으로 풍요로운 삶, 넉넉한 통장 잔고를 떠올리면 행복해야 마땅하다. 하지만 우리가 현재 갖고 있지 않은 것들은 대부분 손이 미치지 않는 곳에 있다. 내 친구들에게는 대부분 노부모와 아이가 있지만 우린 없다. 우린 단둘뿐이다. 우리 부부는 사랑할 사람이 부족하다. 아버지는 내가 기억조차 못 하는 어린 시절에 집을 떠났고, 어머니는 내가 어릴 때 사고로 세상을 떠났다. 어밀리아는 태어나기 전부터 고아였고, 올리버 트위스트 못지않게 힘겨운 어린 시절을 보냈다.

가위바위보

밥이 열린 문 앞에 서서 으르렁거리며 충돌 직전의 위기에 처한 우리를 구해낸다. 전에 없던 일이라 이상하지만 녀석 덕분에 어밀리아의 주의를 돌릴 수 있어 다행이다. 녀석은 이제껏 내가 본 검은 래브라도 중에서 가장 덩치가 크지만 한때는 구두 상자에 담긴 비쩍 마른 강아지였다는 사실이 믿기지 않는다. 요즘은 턱에 흰 수염이 나고, 걸음이 눈에 띄게 느려졌지만 우리 세 식구 가운데 유일하게 조건 없는 사랑을 베풀고 있다. 사람들은 우리가 녀석을 아들처럼 대한다는 걸 안다. 난 늘 자녀가 없어도 괜찮다고 말한다. 자녀의 이름을 지을 수 없는 사람들은 그 대신 다른 미래의 이름을 지을 수 있다. 어차피 이제 아무리 애써도 아이를 가질 수 없다. 우린 이미 늦었다.

평소에 내 나이를 딱히 체감하지 않는다. 세월이 어느새 이리 많이 흘렀는지, 언제 아이에서 어른이 되었는지 그저 얼떨떨할 뿐이다. 나는 시간 가는 걸 잊을 만큼 일에 푹 빠져 지낸다. 그러다가 어밀리아를 상대하면 급격히 나이 든 기분이 든다. 어밀리아가 부부 문제에 대해 상담을 받아보자고 했다. 이번 주말여행은 어밀리아와 상담가의 공작이었다.

패멀라는 주말여행 한 번으로 우리 부부의 문제가 해결될 수 있을 거라 주장했다. 이제껏 우리 부부가 집에서 함께한 저녁과 주말은 하나같이 시간 낭비였다는 듯이. 매주 상담실을 찾아 터무니없이 비싼 상담비를 내고 우리 부부 사이의 내밀한 면들을 내보이는데 내가 얻는 건 자꾸만 쌓여가는 스트레스뿐이다. 나는 우리를 담당하는 상담사를 패미나 팸이라고 부른다. 패멀라가 그 말에 움찔하면 그나마 보람을 느낀다. 어밀리아도 우리 부부에게 문제가 있다는 사실을 주변 사람들에게 감추고 싶어 하지만 이미 몇몇은 눈치챘을 수도 있다. 문제가 뭔지 콕 집어낼 수는 없겠지만 어긋난 기류를 감지하긴 쉽다.

"주말여행 한 번으로 부부 사이가 나아질까요?"

상담사가 주말여행을 제안하자 어밀리아는 그렇게 물었다. 난 아니라고 본다. 두 사람이 공모해 주말여행을 밀어붙이기 전에 나만의 계획을 세웠다. 하지만 막상 예배당 돌계단을 오르고 있자니 자신감이 점점 줄어든다.

"정말 괜찮겠어?" 나는 예배당 안으로 발을 들여놓기 직전에 묻는다.

"왜, 뭐가?" 어밀리아는 밤이 으르렁거리고, 바람이 울부짖는 소리가 아무렇지 않다는 듯이 되묻는다.

"그냥 느낌이 별로라서."

"당신이 좋아하는 공포소설을 상상할 필요 없어. 지금 여긴 현실 공간이니까. 바람이 거세게 불어서 문이 저절로 열렸을지도 몰라."

믿고 싶은 대로 말하는 건 자유지만 문은 분명 잠겨 있었다.

우리는 상류층 사람들이 '부트룸'이라고 부르는 공간으로 들어

서서 짐을 내려놓는다. 신발에 묻은 눈이 녹아 질척거린다. 벽을 따라 목재 붙박이 신발장이 있다. 외투를 걸어놓는 고리도 줄지어 있는데 텅 비어 있다. 우리는 눈이 엉겨 붙은 신발이나 코트를 벗지 않는다. 여전히 춥고, 아직 머무를지 말지 결정하지 못한 탓이다.

한쪽 벽면이 내 손바닥 크기의 거울들로 빼곡하다. 조잡한 금속 테를 두른 거울들은 하나같이 녹슨 못에 아무렇게나 걸려 있다. 오십 개쯤 되는 얼굴이 우리를 마주 보고 있다. 마치 우리가 결혼 생활을 유지하려고 쓰는 다양한 가면들이 한데 모여 우리를 비웃는 것 같다. 내가 그 얼굴들을 못 알아봐서 내심 다행이다. 알아봤다면 마음에 들지 않았을 거다.

건물 안쪽 흰 벽에는 사슴 두개골 두 개가 트로피처럼 걸려 있다. 사슴의 눈이 있던 구멍에는 흰 깃털이 하나씩 꽂혀 있다. 나는 꺼림칙한 느낌이 드는데 어밀리아는 마치 유서 깊은 미술관을 방문한 듯이 유심히 둘러본다. 구석에 놓인 고풍스러운 예배 의자가 눈길을 끈다. 오랫동안 아무도 앉지 않은 듯 온통 먼지로 뒤덮여 있다.

어밀리아와 연애하던 때가 떠오른다. 우리는 모든 면에서 잘 맞았다. 음식이나 책 취향도 비슷하고, 섹스도 최고였다. 어밀리아는 내가 볼 수 있는 면이나 볼 수 없는 면 모두 아름다웠다. 우리는 공통점이 많았고, 인생에서 추구하는 가치도 비슷했다.

적어도 그랬다고 나는 생각한다. 어밀리아는 요즘 다른 무언가를 원하는 것 같다. 어쩌면 다른 누군가를 원할지도 모른다. 왜냐면 나는 변한 게 없으니까.

"할 말 있으면 해봐." 어밀리아가 말한다. 나는 예배 의자의 먼지 낀 표면에 손가락으로 그린 것 같은 작은 스마일 표시를 내려다본다. 내가 그린 게 아니다.

무슨 말을 꺼내기도 전에 뒤쪽 커다란 나무 문이 쾅 닫힌다. 우리는 거의 동시에 휙 돌아보지만 우리 말고는 아무도 없다. 건물 전체가 부르르 떨리며 녹슨 못에 매달린 거울들이 달그락거린다. 밥은 으르렁거리고, 어밀리아는 눈을 크게 뜨고 입술을 잔뜩 오므린 채 나를 본다. 내 머리는 합리적인 설명을 내놓으려고 애쓴다.

"문이 저절로 열린 것 같다고 했지? 이번에는 저절로 닫혔나 봐." 내 말에 어밀리아는 고개를 끄덕인다.

내가 10여 년 전에 결혼한 여자라면 절대로 믿지 않을 거다. 하지만 요즘 어밀리아는 듣고 싶은 것만 듣고, 보고 싶은 것만 본다.

가위바위보

록(Rock 바위)

올해의 단어

리머런스(Limerence) : 어떤 사람에게 낭만적으로 끌리고 격렬한 감정에 휩싸여 그 사람의 호응을 받고 싶은 심리 상태

2007년 10월

애덤에게

우리가 처음 만났을 때 분명 특별한 무언가가 있었어. 잘은 모르겠지만 당신도 느꼈을 거야. 일렉트릭 시네마에서 우연히 이

루어진 우리의 첫 만남은 뭔가 색다르고 각별했지. 우리 둘 다 혼자 영화를 보러 왔다가 내가 실수로 당신 자리에 앉는 바람에 서로 말을 붙이게 되었으니까. 우린 영화를 보고 나서 함께 밖으로 나갔지. 다들 우리의 열병 같은 사랑이 그리 오래 가지 않을 거라 수군거렸어. 하지만 나는 오래전부터 다른 사람들의 추측이 틀렸다는 걸 증명할 때마다 쾌감을 느꼈고, 당신도 그랬지. 우리의 공통점 가운데 하나야.

이제야 말하지만 당신과의 동거는 내가 상상한 그림과는 조금 달랐어. 함께 살다 보면 오래된 습관을 숨기기 어렵지. 알고 보니 당신은 내가 가끔 놀러 갈 때만 방을 깨끗이 청소하고 잡동사니를 치워두는 사람이었어. 나는 당신 집 현관 복도를 이야기 길이라고 명명했지. 원고와 책들이 벽면을 따라 위태롭게 쌓여 있어 지나갈 때마다 몸을 살짝 틀고 조심조심 걸어야 했으니까. 읽고 쓰는 일이 당신 삶의 대부분을 차지한다는 걸 알지만 이제 나도 함께하게 되었으니 노팅힐의 오래된 연립 주택 반지하 단칸방보다 좀 더 큰 공간이 필요할 것 같아. 내가 당신에게 일순위가 아니라는 걸 알지만 난 지금 무척이나 행복해. 우리는 늘 삼각관계를 유지할 거야. 나, 당신 그리고 당신의 글쓰기.

우리가 처음 싸운 날 기억나? 내가 성냥을 찾으려고 당신 책상 서랍을 열었다가 당신이 숨겨놓은 원고 《가위바위보》를 발견했지. 표지에 당신 이름이 멋진 활자체로 박힌 원고였어. 마침

집에 혼자 있겠다, 괜찮은 와인도 한 병 있겠다 해서 그날 밤 당신이 쓴 원고를 다 읽어보았지. 만약 당신이 집에 와서 지은 표정을 누군가 봤다면 내가 당신의 비밀일기라도 훔쳐본 줄 알았을 거야.

이제야 당신 마음을 조금이나마 알 것 같아. 당신이 처음 쓴 《가위바위보》는 그저 팔리지 않고 방치된 시나리오가 아니라 버려진 자식이나 다름없다는 걸. 세 프로듀서, 두 감독, 톱 배우와 교류하면서 몇 년 동안 원고를 뜯어고쳤는데 《가위바위보》는 끝내 스크린의 빛을 보지 못했지. 당신이 가장 공들여 쓴 시나리오가 서랍에 방치된 채 썩어가고 있으니 얼마나 속상했을지 이해가 돼. 하지만 언제까지나 그 원고가 서랍 속에 머물러 있지는 않을 거야. 그날 이후로 나는 당신의 첫 번째 공식 독자가 되었고, 당신은 점점 발전하고 있어.

스크린에서 펼쳐지는 장면들이 당신이 오롯이 창조해낸 이야기라면 좋겠지만 아직 당신은 다른 사람이 쓴 소설을 각색하는 일을 주로 하고 있지. 난 아직도 당신이 어떻게 그 많은 소설을 다 읽는지 모르겠어. 그 소설을 쓴 사람들은 자기 작품이 영화화될지도 모른다고 생각할 거 아냐. 하지만 나도 이제 당신이 마술사의 모자 속 토끼처럼 책 속으로 사라지면 며칠 동안 ~~어거쩍으로~~ 밖으로 나오지 않는다는 걸 담담하게 받아들이게 됐어. 비록 취향은 다르지만 나 역시 책을 좋아하니까. 책은 우리의 또 다른 공통 관심사야. 당신은 공포, 추리, 범죄소설을 좋아하는데 내 취향은 아니야. 나는 어둡고 뒤틀린 소설을 쓰는 사람들에게 뭔가 심각한 문제가 있다고 봐. 나는 사랑 이야기를 좋아하지만 당신이 쓴 작품을 이해하려고 노력하고 있어. 당신이 여기, 나와 함께 있는 현실 세계보다 환상의 세계에 끌릴 때마다 마음이 아프긴 하지만.

당신이 강아지 입양을 반대했을 때 화가 많이 났어. 우리가 처음 만났을 때부터 난 당신의 일과 꿈을 무조건 지지했는데 당신은 내 제안을 반대했으니까. 그럴 때면 우리의 미래가 당신만을 위해 존재하는 것일지도 모른다는 생각이 들어. 배터시 유기견 보호소 일이 시나리오 작가라는 직업만큼 매력적이지는 않아도 난 지금 하고 있는 내 일이 좋아. 개들이 나를 행복하게 하니까. 그래, 당신이 강아지 입양을 반대하는 이유는 늘 그랬듯이 합리적이었어. 우리 집은 터무니없이 작고, 둘 다 장시간 일을 해야 하니까 강아지를 돌볼 틈이 없다고. 하지만 늘 말했듯이 나는 강아지를 데리고 일터에 갈 수 있어. 당신도 일거리를 집으로 가져오기도 하잖아.

새 유기견을 만나는 건 어제오늘 일이 아닌데, 이번에 만난 강아지는 왠지 느낌이 달랐어. 강아지의 검고 탐스러운 털을 보는 순간 단숨에 내 마음을 빼앗겼으니까.

어떤 괴물이 이토록 예쁜 강아지를 구두 상자에 넣어 쓰레기통에 던져버렸을까? 수의사 말로는 태어난 지 6주가 미처 안 되었다고 하더라.

그 말을 듣고 나서 분노가 치밀어 올랐어. 버림받는 기분이 어떤지 잘 아니까. 이 세상에서 그보다 나쁜 일은 없어.

다음 날 강아지를 집에 데려오고 싶었지만 당신은 반대했고, 나는 우리가 만난 이후 처음으로 마음이 아팠어. 아직 당신을 설득할 시간이 남아 있다고 생각했는데 이튿날 오후 누군가 녀석을 입양하려고 배터시 유기견 보호소에 온 거야. 예비 견주 평가가 내게 주어진 일이기에 복도를 걸으면서 내심 부적격자들이길 바랐어. 강아지를 사랑해주지 않을 것 같은 집에는 절대로 입양을 보내지 않을 생각이니까.

대기실에 들어서자마자 그 강아지가 눈에 들어왔어. 녀석은 차가운 돌바닥 한가운데에 혼자 우두커니 앉아 있었지. 다음 순간 녀석이 찬 빨간 개 목걸이가 눈에 들어왔어. 은색 뼈 모양 이름표가 달린 목걸이였지. 난 몹시 황당했어. 아직 나랑 대면하지도 않았는데 감히 견주 행세를 하다니? 나는 강아지를 안아 들고 반짝이는 이름표에 새겨진 글자를 확인했어.

나랑 결혼해줄래?

어찌나 놀랐던지 하마터면 녀석을 떨어뜨릴 뻔했어.

당신이 문 뒤에서 활짝 웃으면서 나타났을 때 내 표정이 어땠을지 모르겠네. 내가 울었던 건 분명하게 기억해. 배터시 유기견 보호소의 직원 절반이 창문으로 우릴 지켜보고 있었지. 하나같이 눈시울을 적시며 우리에게 환호를 보내주었어. 나 빼고 다들 한패였다니! 당신이 나를 감쪽같이 속일 줄 누가 알았겠어.

당신이 청혼했을 때 선뜻 대답하지 않아서 미안해. 당신이 한쪽 무릎을 꿇었을 때 너무 놀랐고, 당신 어머니 유품인 사파이어 반지를 보았을 때 만감이 교차해 말문이 막혔거든. 게다가 우리를 지켜보는 눈이 많다 보니 너무 쑥스러워 어찌할 바를 몰랐던 거야.

이윽고 나는 자신 있게 말했어. "인생의 가장 중요한 선택은 가위바위보로 정하는 게 최선이지." 물론 농담이었어. 왜냐면 나는 우리 사이를 믿고, 당신의 재능을 믿고, 그 어느 쪽도 포기해서는 안 된다고 생각하니까.

당신은 환하게 미소 지었어. "미리 확실히 해둘게. 내가 지면 승낙이야?"

나는 고개를 끄덕이고 나서 당신과 가위바위보를 했어.

내 가위가 당신의 보를 잘랐지. 그다지 큰 도박은 아니었어. 우린 매번 같은 걸 내고, 내가 늘 이기니까.

연애 초반에 나는 당신이 장황한 단어를 너무 많이 사용한다고 놀렸고, 당신은 내가 말의 정확한 의미를 모른다고 받아쳤지.

가위바위보

"이게 사랑인지 리머런스인지 모르겠어." 첫 키스를 하고 나서 당신이 했던 말이야. 난 솔직히 그날 집에 가서 리머런스가 무슨 뜻인지 찾아봐야 했어. 때때로 당신이 내뱉는 낯선 말과 나의 부족한 어휘력 때문에 우리에게는 잠자리에 들기 전 '오늘의 단어'를 정하는 전통이 생겼지. 이제부터는 올해의 단어를 정해 볼까 해. 올해는 '리머런스'로 하고 싶어. 나는 아직 그 단어에 특별한 애착을 느끼니까.

난 당신이 서랍에 숨겨둔 비밀 시나리오를 보게 되어서 기뻐. 왜 그 작품이 당신에게 그 무엇보다 중요한지 이해해. 《가위바위보》를 읽다 보니 당신의 영혼을 살짝 엿보는 느낌이 들었어. 허락 없이 봐서 미안하지만, 이제 우리 사이에 비밀이 있어서는 안 돼. 나는 당신이 쓴 어둡고 뒤틀린 사랑 이야기, 매년 결혼기념일만 되면 죽은 아내에게 편지를 쓰는 한 남자의 이야기에 영감을 받아서 이렇게 비밀 편지를 쓰기로 했어. 앞으로도 1년에 한 번씩 편지를 쓸 거야. 언젠가 당신에게 보여주게 될지는 아직 모르겠어. 하지만 우리 아이들은 분명 엄마 아빠의 사랑 이야기를 읽을 수 있을 거야. '오래오래 행복하게 살았습니다.'로 끝나는 이야기.

당신의 약혼녀가

애덤

예배당 문은 내가 닫았다. 그다지 큰 힘을 주지 않았기에 그렇게 큰 소리가 날 줄은 몰랐다. 어밀리아에게 곧이곧대로 말하지 않고 바람 탓을 했다. 5분마다 아내에게 핀잔을 듣다 보니 나도 모르게 말이 그렇게 나왔다.

부트룸에는 또 다른 문이 있다. 미니어처 거울들이 달린 벽 중앙에. 밥이 으르렁거리며 나무 문을 긁어대기 시작한다. 전에 없던 행동이다. 나는 잠시 망설이다가 손잡이를 돌려본다. 그러자 문이 슬며시 열리며 길고 어두운 복도가 눈앞에 펼쳐진다. 우리 셋이 돌바닥을 밟는 소리가 건물 벽에 메아리친다. 눈에 보이는 건 어둠뿐이다. 내 손가락이 벽을 더듬어 스위치를 찾아 누르자 지극히 평범해 보이는 부엌 안에 들어와 있다는 걸 알 수 있다. 부엌치고는 넓은 공간이지만 아늑하고 가정적인 느낌이 든다. 들보가 노출된 아치형 천장과 스테인드글라스 창문이 없었다면 예배당 건물에 속한 부엌인지 결코 알 수 없었을 거다.

크림색 주방 기기 양옆으로 고급스러운 수납장들이 늘어서 있고, 한복판에 단단해 보이는 원목 식탁이 자리하고 있다. 리폼한 예배 의자들이 원목 식탁을 둘러싸고 있다. 인테리어 잡지에 나올 만한 부엌이다. 바닥에서 풀풀 날리는 먼지만 없다면. 가까이 다가가 보니 식탁에 놓여 있는 쪽지가 눈에 들어온다.

어밀리아, 애덤 그리고 밥에게

내 집처럼 편히 쉬다가 가시길 바랍니다.

여러분을 위해 위층 끝 침실을 특별히 꾸며 놓았습니다.

음식은 냉동고에, 와인은 지하실에 있습니다.

장작이 더 필요하면 건물 뒤편 장작 창고에서 가져다 쓰길 바랍니다.

그럼 즐거운 시간 보내세요.

"적어도 목적지를 제대로 찾아오긴 했네." 어밀리아가 약혼반지를 살살 돌리며 말한다. 긴장했을 때마다 나오는 버릇인데 한때는 그런 사소한 동작도 사랑스럽게 보였다.

"누군데?" 내가 묻는다.

"뭐가?"

"이 쪽지를 남긴 사람. 선물 추첨 행사 때 당첨된 여행권이라며? 이 예배당 주인이 누구야?"

"나도 몰라. 그냥 당첨됐다는 이메일만 받았거든."

"누구한테?"

"그냥 이 집 하우스키퍼겠지. 메일을 보낼 때 이 블랙워터 호수 근처 안내도와 사진을 같이 보내줬는데 정말이지 근사하더라. 아마 대낮에 보면 당신도 첫눈에 반할 거야."

"그 여자 이름이 뭔데?"

"나도 몰라. 그런데 왜 여자라고 생각해? 여자만 요리나 청소를 할 수 있는 건 아니야."

나는 더 이상 캐묻지 않는다. 경험상 이쯤에서 멈추는 게 현명하니까. 하지만 어밀리아도 이번 주말여행의 배경에 뭔가 수상한 점이 있다는 걸 완강하게 부인하지는 못한다.

"과정이 어찌 되었든 이미 여기에 왔잖아." 어밀리아가 내 허리에 팔을 두르며 말한다. "간만의 여행인데 즐거운 시간을 보내야지. 고작 이틀이지만 나중에 친구들에게 들려줄 추억을 만들어보는 거야."

어밀리아는 나와 달리 얼굴을 보고 감정을 읽을 수 있기 때문에 나는 표정을 가다듬는다. 이제 우리가 함께 만나는 친구는 없다. 이제 우리 부부의 관계망은 거의 겹치지 않는다. 우리는 이제 각자의 길을 가고 있다.

예배당 건물 1층은 도서관처럼 책이 많은 거실과 큰 부엌으로 이루어져 있다. 스테인드글라스 창문을 피해 바닥부터 천장까지 짜 맞춘 책장이 늘어서 있다. 책장에는 다양한 책들이 색깔별로 가지런히 꽂혀 있다. 오랜 시간을 두고 정리해놓은 서가라는 걸 알 수 있다.

나선형 나무 계단이 건물 중앙을 차지하고 있고, 오랜 세월 그을음에 찌들어 검게 변한 석재 벽난로가 있다. 사람이 들어앉을 수 있을 만큼 큰 벽난로다. 안에는 불쏘시개로 사용할 수 있는 종이와 마른 장작이 들어 있고, 근처에 성냥갑이 있다. 나는 곧장 성냥을 그어 불을 붙인다. 실내는 냉골이고, 우리는 꽁꽁 얼어 있는 상태다. 어밀리아는 성냥갑을 가져가 벽난로 선반에 놓인 촛대와 여기저기 비치된 등에 불을 붙인다. 불을 밝히자 훨씬 아늑한 느낌이 든다.

한때는 예배당 건물이었다는 걸 증명하듯 투박한 돌바닥은 고색 러그로 덮여 있고, 벽난로를 중심으로 둘로 나뉘어 있는 타탄 소파는 몹시 낡아 보인다. 좌석과 쿠션에 움푹 파인 자국이 있는데, 우리가 도착하기 직전에 누군가 앉아 있었던 자리 같다.

이제 겨우 긴장을 풀고 쉬려는데 맞은편에서 창문을 두드리다가 긁어대는 소리가 들린다. 밥이 컹컹 짖어댄다. 창문을 두드리는 해골 같은 손을 보자 심장이 빠르게 뛴다. 자세히 보니 나뭇가지다. 강풍이 불 때마다 나뭇가지들이 창문을 긁어댄다.

"바람 소리가 거슬리는데 음악이라도 틀까?" 어밀리아의 말에 나는 여행용 스피커가 든 가방이 어디 있는지 둘러본다. 내 휴대폰에 저장된 음악이 더 낫지만 지금은 휴대폰이 없다는 사실이 한 박자 늦게 떠오른다. 나는 어밀리아를 응시한다.

혹시 나를 시험에 빠뜨린 건 아니겠지?

"나 휴대폰 없잖아." 지금 이 순간 어밀리아의 표정을 볼 수 없어 유감이다. 내가 원하지도 않은 안면실인증 탓에 어밀리아의 이목구비가 마치 반 고흐의 그림처럼 소용돌이치는 모습을 보고 있으려니 억울한 감정이 드는 걸 어쩔 수 없다.

"아마 외과의사도 당신 손에서 휴대폰을 떼어놓긴 힘들 거야. 휴대폰을 집에 두고 온 걸 차라리 다행으로 생각해. 그동안 눈이 빠지게 휴대폰 화면을 들여다보았으니 이제 눈을 좀 쉬게 해줄 필요가 있잖아. 내 휴대폰에도 당신이 좋아하는 음악이 들어 있으니까 너무 실망하지 말고."

어밀리아는 지금 천연덕스럽게 거짓말을 하고 있다. 아침에 집을 떠나기 전 어밀리아가 글러브박스에서 내 휴대폰을 꺼내는 장면을 우연히 보았다. 내가 평소에 휴대폰을 글러브박스에 넣어둔다는 걸 어밀리아도 알고 있다. 어밀리아는 내 휴대폰을 일부러 집에 던져두고 와놓고 시치미를 떼고 있는 중이다. 어밀리아가 이렇게 노골적으로 거짓말을 할 줄 미처 몰랐다. 사랑하는 사람이 거짓말을 할 때는 굳이 표정을 보지 않아도 알 수 있다. 마음으로 알 수 있으니까. 만약 모른다면 사랑하지 않는다는 뜻이다.

어밀리아

애덤이 벽난로에 장작 하나를 더 집어넣는다. 애덤의 태도는 평소보다 퉁명스럽고, 몹시 피곤해 보인다. 밥도 탐탁지 않은 기색으로 러그 위에 납작 엎드려 있다. 둘 다 배고프면 성질이 까칠해지는 공통점이 있다. 개 사료는 두둑하게 챙겨왔지만 정작 애덤과 내가 먹을거리가 없다. 애덤은 늘 내가 남편보다 개를 더 잘 챙긴다고 농담한다. 차 안에서 먹을 군것질거리만 챙겼을 뿐 저녁 식사를 만들 재료를 준비하지 못했다. 오던 길에 마트에 들를 생각이었는데 폭풍과 눈보라 때문에 문을 닫았고, 대안으로 염두에 두었던 블랙워터 펍은 오래전에 영업을 중단한 상태다.

"냉동고에 음식이 있다고 쪽지에 적혀 있었잖아. 무슨 음식이 있는지 알아봐야겠어." 나는 대답을 기다리지 않고 곧장 부엌으로 간다. 내 기대와 달리 냉동고는 플러그가 꽂혀 있지 않고, 안이 텅 비어 있다. 커피머신은 있는데 커피나 차는 없다. 물을 끓일 냄비나 팬도 없다. 접시와 그릇, 포크와 나이프, 와인 잔이 각각 두 벌씩 있지만 식재료는 그 어디에도 없다. 이렇게 넓은 부엌에 가재도구가 달랑 두 벌씩밖에 없다는 게 의아하다.

거실에서 애덤이 부스럭거리는 소리가 들린다. 마침내 우리가 처음 만났을 때 즐겨 듣던 음악이 흘러나오자 마음이 조금 누그러진다. 그때의 우리는 지금과 달랐다. 이따금 애덤을 보면 배터시 유기견 보호소에서 수시로 접하는 떠돌이 개들이 떠오른다. 누군가의 보호가 필요한 존재. 그러하기에 애덤은 이야기의 세계로 사라지느라 인생의 많은 시간을 보내고 있는지도 모른다. 신뢰는 누군가에게 줄 수 있는 최고의 선물이다. 돈이 들지도 않고 돈으로 살 수도 없다. 나는 신뢰의 원리를 일터에서뿐만 아니라 사생활에서도 적용한다.

지난주에는 배터시 유기견 보호소에서 한 코카푸를 데려가길 바라는 예비 견주 세 사람을 면담했다. 가장 먼저 만나본 도나는 40대 후반의 금발 여성이었다. 안정적인 가정환경에 직업도 좋은 편이라 서류상으로는 전혀 문제가 없었지만 직접 만나 보니 신뢰감이 떨어졌다. 약속 시간보다 늦게 나타난 도나는 전혀 미안한 기색 없이 내 비좁은 사무실 의자에 앉아 분홍색 운동복과 깔 맞춤한 손톱으로 휴대폰을 두들겼다.

"상담이 오래 걸리나요? 점심 약속이 있어서요." 도나는 고개도 들지 않고 말했다.

"예비 견주 분들께 확인해봐야 할 사항이 제법 많아요. 버티의 어떤 점이 마음에 들어 입양하길 원하는지 말씀해 주실래요?"

내가 난해한 방정식을 물어보기라도 했다는 듯 도나는 미간을 찌푸렸다.

"방금 버티라고 했나요?"

"개 이름이 버티거든요."

도나는 피식 웃었다. "난 롤라라고 부르기로 했어요. 요즘 코카푸가 대세잖아요. 인스타에서 엄청 핫하더라고요."

"이미 다 자란 개의 이름을 바꾸는 건 바람직하지 않아요. 게다가 버티는 남자애라서 롤라라는 이름이 어울릴지 모르겠네요. 상담을 마치고 나면 버티를 만나볼 기회를 줄게요. 버티의 반응도 봐야 해서요. 긍정적인 결론이 나오더라도 오늘 당장은 데려갈 수 없어요. 아직 확인할 게 더 남았거든요."

"뭘 더 확인해야 하는데요?"

"견주가 개한테 적합한지 봐야 해요."

"이미 커플룩도 샀어요."

"커플룩이라고요?"

"이베이에서 고스트버스터즈 코스튬 의상을 구입했거든요. 롤라랑 똑같은 옷을 입고 사진을 찍으려고요. 내 인스타 팔로워들이 그 사진을 보면 무척 좋아할 거예요. 어떻게 안 될까요?"

나는 도나를 부적격으로 처리했다. 다른 두 사람도 마찬가지였다. 한 사람은 부적격 처리가 부당하다며 내 윗사람과 얘기해보겠다고 을러댔고, 다른 한 사람은 면전에서 입에 담기 힘든 욕설을 퍼부었다. 어쨌거나 내가 담당자로 있는 한 개를 사랑하지 않는 사람을 견주로 받아들일 수는 없다.

사랑이나 슬픔은 종류가 다양하지만 두려움은 한결같다. 나는 두려움이 많은 게 부끄럽지는 않다. 내가 애덤을 잃을까 봐 두려워하는 이유는 그 말고는 가까이하는 사람이 없기 때문이다. 나는 성장기에 가족 사랑을 전혀 느껴보지 못하며 자랐고, 사람들을 만날 때도 깊이 사귀기보다는 얕게 두루두루 알고 지냈다. 그러다가 신뢰할 수 있는 상대를 만나면 비로소 마음을 열지만 판단 착오도 많았다. 잘못 연결된 몇몇 인연들과는 그냥 헤어지는 게 아니라 필사적으로 달아나야 했다.

나는 부모의 얼굴을 본 적이 없다. 다만 아버지가 빈티지 차를 좋아했다고 들었다. 애덤이 아무리 불평을 늘어놓아도 내가 모리스 마이너를 고집하는 건 아버지를 닮았기 때문일 수도 있다. 나는 새로운 물건, 장소, 사람을 쉽게 믿지 않는다. 아버지는 내가 태어나기 직전 빈티지 MG 미젯을 팔고 신형 세단을 구입했다. 새 차라고 해서 문제가 발생하지 않는다는 보장은 없다. 아버지가 진통을 시작한 엄마를 태우고 병원으로 가던 길에 새 차의 브레이크가 고장 났고, 트럭과 충돌해 그 자리에서 둘 다 목숨을 잃었다. 마침 사고 현장 근처를 지나던 의사가 나를 세상 밖으로 끌어냈다. 사람들은 나를 기적의 아이라고 불렀다. 그 의사가 내 이름을 지어주었다. 내 이름은 의사가 좋아한 전설적인 비행사의 이름에서 따왔다. 어밀리아 에어하트는 살아생전 하늘을 자유롭게 날아다녔고, 나는 열여덟 살 때까지 위탁 가정을 전전하며 불우하게 살았다.

"관리가 뜸했나봐. 여긴 너무 춥고 먼지가 지나치게 많아." 애덤이 뒤에 와 있는 줄 몰랐던 나는 움찔 놀란다.

"미안! 놀라게 하려던 건 아니었어."

아니긴.

"괜찮아. 안 놀랐어."

아니, 놀랐어.

"먹을거리를 찾아봤는데 아직 못 찾았어."

"저 방도 확인해봤어?" 애덤이 부엌 한구석에 있는 아치형 문으로 향하며 묻는다.

"그 방은 문이 잠겨 있어." 나는 그쪽을 보지도 않고 말한다. 애덤은 뭐든 자기가 나보다 한 수 위라고 생각한다.

"문고리가 좀 **뻑뻑했나봐**." 애덤이 말을 마치기 무섭게 문이 삐걱 소리를 내며 열린다.

애덤이 전등 스위치를 딸깍 소리가 나게 올린다. 애덤을 따라 안으로 들어가 보니 식량 창고처럼 보이는 방이다. 하지만 식량 대신 다양한 공구들이 선반을 가득 채우고 있다. 못, 너트, 볼트, 스패너, 망치 따위를 넣은 상자들이 가지런히 정리되어 있고, 벽에는 각종 톱과 도끼가 걸려 있다. 작은 끌, 초승달처럼 날이 구부러진 칼, 원형 톱 따위 연장들이 크기 별로 잘 구비되어 있다. 천장에 매달린 전등 하나로 어둡고 축축한 공간을 한눈에 다 담을 수는 없지만 방 한구석에 놓인 상자형 냉동고가 눈에 띈다. 아까 부엌에서 본 냉동고와 달리 윙윙거리는 기계음이 난다.

냉동고를 열어보니 냉동 음식이 가득하다. 포일 용기와 판지 뚜껑마다 사람이 직접 쓴 라벨이 붙어 있다. 우리 부부가 족히 100끼는 먹을 수 있을 만큼 양도 많고 종류도 다양하다. 라자냐, 스파게티 볼로냐, 로스트비프, 스테이크 파이, 토드 인 더 홀 등등.

"저녁 식사로 치킨 커리 어때?" 내가 묻는다.

"당연히 좋지. 이제 와인만 있으면 되겠네. 음식을 찾아서 정말 다행이야."

애덤은 공구함에서 손전등을 찾아 손에 들고 돌바닥을 비춘다. 그제야 나는 우리가 밟고 서 있는 큼지막한 석판들이 오래된 비석이라는 걸 깨닫는다. 표면에 새겨진 이름들은 오랜 세월 발길에 닳아 흐릿한 흔적만이 남아 있다.

"여기." 애덤이 손전등으로 몹시 오래돼 보이는 문을 비추며 말한다.

몸이 덜덜 떨린다. 단지 날씨가 추워서는 아니다.

종이

올해의 단어

쉬내니건스(Shenanigans) : 은밀하거나 부정한 활동 또는 책략. 어리석거나 치기 어린 행동, 장난

2009년 2월 28일, 첫 번째 결혼기념일

애덤에게

오늘은 우리의 첫 번째 결혼기념일이야. 나는 약속대로 당신이 쓴 시나리오의 주인공처럼 올해의 편지를 쓰고 있어. 나는

《가위바위보》가 언젠가는 할리우드에서 대박을 터트릴 거라 믿어 의심치 않아. 내가 이 편지를 당신에게 끝내 보여주지는 않더라도 우리가 나이 지긋한 노부부가 되었을 때 우리의 지난날들을 돌이켜볼 좋은 자료가 될 거라 생각하니 기분이 좋아.

지난 1년은 내 인생에서 가장 파란만장한 한 해였다고 해도 과언이 아니야. 2월 29일 윤일에 결혼식을 올리자는 건 내 생각이었고, 스코틀랜드로 신혼여행을 떠나자는 건 당신 생각이었지. 세상에 그토록 아름다운 곳이 있는지 미처 몰랐어. 가끔 방문하면 정말 좋을 것 같아. 나는 직장에서 승진했고, 당신은 BBC에서 특집으로 방영할 찰스 디킨스의 《크리스마스 캐럴》을 현대판으로 각색해달라는 의뢰를 받았지. 당신이 원하던 일은 아니었지만 원고료가 두둑한 건 마음에 들었어. 각색한 드라마 두 편이 연이어 실패한 후 당신은 일거리가 뜸해졌지. 당신은 작가라면 누구나 겪는 슬럼프라고 했지만 우리 형편이 그렇게 **빠**듯해질 줄은 미처 몰랐어.

난 시나리오 작법 관련 책을 읽고 스토리텔링을 연구하면서 조금이나마 당신을 돕고자 애썼어. 당신은 작업을 마치면 항상 나에게 가장 먼저 읽어 달라고 하지. 나는 당신이 직접 쓴 시나리오의 첫 번째 독자이자 편집자 역할을 하게 되었어. 내가 원고를 읽다가 몇 가지 메모를 해두면 당신은 **항상 종종** 늘 고맙다면서 참고하지. 내가 당신을 도울 수 있는 일이 좀 더 많았으면 좋겠어. 난 당신과 당신이 쓴 이야기들을 믿으니까.

시나리오 작가와 결혼해 산다는 게 남들이 생각하듯 그리 매력적이지는 않아. 노팅힐에서의 단칸방 생활도 별로야. 우리 부부의 아침 일과는 언제나 비슷해. 오늘이 평일이었다면 당신은 아침에 눈을 뜨자마자 내 볼에 키스하고 나서 가운을 걸쳐 입은 뒤 커피와 토스트를 준비하고 한구석에 있는 작은 책상에 앉아 일을 시작할 거야. 당신은 ~~공상에 잠겨~~ 노트북 화면을 빤히 바라보다가 이따금 키보드를 두들기지. 새벽부터 일을 시작해도 일찍 끝나는 법은 없어. 당신은 자거나 먹는 시간을 제외하면 잠시도 일을 멈추지 않지. 내 눈에는 무리하는 것 같지만 그러려니 해. 당신은 지루한 시간을 못 견뎌 하고 언제나 일을 해야 직성이 풀리는 사람이니까.

오늘이 평일이었다면 나는 침대에서 유니폼을 다리고(다림질할 곳이 마땅치 않을뿐더러 다림판이 반드시 필요한 건 아니니까) 온기가 가시기 전에 입었을 거야. 그런 다음 당신이 남긴 커피를 보온병에 담은 뒤 밥을 데리고 차에 오르겠지. 평일에는 어김없이 밥을 데리고 출근하니까.

하지만 오늘은 주말이고, 우리의 첫 번째 결혼기념일이지. 난 일어나자마자 휴대폰으로 신문을 읽다가 놀라운 기사를 발견했어.

"죽었대!"

"누가?" 당신이 잠기운을 떨쳐내려고 눈을 비비며 물었어.

당신은 간밤에 레드와인을 너무 많이 마셔서 목소리가 잠겨 있었어. 당신은 전보다 주량이 늘었고, 싸구려 알코올은 당신이 굴리는 심야 작업 쳇바퀴에 윤활유를 공급하지. 안타깝게도 우린 값비싼 와인을 마실 경제적 여유가 없어. 살림을 꾸려가려면 허리띠를 졸라매야 하지.

나는 당신이 신문의 헤드라인을 읽을 수 있도록 휴대폰 화면을 얼굴 가까이 들이밀었어.

"헨리 윈터."

"헨리 윈터가 죽었다고?" 당신은 침대에서 벌떡 일어나 앉으며 반쯤 잠이 달아난 상태로 나를 쳐다봤어.

헨리 윈터는 당신이 가장 좋아하는 소설가야. 당신은 그의 소설 이야기를 자주 했고, 언젠가 그의 작품을 각색해 스크린에서 보게 되길 갈망했지. 헨리 윈터는 언론 인터뷰를 극도로 꺼려서 20년 동안 이미지가 조금도 변하지 않고 그대로였어. 덥수룩한 백발에 강렬한 푸른 눈을 지닌 무뚝뚝한 노인. 온라인에 떠도는 헨리 윈터의 몇 안 되는 사진을 보면 하나같이 트위드 재킷 차림에 나비넥타이를 매고 있는데 내 눈에는 왠지 위장으로 보여. 그의 본모습을 감춘 코스튬. 내가 당신처럼 헨리 윈터의 소설에 열광하지 않는다고 해서 그가 역사상 가장 성공한 작가라는 사실이 달라지는 않을 거야. 그가 쓴 소설이 전 세계에서 1억 부

이상 판매되었으니 그야말로 명실상부한 거장이지. ~~크라 호감 카는 인물은 아녀지만.~~

"헨리 윈터는 여전히 건강하게 살아 있어." 나는 '아쉽게도'란 말을 삼켰어. "아마 100세까지 무병장수할 거야. 죽은 사람은 그의 담당 에이전트고."

내가 기대했던 반응과 달리 당신은 늘어지게 하품을 했어.

"그럼 나를 왜 깨운 거야?" 당신은 눈을 감고 이불 속으로 파고들며 물었지. 30대에 접어들어 당신의 잘생긴 얼굴은 점점 무르익고 있어.

"알잖아."

당신은 내 말에 고개를 저었어. "헨리 윈터의 소설은 단 한 번도 영화나 드라마로 만들어진 적이 없어. 그가 한 번도 허락하지 않았으니까. 에이전트가 죽었다고 그의 마음이 달라지지는 않을 거야. 만약 마음이 달라진다고 해도 평생 그 많은 제안을 마다했는데 나한테 각색을 맡긴다는 보장이 있을까?"

"물론 헨리 윈터가 지금 같은 태도를 고집한다면 어림없는 일이지. 하지만 문지기가 빠졌으니 시도해볼 만하지 않을까? 어쩌면 헨리 윈터의 소설을 영화나 드라마로 만드는 걸 완강하게 반대한 사람이 죽은 에이전트였을지도 모르잖아. 작가들은 대부분 에이전트가 하자는 대로 따르니까. 헨리 윈터는 자기 소설이 영화나 드라마로 만들어지길 바랄 수도 있어."

당신 눈가에 머리카락이 드리워졌어. 당신은 늘 일에 매달리느라 이발할 시간도 없지. 하지만 굳이 눈을 보지 않아도 당신이 무슨 생각을 하는지 알 수 있었어. 만약 헨리 윈터의 소설을 각색해 영화나 드라마로 만들면 당신의 경력은 획기적으로 바뀐다는 것.

"당신 에이전트한테 헨리 윈터와 미팅을 잡아달라고 해봐."

"내 에이전트는 매사 시큰둥해. 내가 돈을 잘 벌어주지 못하니까."

"글을 써서 돈을 번다는 게 그리 쉬운 일은 아니잖아. 당신은 바프타상 수상 작가야. 자부심을 가져도 돼."

"한참 지난 얘기야."

"화려한 스타들과 작업한 이력도 있잖아."

"그 후로 단 한 번도 바프타상 후보에 오르지 못했어."

"성공한 각색도 많고. 일단 헨리 윈터와 미팅을 시도해본다고 해서 나쁠 건 없잖아."

"헨리 윈터는 오랜 시간 함께해온 에이전트를 잃어 슬픔에 잠겨 있을 거야. 이럴 때 일 얘기를 꺼내는 건 도리가 아니야."

"당신이 체면을 차린다고 해서 이번 달 집세를 누가 대신 내주지는 않아."

몇몇 작가들을 향한 당신의 일편단심 순애보를 나는 도저히 이해하기 힘들어. 당신은 이제껏 내가 만나본 사람들 가운데 가장 똑똑해. 하지만 늘 안경에 콩깍지를 씌우고 ~~작가들에게 속아넘어카는~~ 작가들을 지나치게 우러러보는 것 같아. 글을 잘 쓴다고 해서 반드시 좋은 사람은 아닌데.

당신을 설득하기 위해 전략을 바꿔야 했어. 나는 침대 옆 서랍장에서 포장지에 싸인 작은 상자를 꺼냈지.

"이게 뭐야?" 당신은 내가 침대 위에 올려놓은 상자를 보며 물었어.

"열어봐."

당신은 조심조심 포장지를 풀었어. 당신이나 나는 어릴 때부터 내 것이라 할 만한 게 없었지. 그래서 우리 같은 사람들은 어른이 되어서도 뭐든 아껴 쓰는 습관을 버리지 못하나봐. 작년에는 결혼식 비용을 마련하느라 많이 힘들었지. 장소는 문제 되지 않았어. 양가 부모도 친척도 없이 친한 친구 몇 명만 참석한 등기소 결혼식이었으니까. 당신 어머니의 유품인 사파이어 반지는 마치 처음부터 내가 끼었던 것처럼 잘 맞았어. 하지만 여전히 우리가 함께 나눠 낄 결혼반지, 정장, 드레스를 마련할 비용이 필요했지. 아무리 검소한 결혼식이라고 해도 제법 많은 돈이 든다는 걸 그때 처음 알았어.

"학이야."

내가 준 선물을 밝은 불빛 아래에서 비춰보고도 당신은 의아한 기색을 감추지 못했어. "결혼기념일 선물의 소재는 정해져 있어.

첫해는 종이로 된 것이어야 해. 지난주에 누가 유기견 보호소 앞에 푸들을 버리고 갔는데 이름이 오리가미였어. 그 이름을 듣는 순간 아이디어가 번쩍 떠올랐지. 유튜브 영상을 참고해서 난생처음 학을 접어 봤어. 학은 행복과 행운의 상징이래."

"감동이야." 당신이 말했어.

"학이 행운을 가져다줄 거야."

내가 종이학을 선물한 뜻을 알게 되면 당신이 더 좋아하리라 생각했어. 당신이 미신을 믿는다는 걸 아니까. 사실 난 당신이 까치에게 경례하거나 사다리 밑을 애써 피해 걷거나 실내에서 우산을 펴는 사람을 보고 기겁할 때마다 애틋한 마음이 들어. 당신은 운세를 매우 중요하게 여기지.

당신이 종이학을 지갑에 고이 넣는 모습을 보니 절로 웃음이 나왔어. 당신이 그걸 늘 간직하고 다닐 거라 생각하면 가슴이 뭉클해. 학보다 더 강력한 부적이 생기면 어쩔 수 없겠지만.

"내가 우리 결혼기념일을 잊은 건 아니야." 당신이 말했어. "다만 당신이 오늘을 결혼기념일로 생각할 줄 미처 몰랐어."

"왜?"

"우린 2008년 2월 29일에 결혼했고, 오늘은 2월 28일이니까. 엄밀히 따지면 2012년 2월 29일이 우리의 첫 번째 결혼기념일이잖아."

"그전에 죽을지도 모르겠네."

"이혼하거나."

"선을 넘네?"

"미안."

당신이 요즘 일이 바빠 결혼기념일을 잊었더라도 그리 놀랍지는 않을 거야. 남자들은 각종 기념일을 잘 기억하지 못하도록 프로그램되어 있으니까.

"선물은 나중에 갚아."

내 말에 당신이 내 파자마 바지 속으로 손을 밀어 넣었어. 내가 굳이 부연 설명을 하지 않아도 그때 우리가 무얼 했는지 당신은 기억할 거야. 난 그때 당신과 사랑을 나누면서 마음속으로 소원을 빌었어. 아기를 갖게 해달라고. 내년 이맘때 우리에게 아기가 생긴다면 내가 간절히 소원을 빌었기 때문이라는 걸 당신도 알아야 할 거야.

난 당신이 오늘도 일해야 한다는 걸 알고 있었어. 단칸방은 우리 세 식구가 함께 있기에는 그다지 쾌적한 장소가 아니라서 나는 글을 쓰는 당신과 깊이 잠든 밤을 두고 시내에 나가 오후 시간을 보냈지. 사실은 나도 혼자 있는 시간을 좋아해. 그래서 당신에게도 혼자만의 시간이 필요하다는 걸 이해해. 코번트 가든을 거닐다가 국립 초상화 갤러리에서 몇 시간을 보냈어. 초상화에서 아는 인물을 찾는 놀이가 꽤 재밌거든. 당신과 함께 갈 일은 없을 거야. 당신 눈에는 그 얼굴이 그 얼굴이라 따분하기만 할 테니까.

혼자 시내를 거닐다가 집에 돌아왔을 때 우리의 단칸방은 촛불이 가득해 화재경보기에서 배터리를 빼내야만 했어. 우리의 식탁인 커피 테이블에는 식기 두 벌과 우리가 제일 좋아하는 인도 요리 전문점 메뉴판이 내 이름이 적힌 봉투와 함께 샴페인 병에 비스듬히 기대어져 있었지. 나는 당신과 밥의 시선을 한 몸에 받으며 봉투를 열었어.

결혼기념일 축하해!

카드 겉면에는 그렇게 쓰여 있었어. 카드 안쪽에 적힌 한마디는 전혀 뜻밖이었지.

허락한대.

"무슨 뜻이야?"

당신이 미소와 눈빛으로 이미 답했지만 난 도저히 믿기 힘들었어.

"당신은 지금 사상 최초로 헨리 윈터의 소설을 각색할 시나리오 작가를 보고 있어." 당신은 반 대항 축구 경기에서 결승골을 터뜨린 남학생처럼 의기양양하게 말했지.

"정말이야?"

"그렇다니까."

"그럼 얼른 샴페인을 터뜨려야지."

"당신이 준 종이학 덕분인가봐." 당신이 샴페인 병에서 코르크 마개를 날리고 잔을 채우며 말했어. "내 에이전트가 갑자기 전화해서는 헨리 윈터가 나를 만나고 싶어 한다는 거야. 처음에는 꿈인 줄 알았어. 당신이 그 얘기를 꺼낸 게 바로 오늘 아침이잖아. 헨리 윈터를 직접 만나고 나서야 기적이 이뤄졌다는 걸 실감했어."

우리는 잔을 부딪쳐 건배했어. 당신은 입만 축이고, 나는 샴페인을 벌컥벌컥 들이켰지.

"그래서?"

"노스 런던에 있는 헨리 윈터의 집 대문 앞에 도착해 초인종을 누르니까 어떤 여자가 나오더니 나를 서재로 안내했어. 마치 헨리 윈터의 스릴러에 나오는 한 장면 같았지. 갑자기 암전이 되면서 누군가가 촛대로 내 옆구리를 찌를지도 모른다고 상상하며 잔뜩 긴장해 있는데 헨리 윈터가 유유히 걸어 들어왔어. 생각보다 키가 작았고, 트위드 재킷 차림에 파란 나비넥타이를 매고 있더라고. 우리는 곧 자리에 마주 앉아서 위스키를 마시며 대화를 나누었지."

"헨리 윈터가 먼저 당신한테 자기 소설을 각색해달라고 제안했어?"

당신은 고개를 저었어. "아니, 사실 그는 각색 얘기를 한마디도 하지 않았어."

그제야 나는 흥분을 가라앉히고 차분하게 당신이 하는 말을 들었지.

"그냥 한참 동안 우리는 그의 작품 얘기만 나눴어. 그가 가끔 나에 대해 묻더군. 당신에 대해서도. 당신이 접어준 종이학을 보여주니까 미소 짓더라고. 그 집에서 있던 오후 내내 현실감이 안 들었어. 그 집을 나온 지 30분쯤 지났을 때 내 에이전트한테서 또 전화가 왔지. 헨리 윈터가 첫 소설 《도플갱어》의 각색을 나한테 맡기고 싶어 한다는 거야. 내가 쓴 각색이 마음에 들면 영화사에 판권을 팔겠다면서. 이 정도면 거의 '쉬내니건스' 수준 아니야?"

"그런 말은 종전 이후로 아무도 안 써." 내가 놀림조로 말했어. "'쉬내니건스'를 오늘의 단어, 아니 올해의 단어로 하는 건 어때?"

나는 그 말끝에 울음을 터뜨렸어.

당신은 행복의 눈물이라 여겼고, 적어도 어느 정도는 그랬지.

"당신이 자랑스러워. 이제부터 다들 당신을 다시 볼 거야. 헨리 윈터의 소설을 각색했다고 하면 제작사들의 러브콜이 밀려들겠지."

난 당신의 성공을 조금도 의심하지 않았어. 우리는 다시 잔을 부딪치고 나서 샴페인을 입 안으로 털어 넣었지.

샴페인 병을 다 비운 우리는 내가 가장 좋아하는 방식으로 축하의 시간을 가졌어.

하루에 두 번이라니!

우리 집은 좁지만 침대까지 갈 여유도 없었어. 오늘 밤은 우리가 함께한 이래 최고로 황홀한 밤이었지. 당신은 지금 깊이 잠들어 있고, 나는 평소와 다름없이 말똥말똥한 정신으로 당신과 결혼하고 나서 처음 생긴 비밀을 곱씹고 있어. 어쩌면 영영 숨겨야 할지도 몰라. 사람들은 기회와 운으로 삶을 엮어 나가지. 아무도 구멍이 숭숭 난 미래를 원하지는 않아. 하지만 헨리 윈터가 당신에게 각색을 맡긴 이유가 나 때문이라는 걸 당신이 알게 된다면 우리 사이는 하루아침에 끝나게 될지도 몰라.

지금 이 편지는 영원히 당신과 공유할 수 없을 것 같아.

모든 사랑을 담아

당신의 아내가

어밀리아

　애덤은 뻑뻑해 보이는 나무 문을 들어 올리고 나서 지하실로 뻗은 돌계단으로 주저 없이 발을 들인다.

　"조심해." 내 말에 애덤이 코웃음을 친다.

　"걱정 마. 원래 오래된 예배당 건물에는 다 이런 지하실이 있기 마련이야. 설마 비밀 감옥은 아닐 테고, 이 집에서 숙박한 사람들의 시체가 썩어가고 있기라도 할까 봐? 정말 그렇다면 적어도 이 퀴퀴한 냄새의 정체가 뭔지는 설명이 되겠네."

　나는 애덤이 시야에서 사라져 보이지 않을 때까지 그 자리에 서서 발소리에 귀를 기울인다. 지하에서 손전등 불빛이 깜빡이다가 꺼진다. 잠시 사방이 온통 고요해진다. 어느새 나는 숨을 멈추고 있다. 그때 애덤이 내뱉는 욕설이 정적을 깨우면서 지하에 불이 들어온다.

"애덤, 괜찮아?" 내가 묻는다.

"손전등이 갑자기 꺼져서 천장에 머리를 박았어. 배터리가 다 닳았나봐. 아무튼 스위치를 찾아서 불 켰어. 다행히 유령이나 시체는 없고, 선반에 와인이 가득해."

먼지투성이 레드와인 한 병을 손에 든 애덤이 의기양양한 미소를 지으며 계단을 올라온다.

우리는 코르크 마개를 따고 와인을 한 모금씩 마신다. 맛을 보니 2008년은 스페인의 리베라 델 두에로가 축복받은 해다. 와인 맛은 그해 포도의 질이 좌우한다. 나에게도 유난히 즐거웠던 한 해가 있다. 그런 해만 골라 보관할 수 있다면 얼마나 좋을까.

와인을 곁들인 식사를 마치자 긴장이 풀린다. 전자레인지에 터질 때까지 돌린 치킨 커리는 놀라울 정도로 맛있었고, 벽난로 앞에서 와인을 홀짝이자니 몸이 노곤해진다. 벽난로의 장작에서 타닥타닥 소리를 내며 활활 타오르는 불길이 책이 빼곡한 거실 전체에 일렁이는 그림자를 드리운다.

바람이 거세게 불어 창문이 들썩인다. 밖에서는 여전히 폭풍과 눈보라가 기승을 부리지만 벽난로 앞에 놓인 소파는 제법 안락하다. 밥은 우리 발치에 엎드려 약하게 코를 골고 있고, 나는 술기운이 돌아서인지 기분이 썩 나쁘지 않다. 내 손가락이 애덤의 손으로 다가가다가 불에 덴 듯 움츠러든다. 우리가 서로의 몸을 만진 게 언제인지 기억나지 않는다. 애정 표현은 피아노 연주처럼 자주 연습하지 않으면 손이 굳어버린다.

애덤의 시선이 느껴지지만 나는 내 손만 내려다보고 있다.

애덤은 나를 볼 때 무엇을 볼까? 흐릿한 이목구비? 어렴풋한 실루엣? 애덤의 눈에는 내가 다른 사람과 똑같이 보일까?

10년을 함께한 배우자를 누가 잊을 수 있겠는가?

이번 주말여행 때 나는 애덤에게 솔직하지 못했다. 애덤이 눈치채는 건 불가능하다. 상담사가 권하는 대로 데이트를 해봤지만 함께하는 시간을 늘린다고 부부 사이가 좋아지지는 않는다는 걸 실감했을 뿐이다. 벼랑 끝에 서면 아래의 돌밭이 보인다. 이번 주말여행은 망가진 우리 사이를 바로잡을 마지막 기회다. 일이 뜻대로 되지 않을 경우 우리 둘 중 하나만 집으로 돌아갈 수도 있다.

애덤

　우리는 저녁 식사를 마치고 나서 말없이 소파에 앉아 있다. 냉동 커리 맛은 기대 이상이었고, 와인도 훌륭했다. 와인을 한 잔 더 했으면 하는 아쉬움이 남는다. 어밀리아의 손이 가까이 있는 걸 보자 문득 잡고 싶은 충동이 든다. 서로 애정 표현을 한 게 언제인지 까마득한데 갑자기 무슨 바람인지 모르겠다. 홀린 듯 팔을 뻗으려는 순간 어밀리아가 손을 거두어들인다. 차라리 잘된 일이다. 이번 주말여행의 목적과 내가 해야 할 일을 고려한다면.

　커다란 벽난로 안에서 일렁이는 불꽃을 바라보며 내 생각은 여러 갈래로 나뉜다. 주로 일과 관련된 생각이다. 지난 10년간 나는 헨리 윈터의 소설 세 권을 각색해 영화로 만들었다. 내 경력에서 가장 내세울 만한 성과다. 원작자가 내 각색을 마음에 들어 했고, 그 결과 내 인생은 일대 전환점을 맞이했더랬다. 헨리 윈터와 말을 섞은 지 제법 오래되었다. 지금 그가 왜 생각나는지 모르겠지만 아마도 그라면 책으로 둘러싸인 이 거실을 마음에 들어 할 것이다.

나는 요즘 공백기다. 이제 에이전트가 물어다주는 일은 마음에 들지 않는다. 본격적으로 내 창작 작업을 시작하고 싶지만 자신이 없다. 제법 오래전부터 꿈꿔 온 일인데 용기가 나지 않는다.

"마감 잡힌 일 없으면 예전에 써둔 시나리오를 검토해봐." 어밀리아가 내 생각을 엿보기라도 한 듯 끼어든다. 난 어밀리아에게 내 생각을 간파당하는 게 싫다. 여자들은 눈치가 너무 빠르다.

"아직은 때가 아니야."

"예전에 몇 년 동안 작업해둔 시나리오가 있잖아."

어밀리아는 내가 목숨처럼 아끼는 시나리오의 제목조차 기억하지 못한다. 예전에는 내가 하는 일에 관심이 많았다. 이제 어밀리아의 무관심이 마음 아프다.

"이제 곧 8부작 스릴러의 각색을 맡게 될 거야. 오래된 소설인데 꽤 재밌어." 나는 고개를 돌려 책이 빼곡한 서가를 눈으로 훑는다. "어쩌면 여기에 있을지도 몰라."

"이번 주말에는 일을 쉬기로 했잖아." 어밀리아가 받아친다.

"오해하지 마. 나도 일할 생각은 없으니까. 먼저 일 얘기를 꺼낸 건 당신이야."

"일 생각에 얼이 빠져 있었던 사람이 누군데 그래."

어밀리아가 어떤 표정을 짓고 있는지 알 수 없지만 공격적인 말투에 화가 난다. 내가 평소 허구의 세계에 몰두하는 이유는 현실이 너무 시끄러워서다. 요즘 어밀리아는 내가 무슨 말을 해도 언짢게 받아들이고 내가 입을 꾹 다물면 토라진다. 어떤 식으로든 내게 불리한 싸움이다. 헨리 윈터와 나 사이에 무슨 일이 있었는지 아직 말하지 않았다. 어밀리아가 과연 이해할 수 있을지 모르겠다. 나에게 헨리는 대부 같은 존재다. 물론 헨리는 그렇게 생각하지 않을 수도 있다. 서로 느끼는 감정이 늘 상호적이지는 않으니까.

스테인드글라스 창문이 바람에 덜컹거린다. 복잡한 생각을 떨쳐버릴 수 있게 해준다면 뭐든 반갑다. 어밀리아가 내 생각을 엿보지 않았으면 한다. 손을 둘 곳이 적당하지 않다. 이제 어밀리아의 손을 잡고 싶은 생각은 멀리 사라졌고, 휴대폰도 없어 손가락을 사용할 일이 없다. 주머니에서 지갑을 꺼내 구겨진 종이학을 꺼내 든다. 늘 내게 행운과 위안을 가져다주는 부적이다. 나는 어밀리아의 눈길을 의식하지 않고 종이학을 유심히 바라본다.

"제법 오래 지니고 다녔어." 내가 말한다.

어밀리아가 한숨을 쉰다. "알아."

"헨리 윈터의 집에 찾아가 그를 처음 만났을 때 이 종이학을 보여주었지."

"그 얘긴 이미 수도 없이 했잖아."

아내의 시큰둥한 목소리에 맥이 빠진다. 나도 지금껏 어밀리아가 하는 이야기를 모두 들었지만 딱히 흥미롭지는 않았다.

인간관계도 책처럼 마음대로 할 수 있으면 좋겠다. 책은 읽다가 재미없을 경우 덮어버리면 그만이다. 세상에는 읽어야 할 책이 널려 있고 선택은 자유다. 영화나 드라마도 마찬가지다. 책을 읽다가 덮어버린다고 죄의식을 느끼거나 타인의 시선을 신경쓸 필요 없다. 책을 읽고 느낀점은 말하지 않는 이상 아무도 모른다. 책과 달리 사람과는 반드시 끝을 봐야 한다. 안타까운 일이지만 사람 사이의 관계는 만족스럽게 맺어지기 어렵다.

어느새 눈이 진눈깨비로 변했다. 스테인드글라스 창문을 때린 진눈깨비가 눈물처럼 흐른다. 나는 때때로 울고 싶지만 그럴 수는 없다. 어밀리아가 생각하는 나와는 어울리지 않는 짓이다. 누구나 자기 삶의 등장인물을 캐스팅할 권한이 있다. 어밀리아는 나를 남편 역으로 캐스팅했다. 우리의 결혼 생활은 공개 오디션이고, 나는 과연 적합한 배역을 맡았는지 확신이 서지 않는다.

어밀리아의 얼굴은 흐릿하고 이목구비가 성난 바다처럼 요동친다. 어밀리아가 아닌 낯선 사람 곁에 있는 듯하다. 온종일 같이 있었더니 막다른 곳에 갇힌 느낌이다. 난 언제나 혼자만의 시간과 공간이 필요한 사람이다. 어밀리아가 왜 그리 숨 막히게 구는지 모르겠다.

내 손에서 종이학을 낚아챈 어밀리아가 말한다.

"당신은 미래에 집중하지 않고 과거에 머물러 있어."

"잠깐!" 나는 어밀리아가 내 행운의 부적을 불 속에 던지는 순간 다급히 외친다.

소파에서 벌떡 일어나 벽난로 속에 떨어진 종이학을 잡아채다가 손에 화상을 입을 뻔했다. 종이학은 한쪽 가장자리가 검게 그을렸지만 대체로 무사하다. 여기까지다. 출발을 알리는 총성이 울렸다. 여태껏 망설였지만 지금부터 카운트다운이다.

면

올해의 단어

그로울러리(Growlery) : 기분이 언짢을 때 찾는 피난처나 안식처. 맘껏 으르렁

거릴 수 있는 개인실 또는 아지트

2010년 2월 28일, 우리의 두 번째 결혼기념일

애덤에게

어느새 한 해가 지나고 두 번째 결혼기념일이야. 지난해는 정

말 대단한 일이 많았어. 당신은 헨리 윈터의 소설을 각색해 영화

사에 판권을 판 이후 그 어느 때보다 바쁘게 지냈지. 할리우드의 영화사는 당신이 각색한 120페이지 분량의 시나리오를 사느라 내 10년 치 급여보다 많은 돈을 지불했어. 당신이 잘되어서 더 없이 기쁘지만 우리 사이가 조금 소원해진 느낌이 들어 아쉽기도 해. 이제 당신이 하는 일에 내 의견은 크거저 아예 필요하지 않아 보이지만 진심으로 이해해.

그동안 당신은 많이 달라졌는데 슬프게도 나는 예전 그대로야. 우리에게는 아직 아이가 없어. 당신은 우리의 결혼기념일을 위해 시간을 내겠다는 약속을 지켰지. 최근 몇 달 동안 우리 사이를 돌아보면 뜻밖의 일이었어. 당신은 옆집 사람에게 주말 동안 밥을 돌봐달라고 부탁하고 나서 나에게 가방을 꾸리고 여권을 챙기라고 하면서도 행선지를 말해주지 않았지. 나는 개털이 덕지덕지 묻은 청바지 대신 노팅힐 중고품 가게에서 산 디자이너 드레스를 입고 새 립스틱도 하나 샀어.

집을 나선 당신은 블랙캡을 불러 세웠지. 나는 블랙캡이 우리를 세인트판크라스역이나 공항으로 데려다줄 거라 믿었는데 혼잡한 도심을 30분 만에 통과한 택시가 멈춰선 곳은 햄스테드 빌리지의 주택가였어. 당신이 런던에서 가장 좋아하는 동네지. 아마도 헨리 윈터가 사는 동네라서 그럴 거야. 고급 부촌이지만 우리 같은 사람들이 방문한다고 여권이 필요한 건 아닐 텐데 왜 챙기라고 했는지 의아했어.

택시에서 내린 당신은 팁을 넉넉하게 얹은 택시비를 지불하고 나서 주머니를 뒤적여 작은 상자 하나를 꺼내 들었지.

"이 상자에 뭐가 들었어?" 나는 당신이 내민 작은 상자를 뚫어지게 쳐다보며 물었어. 리본이 아주 예쁘게 장식되어 있기에 누가 포장해 주었는지 궁금했거든.

"결혼기념일 축하해." 당신은 씩 웃으며 말했어.

"선물 교환은 일요일에 하기로 했잖아."

"그래? 그럼 그냥 물릴까?"

나는 작은 상자를 덥석 잡았어. "이왕 받았으니 그냥 열어볼게. 면으로 된 선물이겠지? 두 해를 무사히 살아낸 부부의 결혼기념일에 주는 전통 선물이라면 면으로 만들어야 하니까."

"전통은 모르겠고, 두 번째 결혼기념일을 축하하는 의미로 주는 거야."

나는 조심스럽게 포장지를 벗겼어. 작은 벨벳 상자가 눈에 들어왔지. 내가 제일 좋아하는 청록색이었어. 귀고리를 예상하며 뚜껑을 열었는데 열쇠여서 깜짝 놀랐지.

"만약 이 동네에서 살 수 있다면 어떤 집을 고를래?" 당신이 물었어.

나는 우리가 마주하고 있는 빅토리아풍 낡은 주택을 올려다보았어. 제멋대로 자란 등나무와 담쟁이넝쿨이 붉은 벽을 뒤덮고 창문은 깨지거나 판자로 막혀 있었지. 척 보기에도 너무 오래되어 허름하긴 해도 너무나 아름다운 집이었어. 게다가 현관문에 붙은 판매 완료 표지판을 못 본 척할 수는 없었지.

"이 집을 골라도 될까?"

"당연하지."

나는 초콜릿 공장 열쇠를 선물받은 아이가 된 기분이었어. 현관문은 벨벳 상자처럼 청록색이었고, 유일하게 새 페인트를 칠한 상태였지. 당신이 선물한 열쇠로 현관문을 여는데 왈칵 눈물이 쏟아졌어. 그리 오랫동안 ~~형편없는~~ 작은 단칸방에서 살며 월세를 마련하려고 아등바등했는데, 그토록 근사한 집을 갖게 되다니 믿을 수가 없었지.

집 안은 오랫동안 손을 보지 않아 밖에서 본 풍경이나 다름없이 황폐했어. 사방에서 눅눅한 냄새가 진동하고, 마룻널은 듬성듬성 ~~빠져~~ 있고, 벽지는 너덜거리고, 가구들은 먼지와 거미줄로 뒤덮여 있었지. 전등이 달려 있어야 할 천장에는 전선들이 얼기설기 뒤얽힌 채 튀어나와 있고, 벽면 여기저기에 그려놓은 낙서도 눈에 띄었어. 하지만 난 이미 그 집과 사랑에 ~~빠졌지~~. 널찍하고 빛이 환하게 들어오는 방들은 온갖 가능성으로 넘쳐났으니까.

"집 단장은 당신 몫으로 남겨 두었어. 물론 그 전에 조금 손을 봐야겠지만……."

"조금?"

"그나마 오래된 집이라 싼값에 구입할 수 있었어."

"나도 마음에 들어."

"정말?"

"내가 준비한 선물은 양말 한 켤레야."

"무슨 선물인지 미리 말하면 어떡해."

"적어도 내 선물은 면으로 만든 거야."

"벽돌은 몇 번째지? 그때까지 기다렸다가 집을 샀어야 하나?"

문득 불안감이 밀려들며 흥분을 가라앉혔어. "혹시 집을 사려고 무리한 거 아니야?"

당신은 미소를 지으며 시간을 벌었어. 늘 대답하기 전에 재고 따지는 사람이니까. 속마음이 드러나지 않도록.

"작년에 쏠쏠하게 벌었잖아. 비록 바빠서 여가를 즐길 시간은 없었지만 그 덕분에 우리가 꿈꾸던 집을 마련할 수 있을 만큼 모았어. 틈나는 대로 직접 손볼 생각이야. 이 집을 우리만의 아늑한 '그라울러리'로 만들 거야." 나는 나중에 검색해보려고 그라울러리를 머릿속에 입력해두었어. "1층을 다 둘러봤으니 이제 2층으로 가볼까?" 당신이 말했어.

나는 먼지가 쌓인 나무 난간을 손가락으로 쓸며 어둑어둑한 계단을 올라갔어. 혹시 부서진 층계를 밟을까 봐 조심하면서. 집 안 여기저기에 거미줄과 흙먼지가 그득했지만 머지않아 아름답게 변할 모습이 눈앞에 그려졌어. 난 일하는 걸 좋아하고, 고

생스러운 일이라고 해서 마다한 적이 없지. 더구나 우리 집을 리모델링하는 일인데 마다할 이유가 없잖아.

2층 복도를 지나 큰 방으로 들어갔어. 난 아름다운 침대를 보자마자 숨을 헉 들이켰지. 그 침대가 집 안의 유일한 가구였고, 그 아래에는 얼음 양동이에 담아둔 샴페인이 있었어. "백 퍼센트 이집트산 면으로 만든 침대야. 결혼기념일 축하해, 라이트 부인." 당신이 나를 안으며 말했지.

"다른 방들은 비어 있어?"

"이제부터 채워 나가야지, 안 그래?"

오늘이 이 집에 머문 지 사흘째야. 산책하거나 먹을거리를 사러 나갈 때를 빼고는 줄곧 이 집에 있었지. 너무나 멋진 주말과 행복한 결혼기념일을 만들어주어서 고마워. 나랑 평생 함께 하기로 해줘서 고마워. 앞으로 내 모든 여가를 이 집을 수리하고 단장하는 데 바칠 생각이야. 우리가 꿈꿔온 아늑한 보금자리가 될 때까지. 지금보다 행복한 순간이 또 있을지 상상하기 어려워.

모든 사랑을 담아

당신의 아내가

어밀리아

지금보다 씁쓸한 기분은 상상하기 어렵다. 종이학을 정말로 벽난로에 던져버리려던 건 아니었는데 나도 모르게 손이 제멋대로 나갔다. 내 탓이 아니다. 애초에 나를 돌아버리게 만든 애덤 잘못이다. 애덤이 종이학을 지갑에 다시 끼워 넣고 나서 증오심이 가득한 눈으로 나를 노려본다.

"미안! 내가 왜 그랬는지 모르겠어." 애덤은 내 말에 대꾸하지 않는다.

가끔 나는 일터에서 매일 만나는 유기견이 된 기분이다. 남편이 항상 나를 까맣게 잊어버린 듯 내버려두고 허구의 세계로 사라지니까. 내 직업은 매년 이맘때가 가장 어려운 시기다. 크리스마스 선물로 강아지를 입양한 사람들은 밸런타인데이 무렵이 되면 함께할 마음이 식어버린다. 이름이 럭키인 독일산 셰퍼드는 이름표에 주소가 없었다. 럭키는 비가 억수처럼 퍼붓던 날 가로등에 연결한 목줄에 묶인 상태로 발견되었다. 비에 흠뻑 젖은 럭키의 몸은 오래도록 아무것도 먹지 못해 뼈가 앙상하게 드러나 있었고, 벼룩과 오물로 뒤덮여 있었다. 수의사의 말에 따르면 오랫동안 구타를 당한 흔적이 있다고 했다. 럭키는 전혀 '럭키'하지 않았다. 애덤이 행운의 상징으로 여기고 지갑에 넣어 다니는 종이학도 마찬가지다. 한낱 헛된 미신에 불과하다.

"왜 당신은 늘 잔뜩 화가 나 있어?"

애덤의 말이 화를 돋운다.

"화나지 않았어." 나는 화난 목소리로 말한다. "우리 관계를 진전시키려고 애쓰는 사람이 나뿐이라 지겨워서 그런지도 모르지. 남편이 아니라 동거인과 사는 기분이야. 당신은 내 하루가 어땠는지 궁금해하지도 않아. '오늘 저녁 메뉴는 뭐야?', '내 파란 셔츠는 어디 있어?', '혹시 내 열쇠 못 봤어?' 늘 이런 식이지. 나는 집에서 살림만 하는 전업주부가 아니야. 나도 엄연히 삶이 있고, 직장도 있는데 당신과 함께 있으면 나 자신이 별 볼 일 없게 느껴져."

나는 좀처럼 울지 않는 편인데 눈물이 저절로 흘러내린다. 애정 표현을 어떻게 하는지 까마득히 잊은 것 같았던 애덤이 낯선 행동을 한다.

"미안해." 애덤이 나를 끌어안고 속삭이더니 뭐가 미안한지 따지기도 전에 내게 키스한다. 두 손으로 내 얼굴을 잡고 아주 오래도록 깊이. 마치 처음 만났을 때처럼, 바쁜 일상이 우릴 갈라놓기 전처럼.

얼굴에 열이 오른다. 마치 남편이 아니라 낯선 사람과 키스하는 느낌이다. 언제부터인가 온전히 나만을 위한 선택을 하면 죄책감이 든다. 가끔은 호텔에서 체크아웃을 하듯이 현재의 내 삶을 떠나고 싶다. 숙박부에 서명하고, 열쇠를 반납하고, 새로운 곳으로 떠나고 싶다. 집보다 더 아늑하고 안전한 곳으로.

"긴 하루였어. 우리 둘 다 요즘 좀 피곤한가봐." 애덤이 말한다.

"우리, 침실에 올라가서 일찍 잘까?" 내가 제안한다.

"그전에 와인 한잔 더 할래?"

"그래, 내가 가져올게."

와인을 더 마시고 싶다면 왜 와인병을 부엌에 그대로 놔두었는지 모르겠다. 조금 전 상황은 지난 몇 달을 통틀어 우리가 가장 친밀한 순간이었다. 어느새 음악은 멈췄고, 바람이 건물의 틈새를 비집고 들이닥치며 휘파람을 분다. 바닥이 얼음처럼 차가워 양말만 신은 발이 시리다. 와인병을 챙겨 들고 거실로 돌아가려는데 스테인드글라스 창들이 내 눈길을 사로잡는다. 가만 보니 매우 특이하다. 스테인드글라스에 종교적 장면이 아니라 다양한 색상의 얼굴들이 담겨 있다.

얼굴 하나가 움직인 순간 온몸이 굳는다. 나는 비명을 지른다. 창밖의 흰 얼굴은 그림이 아니라 실물이다. 누군가가 창문을 통해 나를 빤히 바라보고 있다.

애덤

"무슨 일이야?" 나는 부엌으로 달려가며 소리쳐 묻는다.

어밀리아가 비명을 지르기 직전 뭔가 깨지는 소리를 들었다. 알고 보니 와인병이 바닥에 떨어져 깨진 것이다. 바닥에 유리 조각이 흩어져 있어 밥이 뛰어들지 않도록 목걸이를 잡아세운다.

"무슨 일이야? 괜찮아?"

"밖에 누가 있어."

"어디에?"

"저기." 어밀리아가 손가락으로 스테인드글라스 창문을 가리킨다.

나는 어둠 속에서 창문 가까이 다가가 밖을 살핀다. "지금은 아무것도 보이지 않아."

"내가 소리를 지르자마자 달아났어." 어밀리아가 깨진 유리 조각을 줍는다.

"나가서 둘러보고 올게."

"당신 미쳤어? 이렇게 외딴곳에 누가 있을지 알고 밖에 나간다는 거야? 아!"

유리 조각을 줍다가 찔렸는지 어밀리아의 손가락에서 피가 난다. 피를 보자 속이 울렁거린다. 나는 스크린에 펼쳐질 끔찍한 장면을 글로는 묘사할 수 있지만 실제로는 그다지 대범하지 않다.

"피 닦아." 나는 손수건을 어밀리아에게 건네고 나서 살며시 끌어안는다. 익숙한 샴푸 향이 우리의 행복했던 시절을 떠오르게 한다. 나는 아무리 대단한 미인이 눈앞에 있어도 알아볼 수 없지만 내면의 아름다움을 알아보는 눈은 뛰어나다고 자부한다. 어밀리아를 처음 만난 순간이 아직도 생생하게 기억난다. 어밀리아를 만난 그날 난 우리의 만남이 한 번으로 끝나지 않을 거라 예감했다. 사람에 관한 한 내 직감이 틀리는 경우는 거의 없다. 누구를 만나든 몇 분 안에 됨됨이를 파악하고, 내 판단이 그르지 않았다는 걸 시간이 증명해준다. 거의 언제나.

"내가 치울게." 나는 구석 자리의 청소함에서 빗자루와 쓰레

받기를 찾아낸다.

"청소 도구가 거기 있는지 어떻게 알았어?" 어밀리아의 질문에 나는 멈칫한다.

"그냥 짐작으로 알았어. 이제 좀 괜찮아? 혹시 흡입기가 필요하진 않아?"

천식이 있는 어밀리아는 전혀 예상치 못한 순간에 가끔 발작을 일으킨다. 언젠가 어밀리아는 옷 가게 앞을 지나다가 마음에 쏙 드는 분홍색 코트를 발견하고 몇 달간 돈을 모았다. 그렇게 어렵사리 장만한 새 코트를 딱 한 번 입어본 다음 날, 옷 가게에서 반값 할인 행사를 시작했다. 크게 낙심한 어밀리아는 발작을 일으켰다.

"난 이번 주말여행이 완벽하길 바랐는데 뜻대로 되는 게 아무 것도 없네. 누군가 우리를 감시하고 있다는 느낌이 들어." 어밀리아가 울먹이며 말한다.

"어둡고 으스스해서 그래. 오래 운전하느라 피곤한데 와인까지 마셨으니 누가 안을 들여다보고 있다고 착각했을지도 몰라."

나는 어린아이나 까다로운 원작자를 대하듯이 조심스레 말한다.

"착각한 게 아니야. 분명 저 창문 밖에서 누군가 나를 쳐다보고 있었어."

"어떻게 생겼는데?" 나는 쓸어 담은 유리 조각들을 쓰레기통에 쏟아부으며 묻는다. "남자야, 여자야?"

"너무 순간적이라 제대로 보진 못했어. 아까도 말했다시피 내가 소리를 지르자마자 달아났으니까."

"하우스키퍼한테 전화해서 건물 밖에 누가 있다고 말해볼까?"

"그런다고 뭐가 해결될까?"

그러면서도 가방을 뒤져 휴대폰을 찾아든 어밀리아가 낭패한 얼굴로 중얼거린다.

"환상적이네."

"안 터져?"

"신호가 한 칸도 안 떠."

밥은 우리의 대화를 듣고 있는 게 지겨웠는지 부트룸으로 이어지는 복도로 사라진다. 잠시 아무런 기척이 없어 찾아가 보니 털을 바짝 세운 밥이 현관문을 향해 이를 드러내고 으르렁거리고 있다. 여기에 온 이후 벌써 세 번째 보는 밥의 낯선 모습이다.

"건물 주변을 둘러봐야겠어." 나는 코트를 집어 들며 말한다.

"나가지 마, 제발." 어밀리아가 속삭인다. 마치 누군가 엿듣기라도 하듯이.

"쓸데없는 걱정 말고 기다려." 나는 밥의 목에 목줄을 채우며 말한다. "밥이 지켜줄 거야. 그렇지?"

계속 현관문을 향해 으르렁거리던 밥이 알았다는 듯이 꼬리를 흔든다.

"밥은 깃털도 무서워 하는 애야. 경비견 자격이 없어."

"우리 말고는 아무도 그 사실을 모르잖아. 만약 밖에 누군가 있으면 내가 단단히 겁을 줘서 쫓아버릴게. 밖에 다녀와서 와인 한 병을 더 따자."

문을 열자 진눈깨비와 찬 공기가 안으로 밀어닥친다. 밥이 갑자기 컹컹 짖어대며 밖으로 뛰쳐나가려고 하는 바람에 나는 서둘러 목줄을 잡아당긴다. 처음에는 칠흑 같은 어둠만이 시야에 들어왔는데 몇 번 눈을 깜빡거리는 사이 밥이 왜 그리 날뛰었는지 납득이 된다. 고작 몇 발짝 떨어진 곳에서 몇 쌍의 눈이 우리를 주시하고 있다.

가위바위보

가죽

올해의 단어

비블리어클레프트(Biblioklept) : 이야기를 훔치는 사람. 책 도둑

2011년 2월 28일. 우리의 세 번째 결혼기념일

애덤에게

아마도 많은 부부가 결혼기념일에 분위기 좋은 레스토랑에서 둘만의 오붓한 시간을 보내겠지만, 오늘 우린 아니었어. 오늘 밤, 우린 낯선 사람 수백 명과 함께했고 누구나 우릴 주목했지.

난 당신이 얼마나 파티를 싫어하는지 알아. 안면실인증이 있는 당신에게 한 자릿수 이상의 사람들이 모이는 파티는 정말 고역일 거야. 우리는 잘난 콧대 높은 영화계 인사 수백 명이 모인 타워브리지 파티에 참석했어. 당신은 눈가리개를 하고 지뢰밭을 걷는 느낌이었을 거야.

"라이트 씨, 곧장 안으로 들어가세요." 출입문 앞에서 클립보드를 든 여자가 환히 웃으며 말했어.

나는 안내를 맡은 그 여자가 색상으로 구분해둔 복잡한 명단에서 손님들의 이름을 일일이 확인하는 걸 지켜봤지만 당신은 굳이 그런 과정을 거칠 필요가 없었지. 파티 참석자 대부분이 영화계의 주류에 편입된 당신에 대해 알고 있으니까. 당신이 빛을 보지 못할 때는 눈길조차 주지 않더니 막상 당신이 헨리 윈터의 소설을 각색해 블록버스터급 영화를 만든 주역으로 떠오르자 다들 친분을 맺고 싶어 안달이 났지.

당신이 파티나 시상식에 나를 반드시 데려가는 이유는 사람들이 말을 걸려고 다가올 때 내가 옆에 있다가 귓속말로 누군지 속삭여주어야 하기 때문이야. 당신이 저명한 인사를 알아보지 못하면 곤란하니까. 물론 불평은 아니야. 난 당신과 달리 파티가 싫지 않고, 그 자리에 참석하기 위해 머리부터 발끝까지 치장하는 재미도 쏠쏠하니까. 온종일 개를 돌보아야 하는 직업을 가진 나에게 그런 기회는 흔치 않잖아.

이제는 파티가 제법 익숙해졌어. 지난 몇 년간 당신이 하는 말을 듣고 머릿속으로 상상하기만 했던 영화제작자, 감독, 배우, 작가들을 실제로 만나보면서 얼굴을 익혔으니까. 오늘 같은 파티가 열리는 날 나는 당신이 속한 세계의 인물들을 만나 담소를 나누며 시간을 보내지. 그들과 공통점은 거의 없지만 책이나 영화, 드라마가 화제라면 나도 얼마든지 대화가 가능하니까. 이 세상에서 흥미로운 이야기를 사랑하지 않는 사람은 없다고 봐.

타워브리지 내부를 처음으로 볼 기회이기도 해서 기대가 컸어. 미슐랭 스타 셰프가 손수 만든 핑거푸드를 고급 샴페인에 곁들여 먹을 수 있어서 더욱 좋았지. 하지만 파티에 초대된 손님 명단에서 헨리 윈터의 이름을 발견한 순간, 타워브리지 안으로 들어서기가 두려웠어. 그제야 나는 우리의 결혼기념일을 낯선 사람들과 보내게 된 진짜 이유를 알게 되었지. 당신은 헨리를 만나 다른 소설의 각색 작업을 맡겨달라고 설득할 생각이었던 거야. 이미 헨리의 소설을 두 편이나 각색했으니 이제 구걸하지는 말자고 했는데 당신은 ~~차거가 제일 잘 안타고 생각~~ 내 말을 듣지 않았지. 새삼 느끼지만 시나리오 작가의 길은 멀고도 험해.

우리가 도착했을 때 타워브리지는 런던의 밤하늘을 배경으로 밝게 빛나고 파티는 이미 한창 무르익은 상태였어. 우리 위로는 사람들의 목소리가 섞인 음악이 울려 퍼지고, 아래로는 템스강

물결이 찰랑거렸지. 엘리베이터가 우릴 꼭대기에 내려주었을 때 나는 매우 흥미로운 밤이 시작되리라 예감했지. 타워브리지 내부는 생각보다 좁았어. 그저 영화인들로 가득 찬 긴 통로 같았지. 난 몰려선 사람들을 비집고 지나가는 웨이터의 쟁반에서 기꺼이 샴페인 두 잔의 무게를 덜어주었어. 아침에 혹시나 하는 마음에 테스트해 봤는데 술을 마시지 않을 이유는 없었지. 나는 더 이상 월간 비보를 전하지 않고, 당신도 굳이 묻지 않았어.

"결혼기념일 축하해." 당신이 그렇게 속삭이더니 나와 잔을 부딪치고 나서 샴페인을 한 모금 마셨어.

나는 단숨에 샴페인 잔을 반쯤 비웠지. 적당한 알코올이 파티에 참석할 때마다 느껴지는 불안감을 눌러주거든. 파티 참석자 대부분이 당신을 알고, 마음에 들려고 애쓰는 게 느껴져. 하지만 나는 단 한 번도 그들과 내가 격의 없이 어울린다는 느낌을 받은 적이 없어. 아마 내 느낌이 맞을 거야. 난 역시 사람보다 개를 더 좋아하나봐. 나는 샴페인을 한 모금 더 마시고 나서 내가 맡은 임무인 당신의 눈이 되어주기 위해 행사장을 차분히 스캔했어.

오늘 아침에 우린 결혼기념일 선물을 교환했지. 나는 금박 이니셜을 새긴 가죽 가방을 당신에게 선물했어. 당신이 귀한 원고를 추레한 가방에 넣어 다니는 걸 더는 볼 수 없었기 때문이야. 당신은 내게 무릎까지 올라오는 가죽 부츠를 선물했어. 내가 눈

여겨보던 구두였지. 서른두 살 유부녀가 신기에는 너무 튀지 않을까 싶었는데 당신은 절대 아니라고 반박했어. 그냥 의무감으로 해본 소리는 아니었는지 파티에 가는 택시 안에서 당신은 내 다리를 빤히 바라보았지. 날 원한다는 느낌이 들어서 기분이 좋았어.

"접근자 발견." 파티 참석자들이 몰린 곳으로 걸어가며 나는 당신 귀에 대고 속삭였어.

"영악, 사악, 추악?" 당신이 물었어.

"사악. 지난번에 당신한테 범죄 소설 각색을 요구한 영화감독이야. 당신이 거절했더니 고까운 표정을 지었던 여자 기억나? 아마 이름이 리사? 린다? 리즈?"

"리지 팍스?"

"맞아, 리지 팍스."

"아직도 화가 나 보여?"

"아주 많이."

"우리에게로 오는 게 확실해?"

"백 퍼센트."

"시나리오 작가들을 통조림 공장 취급하는 여자야. 나에게 소설을 각색해 달라면서 아직 원작자 허락조차 받아내지 않았어. 아주 뻔뻔한 비블리어클레프트야."

"코드 레드네."

"와우, 오늘 정말 근사한데요, 리지." 당신은 리지에게 어린아이나 콧대 높은 인간들에게 특별히 쓰는 말투로 인사를 건넸어. 당신이 나에게도 그런 식으로 인사한다면 정말 속상할 거야.

당신은 냉큼 리지에게 다가가 볼 키스를 했어. 마치 스위치를 누르면 저절로 알아서 움직이는 로봇 같았지. 파티에 참석하면 당신은 늘 감쪽같이 변신해. 매력적이고, 칭찬을 쏟아내고, 영리하고, 모두가 좋아하는 버전이 되지. 매일 새로 마련한 작업실로 사라지는 내향적인 남자와는 딴판이라 마치 연극 공연을 보는 것 같아. 나는 다양한 버전의 당신도 기꺼이 사랑할 수 있지만 나만 바라보는 애텀 라이트가 제일 좋아.

"또 온다." 난 완두콩 퓌레를 얹어 구운 가리비를 작은 은수저로 떠먹고 나서 속삭였어.

"누구야?"

이번에는 나도 잘 아는 인물이었어. "네이선."

당신은 네이선과 악수하고 나서 곧바로 일 얘기를 나누었어. 네이선은 이번 파티를 연 영화사 대표라서 행사장 곳곳을 돌며 인사를 건네는 중이었어. 방금 만난 상대와 대화를 나누는 틈틈이 다음에 인사할 사람을 찾아 주위를 두리번거렸지. 세금을 징수하듯 타인의 기쁨을 조금씩 빼돌려 자기 욕심을 채우는 인물이야. 당신이 그에게 날 소개했고, 나는 그의 날카로운 눈빛에 약간 주눅이 들었어.

가위바위보

"하시는 일이?" 네이선이 물었어.

내가 제일 싫어하는 질문이야. 내가 답할 때마다 상대가 내비치는 반응 때문이지.

"배터시 유기견 보호소에서 일해요." 나는 미소를 지으며 말했어.

"아, 매일 동물들을 볼 수 있어 좋겠네요."

사람들이 반려견을 함부로 버리는 건 좋지 않다고 말하려다가 참았어. 그의 거들먹거리는 말투로 보아 그냥 무시하는 게 최선일 듯했으니까. 난 항상 겸손해야 한다고 마음속으로 되새겨. 다리를 폭파해버리면 다시는 건널 수 없으니까. 어차피 파티에서는 대화 상대가 계속 바뀌기도 하고. 네이선이 다른 사람에게로 가고 나서 비로소 우리에게도 숨 돌릴 틈이 생겼어.

"아직 못 봤어?" 당신이 속삭였어.

누굴 뜻하는지 되물을 필요도 없었어. "응, 아직. 다른 곳으로 가보자."

우리는 다음 장소로 이동했어. 다리 위로 탑과 탑을 연결하는 유리 통로로. 발아래 흐르는 템스강과 눈 앞에 펼쳐진 런던의 야경이 그야말로 장관이었어.

"헨리 보여?" 당신이 또다시 물었어.

"아직."

내 대답에 당신은 시무룩해졌지. 짝사랑하는 여자아이에게 거절당한 남자아이처럼.

당신과 일하고 싶어 하는 제작자들, 과거에 당신을 시큰둥하게 대했던 걸 만회하려는 감독들, 당신 자리를 탐내는 시나리오 작가들이 보이지 않는 줄을 서 있는 상황이었지. 나는 슬슬 다리가 아파 오기 시작했고, 당신이 먼저 자리를 뜨자고 했을 때 놀라긴 했지만 내심 기뻤어.

당신은 나가자마자 블랙캡을 불러 세웠고, 뒷좌석에 오르자마자 내게 키스했지. 당신의 손이 가죽 부츠 위쪽을 더듬다가 내 다리 사이로 파고들었어. 집에 도착하자마자 당신은 현관에서부터 내 옷을 벗기기 시작했지. 가죽 부츠만 남을 때까지. 얼마 전 새로 단장한 계단에서의 섹스는 신선하기 그지없었어. 아직도 새로 칠한 니스 냄새가 코끝에서 맴도는 느낌이야.

뜨거운 사랑을 나눈 뒤 우리는 침대에서 위스키를 마시며 파티에서 만난 사람들 이야기를 나누었어. 영악한 사람, 사악한 사람, 추악한 사람.

"당신은 신혼 때처럼 날 사랑해?" 내가 물었어.

"당연하지. 언제까지나 사랑할 거야." 당신은 씩 웃으며 대답했어. 뻔뻔한 얼굴이 너무 잘생겨서 웃음이 나오더라.

나도 언제까지나 당신을 사랑할 거야. 하지만 내가 파티 내내 헨리 윈터를 여러 번 본 것은 말할 수 없었어. 헨리는 트레이드마크인 트위드 재킷 차림에 나비넥타이를 매고 있었고, 주름진 얼굴로 의미심장한 표정을 짓고 있었지. 책의 프로필 사진보다 훨씬 더 나이 들어 보였어. 덥수룩한 백발, 새파란 눈, 극도로 창백한 피부를 보니 마치 유령을 보는 것 같더라.

나는 당신이 제일 좋아하는 작가가 우리를 계속 따라다니며 관심을 끌려고 애쓴다는 걸 알면서도 끝내 당신에게 말할 수 없었어.

그러고 보니 지난 3년 동안 비밀이 부쩍 많아졌네.

당신도 내가 모르는 비밀을 숨기고 있을까?

모든 사랑을 담아

당신의 아내가

어밀리아

현관문 밖에서 양들이 매애 하고 울자 애덤이 킥킥대며 웃는다. 애덤이 미친 듯이 짖어대는 밥을 끌고 안으로 들어오는 모습을 보면서 나도 피식 웃는다. 어둠 속에서 우리를 응시하는 눈들을 처음 보았을 때만 해도 공포 영화의 한 장면인 줄 알았는데 애덤이 손전등을 비추자 한순간에 코미디 영화로 돌변했다. 우리가 오는 길에 마주친 양떼였다. 눈 내린 하얀 세상에 파묻혀 번뜩이는 눈만 보인 것이다.

"나중에 이 장면을 떠올려보면 정말 웃길 거야." 애덤이 코트를 벗으며 말한다.

글쎄, 정말 그렇게 웃길까?

나는 너무 추워 외투를 벗지 않고 그대로 있다. 애덤이 큼지막한 열쇠로 현관문을 잠근다. 한 번도 본 적 없는 열쇠지만 너무 피곤해 그냥 어디에서 찾아냈으려니 여긴다. 오래전부터 고대했던 주말여행이고, 애덤을 들볶다시피 해서 데려왔는데 벌써 집이 간절히 그립다.

애덤은 스스로 은둔자를 자처한다. 작업실에서 가공의 인물들과 상상의 세계로 사라질 때 가장 행복해하고, 늘 이야기 속에서 빠져나오지 못하고 허우적거린다. 장담컨대 내가 고집부리지 않으면 우린 어디로든 떠날 일이 없다. 애덤은 집을 좋아하고, 나도 그렇지만 우리가 어디로든 떠날 수 없는 건 아니다. 햄스테드 빌리지의 빅토리아 양식 2층 단독 주택에 산다는 건 공공 임대 아파트에서 나고 자란 애덤의 입장에서 보자면 대단한 도약이다. 애덤은 그 시절 이야기를 꺼릴 뿐만 아니라 자신의 불우한 역사를 아예 지우고 싶어 한다.

나는 여전히 런던의 부촌에 산다는 느낌이 들지 않는데 애덤은 이제야 제자리를 찾은 듯이 안착했다. 열여섯 살에 학교를 중퇴하고 영화관에서 일하며 야망을 키우던 사람의 흔적은 전혀 남아 있지 않다. 세상은 야심가를 사랑하고, 애덤은 결코 포기하지 않았다. 두 집 건너에 연극 감독이 살고, 오른쪽 집에는 뉴스 진행자, 왼쪽 집에는 오스카상 후보에 오른 여자 배우가 산다. 다들 대단한 유명 인사라 개를 산책시키다가 우연히 마주칠 때마다 부담스럽다. 애덤과 달리 나는 성공한 이웃들과 전혀 공통점이 없다. 야망을 불태우며 사는 사람들을 이해 못 하는 건 아니다. 인생에서 더 높이 올라갈수록 더 좋은 전망을 볼 수 있으니까. 하지만 애덤의 성공은 가끔 나를 실패자처럼 느끼게 만든다. 애덤이 쓴 시나리오가 흥행의 보증수표라면 나는 허점이 많은 습작에 불과하다.

애덤이 내 이마에 입을 맞춘다. 마치 부모가 불을 끄기 전에 아이에게 잘 자라고 하듯이 부드럽게. 최근에 애덤이 나를 부족한 사람처럼 느끼게 한 것은 어쩌면 내 자격지심일지도 모른다. 애덤은 여전히 나를 소중한 아내로 여기니까.

"멋쩍어할 필요 없어." 애덤의 말에 나는 혹시 속마음을 들켰나 해서 당황한다.

"뭘?"

"양을 사람으로 착각해 와인병을 떨어뜨리다니?" 애덤이 나를 놀리고 싶은 듯 얄미운 미소를 짓는다. "긴장 좀 풀어."

애덤이 긴장을 풀라고 하면 꼭 역효과가 난다. 나는 굳이 반박하지 않지만(반박하더라도 애덤은 귀담아듣지 않을 것이다) 내가 스테인드글라스 창문에서 본 건 양이 아니라 사람의 얼굴이 분명하다. 상상이 아니다. 대부분의 시간을 상상의 세계에서 보내는 애덤과 달리 나는 온종일 현실에서 산다. 나는 사람의 얼굴을 봤다고 확신하는 한편 누군가로부터 감시당하는 느낌을 떨쳐버릴 수 없다.

로빈

로빈은 예배당 건물 안의 여자가 자신을 발견하자마자 창문에서 물러섰지만 이미 늦었다. 여자의 비명에 놀라 로빈은 부리나케 달아났다. 외부인이 블랙워터를 방문한 건 매우 오랜만이다. 등산객들이 길을 잘못 든 경우를 빼면 방문객을 본 지 1년이 넘었다. 블랙워터에 사슴과 양은 많아도 사람은 드물다. 관광객들의 발길이 닿기에는 지나치게 후미진 곳이고, 길이 험한 산간벽지라 인근 지역 주민들조차 방문을 꺼린다. 블랙워터 호수와 예배당은 오랫동안 사람들 입에 오르내렸지만 로빈이 기억하는 한 죄다 악령과 관련된 괴담뿐 그다지 유쾌한 이야기는 없었다.

로빈은 혼자 지내길 좋아하고, 귀신의 존재를 믿지 않을뿐더러 설령 눈앞에 나타난다고 해도 무서워하지 않을 자신이 있다. 귀신보다는 오히려 산 사람을 더 무서워하고 경계한다. 방문객들이 도착한 이후 계속 지켜보는 이유다. 그들이 타고 온 차가 길 끝자락에 있는 오두막 앞을 지나칠 때 로빈은 깜짝 놀랐다. 이런 날씨에 해안도로나 산길에서 운전하는 건 그야말로 미친 짓이다. 며칠 전부터 라디오에서 이 지역에 폭풍주의보가 내려졌다는 뉴스가 흘러나왔고, 잔뜩 찌푸린 하늘만 봐도 곧 큰 눈이 오리란 걸 충분히 예상할 수 있었다.

로빈은 지난 몇 년 동안 블랙워터에서 지내면서 스코틀랜드 하일랜드 날씨가 얼마나 난폭한지 경험했다. 이 지역 사람들은 폭풍주의보가 내려지면 철저히 방비한다. 폭풍이 불면 며칠 동안 발이 묶여 오도 가도 못 할 수도 있다. 정신이 제대로 박힌 사람이라면 이맘때 블랙워터에는 얼씬도 하지 않는다.

로빈은 오두막의 커튼 뒤에 숨어 차가 지나가는 걸 지켜봤다. 방문객들이 오늘 같은 악천후에 박물관에 있어야 어울릴 법한 민트색 구식 차를 타고 블랙워터까지 무사히 왔다는 사실이 경이로울 뿐이다. 차는 예배당으로 이어지는 길을 따라 내려가더니 호숫가에 멈춰 섰다. 폭풍이 불고, 눈보라가 치고, 칠흑같이 어두워 시야가 확보되지 않는 날에 블랙워터를 찾아온 걸 보면 위험에 둔감한 사람들이 분명하다. 로빈은 방문객들을 더 가까이에서 보려고 조금 거리를 두고 뒤따라갔다.

남녀 커플이 차에서 내리고 이어서 커다란 검은색 개가 트렁크에서 뛰어내렸다. 로빈은 동물을 좋아하지만 양은 함께 지내기에 좋은 동물은 아니다. 먼발치에서 보기에도 남자는 몹시 피곤해 보인다. 궂은 날씨에 긴 여행을 했으니 피곤한 게 당연하다. 커플과 개가 예배당으로 걸어가는 동안 로빈은 꼼짝하지 않고 그들을 지켜보았다. 예배당 문은 굳게 잠겨 있고, 안에서 열어주는 사람도 없다. 두 사람 다 추위에 덜덜 떨며 망연자실한 표정을 짓고 있다.

차를 운전한 여자는 머리부터 발끝까지 근사한 차림이다. 화려한 옷, 긴 금발에 공들여 화장까지 했다. 로빈은 몇 년 동안 새 옷을 입어 본 적이 없다. 이곳에서는 따뜻하고 편안한 옷이 최고라 양모와 방모 소재의 옷들뿐이다. 로빈은 주로 긴 소매 티셔츠에 작업용 멜빵바지를 입고, 털양말을 두 켤레 겹쳐 신는다. 어느덧 백발이 된 머리는 너무 길어지기 전에 직접 잘랐고, 장밋빛으로 물든 뺨은 블러셔를 발라서가 아니라 찬바람 탓이다. 로빈은 자신이 과거에 어떤 모습이었는지 기억이 가물가물하다.

방문객들이 안으로 들어가고 나서 로빈은 스테인드글라스 창문을 옮겨 다니며 안을 들여다봤다. 대화를 엿듣고 싶었지만 바람 소리 때문에 불가능했다. 옷을 단단히 껴입어 춥지는 않았다. 로빈은 추위에 약한 편이다. 예배당에 마지막으로 머물렀던 사람이 떠난 뒤로 단 한 번도 청소하지 않고 방치해 두었으니 먼지가 제법 많이 쌓였을 텐데 방문객들은 촛불을 켜고, 벽난로에 불을 지피고, 냉동 음식을 데워 먹으며 와인을 마셨다. 커다란 개는 러그 위에 누웠고, 커플은 벽난로 앞에 나란히 누워 있다. 제법 로맨틱해 보이지만 겉모습만으로는 속단할 수 없다.

방문객들은 전혀 **두려워** 보이지 않는다. 사랑하는 사람과 함께 있기 때문일 수도 있다. 혼자 상대할 필요가 없을 때 세상은 덜 무서워 보인다. 다만 인생은 선택의 게임이다. 로빈은 몇 번 잘못된 선택을 했다. 지금 예배당 안에서 휴식을 취하는 커플도 잘못된 선택을 했다. 악천후에 블랙워터에 온 건 최악의 선택이다.

어밀리아

"뭐가 잘못됐어?" 애덤이 묻는다. 딱히 대답을 듣지 않아도 상관없을 때 하는 말이다.

"아무 일도 없어." 우리는 부트룸에서 서로 마주 보고 서 있다. 나는 벽면의 작은 거울에 비친 내 모습을 보는 순간 고개를 돌려 외면한다. 이상한 나라의 앨리스가 따로 없다. 우리를 이곳으로 이끈 흰 토끼만 없을 뿐.

"이제 와인도 없으니 그냥 잘까?"

"지하실에 잔뜩 쌓여 있다며?"

"그럼 이번에는 당신이 내려갔다 올래?"

가위바위보

"무서워서 싫어."

"정작 내려가 보면 무서워할 게 전혀 없다는 걸 알게 될 거야."

애덤의 말은 딱히 신뢰가 안 가지만 나의 자존심이 발동한다. 내 남편이 할 수 있다면 나도 한다. 무서워도 별수 없다. 나 역시 와인이 마시고 싶다.

애덤과 함께 부엌에 딸린 창고로 가서 돌바닥에 난 나무 문을 연다. 지하실로 내려가는 계단이 눈에 들어오면서 눅눅하고 퀴퀴한 냄새가 코를 찌른다.

"무슨 냄새지?"

애덤은 어깨를 으쓱한다. "곰팡이 냄새 아닐까?"

그동안 살면서 맡아봤던 그 어떤 곰팡 내보다 지독하다.

"손전등을 줘."

"배터리가 나갔어. 지하실로 내려가자마자 오른쪽 벽을 더듬어보면 전등 스위치를 찾을 수 있을 거야."

나는 붙잡을 난간이 없어 벽을 더듬어가며 돌계단을 내려간다. 지하실은 몹시 추울 뿐만 아니라 축축하고 끈적끈적한 기운이 있다. 내 손가락이 전등 스위치를 찾아 누르자 천장에 달린 흉물스러운 형광등이 섬뜩한 초록빛을 발산한다. 형광등의 윙윙거리는 소리가 위안이 되긴 처음이다.

유령이나 가고일은 없지만 기분이 으스스하다. 벽, 천장, 바닥 모두 돌로 되어 있고, 입김이 보일 만큼 춥다. 벽면에 박혀 있는 녹슨 쇠고리 세 개가 왠지 꺼림칙한 느낌을 주지만 굳이 용도를 알고 싶지 않다. 와인 진열대를 발견한 나는 서둘러 와인을 챙겨 들고 지상으로 올라가고 싶다. 와인병이 온통 얼룩과 먼지로 뒤덮여 라벨을 읽을 수 없지만 말벡처럼 보이는 병이 눈에 띈다.

그때 갑자기 불이 나간다.

"애덤?"

머리 위에서 나무 문이 쾅 닫힌다.

"애덤!" 나는 크게 소리쳐 애덤을 부르지만 아무런 대답이 없다. 눈에 보이는 거라고는 칠흑 같은 어둠뿐이다.

로빈

로빈은 어둠이 두렵지 않다. 폭풍이나 가끔 블랙워터 예배당에서 벌어지는 기이한 일들도. 방문객들과 달리 로빈은 늘 준비되어 있다. 오늘 아침에 로빈은 생필품을 사러 시내에 갔다. 골짜기를 지나고 산을 넘어야 하는 길이라 왕복 한 시간이 넘게 걸린다. 로빈은 딱히 장보기를 좋아하지 않아 한 달에 한 번만 시내에 다녀온다. 오랫동안 혼자 살다 보니 사람들을 대면하는 게 어색하다. 고독한 일상에는 익숙해졌지만 말을 하려고 입을 열면 이상한 소리가 새어 나올까 봐 마음이 조마조마하다.

수줍음과 불친절은 성격이 완전히 다른데 안타깝게도 대부분의 사람들은 둘의 차이를 구분하지 못한다. 로빈이 타고 다니는 랜드로버는 오래된 차지만 아직 힘이 좋아 눈길에도 미끄러지지 않고 잘 굴러간다. '시내'라고 해봐야 스코틀랜드 서부 해안에 위치한 조용하고 한적한 마을 할로그로브다. 주택 몇 채와 구멍가게 하나가 있는 작은 마을이다. 우체국을 겸한 구멍가게에서 생필품을 판다. 폭풍이 밀려올 거라는 소식에 마을 사람들이 사재기를 한 탓에 진열대가 많이 비어 있다. 과일과 채소, 빵, 두루마리 휴지는 이미 동났다. 사람들이 왜 두루마리 휴지에 그렇게 집착하는지 알 수 없다.

로빈은 우유와 치즈, 성냥, 양초, 여섯 캔들이 스파게티 훕스를 장바구니에 넣었다. 집에 이미 베이크드 빈스가 스무 캔 남짓 남아 있고, 귤 통조림도 찬장에 가득하다. 팩 우유도 넉넉하게 구비되어 있다. 로빈은 오래 두고 먹을 수 있는 보존식품을 좋아해 언제나 다양한 통조림 캔을 넉넉하게 챙겨둔다. 집에 먹을거리를 확보해두고 있어야 갇혀 지내야 할 때 배를 곯지 않을 테니까.

로빈은 진열대에 남은 이유식 캔들을 바구니에 추가한다. 가게 주인은 계산하기 전에 늘 그랬듯이 잠시 바구니에 담긴 물건들을 훑어본다. 로빈은 그 시선에 눌려 움츠러든다. 오랫동안 이 가게에서 이유식 캔을 샀지만 아기에 대한 질문을 받은 적은 없다. 다들 로빈이 혼자 산다는 걸 알고 있다.

가게 주인이 단 명찰에는 패티라고 적혀 있다. 얼굴을 볼 때마다 혼합육으로 만든 햄버거 패티가 떠올라 속이 메스껍다. 로빈은 종종 손님들에게 무례하고 불친절하게 구는 패티를 본 적이 있다.

로빈은 인사를 건네려다가 그만둔다. 패티의 반응이 어떨지 뻔하다. 모처럼 마주치는 사람들과 인사도 하고, 대화를 나누고 싶은 마음이 일기도 하지만 패티는 적당히 넘어갈 상대가 아니다.

오두막으로 돌아와 보니 정전이 되어 어둡고 춥다. 로빈의 오두막은 초가지붕을 얹은 두 칸짜리 작은 돌집으로 화장실은 외부에 있다. 200년 전에 지어진 이 오두막은 예배당이 제 구실을 하던 시절 사제들의 거처로 사용된 집이다. 두껍게 바른 회반죽이 군데군데 부서져 화강암이 드러나 있다. 2세기가 지난 집인데 만든 이의 지문이 아직도 회벽에 남아 있다. 로빈은 그 흔적을 보면 왠지 힘이 났다. 이 세상에 왔던 사람들은 누구나 작은 흔적을 남기고 떠난다.

로빈의 어머니는 종종 이 오두막에서 밤을 지새웠다. 아버지로부터 도망치거나 숨어야 할 때마다. 현실은 서글펐지만 어머니는 노래와 요리, 바느질을 좋아했고, 자기 자신과 주변 환경을 늘 아름답게 가꾸었다. 로빈은 가끔 어머니를 따라 이 오두막에 왔고, 난롯가에 마주 앉아 말없이 서로를 위로하며 집안의 폭풍이 물러가길 기다렸다. 오두막은 어느새 둘만의 피난처가 되었고, 어머니가 손수 만든 커튼, 쿠션, 담요가 있어 아늑했다. 로빈이 집을 떠났다가 몇 년 만에 왔을 때는 어머니를 포함해 모든 게 사라진 상태였다. 오두막에 남아 있는 건 그저 기억의 부스러기밖에 없었다.

로빈은 길가에서 나무 팔레트 몇 장을 주워와 침대를 만들고, 그 위에 두꺼운 모직 담요를 깔고, 베개도 직접 만들었다. 벽난로가 있는 방에는 작은 탁자와 쓰레기장에서 구해온 가죽 안락의자를 놓아두었다. 필요한 가구나 도구가 있으면 어딘가에서 주워 와 고쳐 쓰거나 직접 만들어 사용했다. 오두막에 처음 왔을 당시만 하더라도 아무것도 없었다. 옷가지가 든 여행 가방 하나가 전부였다. 나머지는 모두 버리고 왔다.

접시와 컵, 포크와 나이프는 이 지역의 카페와 술집에서 빌렸다. 누가 봤다면 빌린 게 아니라 훔쳤다고 하겠지만 로빈의 계산 방식은 달랐다. 음식값을 지불하고 팁까지 주었으니 식기 하나를 슬쩍한다고 한들 도둑질은 아니라고 여겼다. 언젠가 카페에서 방명록을 집어 온 적도 있는데 그땐 왜 그랬는지 모른다. 손님들이 적어놓은 정겨운 메시지들이 탐났을지도 모른다. 필요한 물품들을 장만하고 나니 돈이 떨어졌다. 이제 수중에 남은 돈은 비상금뿐이다.

여전히 전기가 들어오지 않아 양초 몇 개에 불을 붙이고 나서 벽난로에 장작을 넣고 불을 지핀다. 장작불 위에 베이크드 빈스 한 캔을 얹어놓는다. 날이 추울수록 따뜻한 음식을 먹어야 한다. 나중에 빈 캔에 두 눈과 미소를 새긴 뒤 양초 받침으로 쓸 생각이다. 오두막 곳곳에 양철로 만든 얼굴들이 있다. 행복한 얼굴, 슬픈 얼굴, 화난 얼굴들이다.

장갑을 끼고 장작불에서 통조림을 꺼내 뚜껑을 따고 뜨거운 콩을 캔 채로 먹는다. 그래야 설거지를 생략할 수 있다. 식사를 마치고 나서 이유식을 그릇에 덜어낸다. 흰 토끼 녀석은 배가 고프면 그릇에 든 이유식을 알아서 먹는다.

로빈은 안락의자에 몸을 기댄다. 실내에서도 장갑을 끼고 있지만 여전히 손이 시리다. 새 장작 하나를 벽난로에 던져 넣고 나서 카디건 주머니를 뒤적여 파이프를 꺼낸다. 스코틀랜드산 검은색 래트레이 파이프로 이 또한 빌린 물건이다. 가끔은 그냥 파이프를 만지작거리기만 하지만 오늘은 담배통이 필요하다.

어릴 때 아버지가 가르쳐 준 방법대로 담배통 뚜껑을 열고 파이프에 잎담배를 채운다. 이제 곧 불태울 둥지를 짓는 기분이다. 무릎에 떨어진 담배 부스러기를 떨리는 손으로 털어낸다. 성냥을 그을 때 트고 갈라진 손이 눈에 들어온다. 파이프를 입에 물고 연기를 빨아들여 니코틴의 쌉쌀한 맛을 즐기며 잠시 눈을 감는다. 다시 눈을 뜨자 창밖 멀리에서 환히 빛나는 예배당이 눈에 들어온다. 오두막과 달리 예배당에는 다시 전기가 들어왔다는 뜻이다. 폭풍이 칠 때마다 정전이 되자 예배당 주인은 몇 년 전 자체 발전기를 설치했다. 예배당 방문객들에게는 무척이나 잘된 일이다. 로빈은 다시 전기가 들어오길 기다리는 동안 라디오를 듣는다. 기다림에는 이골이 났다. 인내는 인생의 수많은 질문에 대한 답이다. 파이프 속 잎담배가 모두 타 불씨가 꺼진 뒤에도 잠자코 앉아 라디오에서 흘러나오는 목소리에 귀를 기울인다. 폭풍 때문에 이 지역에서 벌써 몇 건의 교통사고가 발생했다. 지금 예배당에 머무는 방문객들은 억세게 운 좋은 사람들이다. 눈보라 치는 날에 산간벽지까지 사고 없이 무사히 운전해온 건 정말 대단한 행운이 아닐 수 없다. 다시 창밖을 내다보니 예배당은 어느새 다시 어둠에 잠겨 있다. 지금까지 좋았던 방문객들의 운도 이제 곧 바뀔 수 있다. 어쩌면 운이 이미 다했을지도 모른다. 시간이 알려줄 것이다.

그때 어둠 속에서 발소리가 들린다. 이유식 그릇이 깨끗이 비었다. 기특하게도 흰 토끼 녀석은 이유식을 말끔히 핥아 먹었다.

어밀리아

미친 생각이겠지만 지하실에 나 혼자가 아닌 것 같다. 눈을 크게 뜨고 주위를 두리번거렸지만 아무것도 보이지 않는다. 어둠 속에서 벽이 서서히 다가오고 누군가 내 이름을 부르는 것 같다.

'*어밀리아. 어밀리아. 어밀리아.*'

거친 호흡이 내 통제를 벗어난다. 가슴이 조여 폐를 압박하고 보이지 않는 손이 목을 조른다. 그때 계단 위 문이 끼익 소리를 내며 열렸지만 여전히 시야는 캄캄하다.

"어밀리아, 괜찮아?" 어둠 속에서 애덤의 목소리가 들려온다.

"어찌 된 일이야? 왜 갑자기 불이 나갔지?"

"정전이 되었나봐. 나도 깜짝 놀라서 잡고 있던 문을 떨어뜨렸지 뭐야. 어두워서 잘 보이지는 않겠지만 조심해서 올라와."

"숨 쉬기가 힘들어."

"흡입기 어디에 두었어?" 애덤이 다급한 목소리로 외친다.

"핸드백에 있을 거야."

"핸드백은 어디에 있지?"

"부엌 식탁에."

"잠시 기다려." 애덤이 말한다. 어차피 난 지금 기다릴 수밖에 없는 처지다.

어릴 때부터 천식을 앓았다. 아파트에서 줄담배를 피우던 양부모 때문에 더 심해졌다. 양부모는 아동 친화적인 사람들이 아니었다. 요즘은 천식을 그리 심각한 병으로 보지 않지만 여전히 발작을 유발하는 요소들이 존재한다. 알고 보니 어둡고 폐쇄적인 지하실도 그중 하나였다. 어둠 속에서 계단을 찾으려고 주위를 더듬어보지만 축축한 벽과 차가운 쇠고리만이 손에 닿을 뿐이다. 양초라도 있었으면 좋겠는데 아무것도 없다. 그때 벽난로에 불을 붙일 때 쓴 성냥갑이 아직 주머니에 들어있다는 사실이 떠오른다.

첫 번째 성냥은 눅눅한 공기 탓인지 불이 붙자마자 꺼진다. 두 번째 성냥을 켜고 두리번거리지만 계단은 보이지 않고 숨이 찬다. 세 번째 성냥을 켜고 벽을 비추자 표면에 긁힌 자국이 눈에 들어온다. 누군가가 기를 쓰고 밖으로 빠져나가려다가 남긴 흔적 같다.

침착하게 호흡을 가다듬으려고 애쓰다가 수명이 다한 성냥을 떨어뜨린다.

다시 끔찍한 암흑이다. 그때 어디선가 내 이름을 부르는 소리가 들린다. 바로 등 뒤에서.

어밀리아. 어밀리아. 어밀리아.

숨이 차 곧 기절할 것 같다. 사방이 칠흑처럼 어둡다. 그때 뭔가를 긁는 소리가 들려온다.

애덤

흡입기를 찾는 데 생각보다 오래 걸린다. 어밀리아의 천식 발작이 그리 잦지는 않아도 언제나 최악의 상황을 대비해야 한다. 하지만 어밀리아의 핸드백을 찾아내기가 쉽지 않다. 어둠 속에서 더듬어가며 찾으려니 더 어렵다. 마침내 핸드백을 찾아낸 나는 흡입기를 꺼내서 다시 창고 안 나무 문으로 달려간다. 밤이 문짝을 긁어대고 있고, 어밀리아가 흐느끼는 소리가 들린다. 숨소리도 불규칙하다.

"내가 지금 내려갈게."

"아니야! 내려오지 마. 위험해."

"당신은 호흡에만 집중해."

나는 돌벽을 더듬어가며 천천히 지하로 내려간다. 어둠 속에서 어밀리아의 가쁜 숨소리가 나를 이끈다. 마침내 벽을 짚고 있는 어밀리아에게로 다가가 흡입기를 손에 쥐여준다. 어밀리아는 흡입기를 흔들고 나서 두 번 흡입한다. 때마침 전기가 들어온다. 천장의 형광등이 켜지면서 지하실은 다시 음산한 초록빛에 잠긴다.

"이 건물에 정전 대비용 자가 발전기가 있나봐." 어밀리아는 말없이 내 품에 얼굴을 묻고 있다. 한참 동안 그러고 있는 어밀리아를 보니 보호 본능이 발동한다. 하지만 죄책감은 들지 않는다.

어밀리아

나는 호흡이 정상이 되길 기다리며 애덤의 품에 얼굴을 묻고 있다. 우리가 처음 상담을 받으러 갔을 때 상담사가 했던 질문이 떠오른다. 패멀라의 전문가다운 말은 대체로 신뢰감을 주었지만 그의 이혼 경력이 두 번이라는 사실을 알게 된 이후로는 그다지 믿음이 가지 않는다.

"당신에게 결혼은 어떤 의미인가요?" 나긋하게 묻는 말에 애덤은 이렇게 답했다. **"결혼이란 복권 당첨이거나 감옥살이죠."** 애덤은 자신의 대답이 매우 재치 있다고 여긴 눈치였다.

애덤이 내 이마에 입을 맞춘다. 마치 부서지기라도 할 듯 살며시.

나는 생각보다 강하고 똑똑하다. 애덤의 입맞춤은 그저 진통제에 지나지 않는다.

"침대에서 와인 한잔 더 하는 게 어때?" 말벡 와인병을 집어든 애덤은 내 손을 잡고 지하실 밖으로 이끌며 묻는다. 혼자서도 길을 잃지 않으리라는 확신이 들 때까지 애덤이 이끄는 대로 따르는 게 최선이다.

거실 중앙에 있는 나선형 나무 계단은 건물 2층으로 이어진다. 나무 계단은 너무 오래되어 심하게 삐걱거린다. 밤이 어디로 가야 할지 잘 알고 있다는 듯 우리를 앞질러 2층으로 빠르게 올라간다.

계단을 오르는 동안 벽에 걸린 사진 액자들이 시선을 끈다. 흑백 초상 사진들이 마치 가계도처럼 계단 아래쪽부터 꼭대기까지 걸려 있다. 아래쪽 사진들은 시간의 흐름을 거스르지 못해 희미해졌지만 2층에 가까워질수록 비교적 상태가 양호하다. 전부 모르는 얼굴들이다. 물론 거울에 비친 자기 얼굴도 못 알아보는 애덤에게 물어볼 수도 없다. 사진 액자가 걸려 있지 않은 빈자리 세 개가 눈에 띈다. 액자 자국과 녹슨 못만이 남아 있다. 1층은 차가운 돌바닥인데 계단부터 2층까지는 레드카펫이 깔려 있다. 좁다란 층계참에 다다르자 출입문 네 개가 눈에 들어온다. 문고리에 빨간색으로 '출입 금지' 안내판이 걸려 있는 문도 있다. 그 문 앞에 타탄 무늬 개 방석과 타자기로 친 쪽지가 놓여 있다.

개는 침실에 들이지 마세요.

부탁드립니다.

그럼 즐거운 시간 되십시오.

은근한 압박감이 느껴지는 쪽지지만 지나친 해석일 수도 있다. 밥은 코를 방석에 대고 킁킁대더니 원래부터 제 것인 양 그 위에 몸을 누인다. 밥은 나처럼 분리 불안에 시달리지 않고 언제 어디서나 잘 잔다.

"밥은 이미 자리를 잡았고, 아까 본 쪽지에 우릴 위해 침실을 꾸며 놓았다고 했지?" 애덤이 말한다. "근데 어느 방이랬지?"

"확인해보지, 뭐."

애덤이 방문 앞에 서서 손잡이를 하나씩 돌려본다. 다들 잠겨 있는데 마지막 문이 나무 계단처럼 요란하게 삐걱거리며 열린다. 바깥에서 울부짖는 바람 소리가 더해져 머리끝이 쭈뼛 선다.

"기름칠이라도 해야겠네. 너무 삐걱거려." 애덤이 불을 켜며 말한다. 나는 애덤을 따라 방 안으로 들어섰다가 눈 앞에 펼쳐진 광경에 경악한다. 런던의 우리 집 침실과 똑같다. 가구는 다르지만 베개, 이불, 모포는 똑같고, 벽에 칠한 페인트도 같은 색조다. 파로앤볼 페인트 사의 몰스브레스. 몇 년 전 내가 서프라이즈로 단장했을 때 애덤이 지은 질색한 표정을 두고두고 잊을 수 없다.

우리는 잠시 눈만 껌뻑이며 서 있다.

"내가 지금 꿈을 꾸는 건 아니지? 어쩌면 이렇게 똑같을 수 있을까?" 내가 숨 죽여 말한다.

"내가 보기에도 런던 집 우리 방이랑 좀 비슷해 보이네."

"좀?"

"우리 방에는 스테인드글라스 창문이 없잖아."

"아무리 생각해도 너무 이상해."

"우리 방에는 저런 괘종시계도 없어." 구석에 골동품 같은 커다란 괘종시계가 하나 있는데 째깍거리는 소리가 귀를 파고든다.

"그래도 너무 이상하지 않아?"

"혹시 우연 아닐까? 우리 방에 있는 물건들은 전부 같은 회사에서 사들인 거잖아. 당신이 인테리어 잡지를 보다가 어떤 사진에 꽂혀서 거기 실린 물건들을 한꺼번에 다 샀지. 액수가 엄청났던 신용카드 청구서가 아직도 기억나. 어쩌면 이 집 주인도 당신과 똑같은 사진을 보고 그대로 꾸민 게 아닐까?"

아예 터무니없는 말은 아니다. 나는 인테리어 잡지에서 한 침실 사진을 보고 한눈에 반해 거기 실린 제품을 거의 그대로 다 샀다. 예배당 건물을 개조한 사람이 누군지는 몰라도 나랑 취향이 비슷할 수도 있다. 이제 보니 침실은 먼지 하나 없이 깨끗하고, 가구 광택제 냄새도 난다.

"이 방은 청소를 깨끗이 해놓았어." 내가 말한다.

"그나마 좋은 일이네."

"이 침실 말고는 죄다 먼지투성이야."

"우리도 램프를 이 제품으로 바꾸는 게 어때?" 애덤이 침대 옆에 놓아둔 촛대 하나를 집어 들며 말한다. 애덤은 주머니에서 성냥갑을 꺼내 초에 불을 붙인다. 촛불이 방 안에 너울거리는 그림자를 드리우자 왠지 〈크리스마스 캐럴〉 세트장에서 빌려온 촛대 같다. "촛대 바닥에 아직 가격표가 붙어 있어. 골동품처럼 보이는데 새것인가봐." 애덤이 촛대 하나를 들어 올리며 말한다.

"너무 비현실적이야. 마치 우리 삶을 그대로 재현한 영화 속에 들어와 있는 것 같아. 복제품으로 꾸민 세트장 안에."

"그렇다면 정말 멋지네."

"내 생각에는 위험 신호 같아."

방 안에 있는 다른 문을 열자 우리 집과는 전혀 다른 욕실이 나온다. 욕실의 벽과 바닥에 이동식 욕조가 놓여 있던 흔적이 남아 있다. 그러고 보니 아래층 욕실도 원래 욕조가 있던 공간이 비어 있었다. 타일로 된 벽과 세면대는 곰팡이가 슬었고, 수도꼭지를 틀어 보니 괴상한 소리가 날 뿐 물이 나오지 않는다.

"수도가 얼었나봐." 애덤이 말한다.

"이런 젠장! 뜨거운 물로 샤워하고 싶었는데." 우리는 침실로 돌아간다. 촛불이 켜진 방은 이제 제법 아늑한 느낌이 든다. 애덤이 와인병을 따 잔에 따른다. 이번에는 좀 마음 놓고 편안히 마시고 싶어서 감시 당하는 느낌을 떨쳐버리려고 블라인드를 친다. 창문 아래에 낡은 라디에이터가 있었지만 만져보니 역시 먹통이다.

"몸을 녹일 수 있는 방법이 있어." 애덤이 내 허리에 팔을 두르고 목에 입을 맞추며 말한다.

애덤과 잠자리를 같이 한 지 제법 오래되었다.

연애 초기에는 서로의 몸에서 잠시도 손을 떼지 못했는데 이제는 많이 달라졌다. 우린 오래된 부부 사이지만 모처럼 남편 앞에서 옷을 벗자니 어색하고 두렵다. 이제 내 몸은 예전 같지 않다.

"준비 좀 하고 올게." 나는 여행 가방에서 잠옷을 꺼내 욕실로 들어가며 말한다. "기다리는 동안 혹시 침대에 귀신은 없는지 확인해줘."

"당신은 어딜 가는데?"

"금방 돌아올 테니 기다려."

욕실 문을 닫자 비로소 통제력을 찾은 느낌이 들며 마음이 한결 차분해진다. 남편과의 잠자리가 왜 그리 긴장되는지 애써 모른 척한다. 나는 오래된 욕실의 차가운 타일 바닥에 맨발로 서서 거울에 비친 여자를 바라보다가 시선을 돌리고 옷을 벗는다.

이번 여행을 위해 새로 산 검정 실크 레이스 잠옷이 나를 다른 사람으로 만들어주지는 않겠지만 애덤을 어느 정도 달아오르게 해줄 수는 있길 바란다. 모처럼 남편을 유혹하고 싶다.

  문을 열고 최대한 매혹적인 모습으로 나타나려고 했는데 그럴 필요가 없었다. 침실은 비어 있다.

애덤

　누구나 출입 금지 구역 표시를 보면 그 안에 뭐가 있을지 궁금해질 거다. 나는 호기심에 저항하지 않는 편이다. 어밀리아가 욕실에서 치장하는 데 얼마나 오래 걸릴지 알기에 와인을 한 모금 마시고 침실을 나온다. 밥이 반겨 줄 거라 기대했는데 녀석은 코까지 골며 깊이 잠들어 있다.

　문에 걸린 출입 금지 안내판을 무시하고 문고리를 돌리자 그대로 열린다. 내가 뭘 기대했는지 모르겠지만 낡은 나무 계단보다는 흥미롭길 바랐던 것 같다. 계단 꼭대기를 올려다보니 또 다른 문이 있다. 밥이 한쪽 눈을 뜨고 나를 쳐다보며 불만스러운 소리를 낸다. 호기심이 지나치면 화를 부른다는 걸 알지만 그 문 너머에 뭐가 있는지 알아내지 않고는 견딜 수 없다.

침실에서 촛대 하나를 들고 나와 계단을 오른다. 걸음을 옮겨 놓을 때마다 발밑에서 삐걱거리는 소리가 울려 퍼진다. 어둠 속에서 뭔가가 얼굴을 건드리기에 흠칫했는데 알고 보니 거미줄이다. 오랫동안 사람의 손길이 닿지 않았다는 뜻이다. 금지된 계단 꼭대기의 문은 잠겨 있을 줄 알았는데 예상이 또 빗나갔다. 문을 열자마자 강한 바람이 들이치며 내가 손에 들고 있던 촛불을 꺼뜨린다.

종탑.

차가운 공기가 뺨을 때리지만 예배당 꼭대기에서 내려다보는 풍경은 그야말로 장관이다. 마치 온 세상을 내려다보는 느낌이다. 눈이 그치고 구름이 걷히면서 밤하늘에 별이 총총 떠올랐고, 탐스러운 보름달이 인근 골짜기와 호수, 먼 산을 비춘다. 아래쪽에서 올려다봤을 때보다 훨씬 커다란 종이 무릎 높이의 흰 벽돌담에 둘러싸여 있다. 종 주변에 난간도 없고 공간도 협소하지만 파노라마처럼 펼쳐지는 장관을 감상하기 위해서라면 그 정도 위험은 감수할 가치가 있다. 하늘에 이토록 황홀한 풍경이 존재한다는 사실에 놀랄 따름이다. 내가 인생에서 이미 놓쳐버린 풍경들을 생각하면 아쉽지만 이제부터는 놓치지 않을 생각이다.

나는 이 놀라운 풍경을 사진에 담으려고 주머니에서 휴대폰을 꺼낸다. 어밀리아가 런던 집에 두고 왔다고 믿는 바로 그 휴대폰이다. 집을 나서기 전, 어밀리아가 글러브박스에서 내 휴대폰을 꺼내 집 안에 숨긴 걸 알고 속이 울렁거렸다. 도리어 나를 탓하며 거짓말을 할 때는 속이 뒤집혔다. 몇 달 전부터 어밀리아가 수상하게 군다고 생각했는데 내 상상만은 아니었다.

어밀리아는 최근 재무 상담을 받아보고 나서 말했다. 과거에 얽매여 사는 나와 달리 미래를 잘 준비하고 싶다고. 뒤늦게 깨달았지만 우리 부부의 미래가 아니라 어밀리아 자신의 미래였다. 몇 주 전 내가 술을 마시고 늦게 들어온 날 어밀리아는 내 앞으로 든 생명보험 서류를 내밀며 서명하길 재촉했다.

"이제 우리도 노후를 계획할 때가 되었어." 평일 밤 11시에 어밀리아는 펜을 들고 그렇게 말했다.

"마흔 초반에 노후를 계획하는 건 좀 이르지 않아?"

"갑자기 당신한테 무슨 일이라도 생기면 어떡해?" 어밀리아는 고집을 부렸다. "내 월급으로는 이 집 관리비도 감당하지 못해. 밥과 나는 노숙자가 될 거야." 밥이 그 말에 동조하듯이 나를 물끄러미 쳐다봤다.

"노숙자라니? 그냥 좀 작은 집으로……"

어밀리아가 단호히 고개를 저으며 펜을 내밀었다. 내가 그 서류에 서명한 이유는 계속 입씨름을 하자니 피곤한 데다 고분고

분 따르지 않았다가는 끊임없는 잔소리에 시달릴 게 뻔했기 때문이다.

어밀리아는 날 때부터 고아였고, 직장에서 툭하면 슬픈 일을 접해서 그런지 죽음에 대해 자주 생각한다. 내 눈에는 그 모습이 정상적이거나 건강해 보이지 않는다. 특히 요즘에는 내 죽음에 지나치게 집착한다.

장담컨대 어밀리아는 몰래 뭔가를 꾸미고 있다.

나는 중년의 위기를 겪고 있지 않다. 어밀리아가 아무리 그렇게 몰아가도 아닌 건 아니다. 사람은 누구나 어떤 시기에 이르러 인생에서 무엇을 성취했는지, 이제껏 자신의 선택이 옳았는지 돌아보게 된다. 나는 지금도 내 일, 그러니까 시나리오를 쓰는 작업이 중요하다고 믿는다. 이야기는 과거를 통해 현재를 보고 미래를 그릴 수 있게 해준다. 어쩌면 그렇게 포장하고 싶은지도 모른다. 내가 이 세상을 떠나면 내가 쓴 글들만 남을 테니까.

비록 다른 작가가 쓴 소설을 각색한 게 내 경력의 대부분이고, 영광은 배우와 감독이 다 가져가지만 내가 작업한 영화나 드라마에 나오는 대사는 대부분 내 머릿속에서 나왔다. 작년에 각색 의뢰를 받은 소설은 심지어 읽지도 않았다. 어떡하든 그 이야기를 내 것으로 만들고 싶었다. 제작자는 원작보다 각색이 훨씬 마음에 든다며 나를 추켜세웠다. 그러더니 며칠 후 수정을 요구했다. 제작자에게 수정안을 제출하자 이번에는 감독이 수정을 요청했다. 몇 달 뒤에는 배우가 수정을 요청했다. 내가 이제 완벽하다고 장담해도 계속 고칠 수밖에 없다. 만약 거부했다가는 당장 해고당해 다른 얼간이들이 내 자리를 대신 차지하게 될 테니까. 이 업계에서 살아남으려면 계속 고칠 수밖에 없다.

내 일처럼 내 삶도 수정하고 싶어 하는 사람들이 많다. 사람들은 나를 바꾸고 싶어 했다. 어머니는 아버지가 세상을 떠난 뒤 병원에서 2교대 간호조무사로 일하며 나를 키웠다. 우리는 사우스 런던의 공공 임대 아파트 13층에 살았다. 가진 건 없지만 그리 부족하지도 않았다. 어머니는 내가 텔레비전을 너무 오래 봐서 눈이 네모가 될 거라며 꾸짖기 일쑤였다. 그래서 어머니가 원하는 대로 책을 읽었다. 내가 책을 열심히 읽자 어머니는 내 열세 번째 생일에 13권의 책을 사주었다. 내가 좋아하는 소설가들의 작품이었고, 지금까지도 내 작업실 선반 한 칸을 차지하고 있다. 그 당시 내가 가장 좋아한 스티븐 킹의 소설 초판을 펼치면 어머니의 메시지를 볼 수 있다.

다른 사람들의 이야기를 즐기되 너만의 삶을 살아야 한다는 걸 잊지 마.

스티븐 킹의 소설을 선물한 어머니는 3개월 뒤에 세상을 떠났다. 비록 열여섯 살에 학교를 중퇴했지만 어머니에게 자랑스러운 아들이 되고 싶은 마음은 간절했다.

몇몇 여자 친구는 나를 바꾸려다가 아예 포기해버렸다. 그러다가 아내를 만났다. 난생처음 나를 있는 그대로 사랑하고 바꾸려고 하지 않는 사람이라 좋았다. 그제야 버림받거나 다른 작가로 대체될 거라는 두려움 없이 온전히 나만의 이야기를 쓸 수 있게 되었다. 처음에 우린 서로 열렬히 사랑했다. 결혼 생활은 좋든 싫든 사람을 변화시킨다. 오믈렛이 되려면 달걀이 깨져야 한다.

높은 곳에 있자니 어릴 때 살던 13층 아파트가 생각난다. 얇은 벽 너머에서 들려오는 소리에 잠 못 이루는 밤이면 창문을 활짝 열고 밤하늘을 올려다보았다. 특히 하늘 높이 날아가는 비행기에서 눈을 떼지 못했다. 그 안에 탄 사람들이 얼마나 똑똑하고 재능 있고 돈이 많을지 상상했다. 그럴 때마다 갇힌 기분이 들었다. 런던의 구닥다리 아파트에서 바라본 전망과 달리 지금이곳은 건물이나 사람의 흔적 없이 달빛 아래 흰 눈에 덮여 있다. 어밀리아가 바란 대로 여기에는 오로지 우리 둘뿐이다.

뭔가를 바랄 때는 더욱 신중해야 한다. 어밀리아에게는 남들이 미처 보지 못하는 면이 있다. 그만큼 잘 숨기기 때문이다. 동물 보호 단체에서 일하지만 어밀리아는 성자가 아니다. 오히려그 반대다. 웬만한 숲보다 그늘이 짙은 사람이다. 다른 사람을속일 수 있을지 몰라도 나는 어밀리아가 어떤 사람이고, 무슨일을 할 수 있는지 안다. 내가 요즘 감정적으로 메말라가는 이유다. 어밀리아를 위해 비축해둔 사랑이 고갈되어 가고 있다.

우리가 이렇게 된 책임이 나에게도 없지는 않다. 나도 내가 부정을 저지르리라고는 생각지 못했다. 하지만 부정을 저질렀고, 아내에게 들켰다.

여기까지 보자면 나만 나쁜 놈이지만 이 이야기에는 나쁜 년도 등장한다. 악을 악으로 갚으면 추악해진다. 나만 같이 자서는 안 되는 상대와 잔 건 아니다. 성 어밀리아도 마찬가지다.

어밀리아

"애덤?"

촛대를 들고 침실을 나와 애덤을 부르지만 대답이 없다. 밥은 단잠을 깨게 만든 나를 짜증 난 기색으로 올려다보더니 출입 금지 안내판이 걸린 문을 향해 한숨을 내쉰다. 이럴 때 밥은 제법 영리해 보인다. 자기 꼬리를 물려고 빙빙 맴을 돌던 녀석이 맞는지 의아스러울 따름이다.

나는 안내판을 무시하고 문을 연다. 꼭대기로 이어지는 좁은 나무 계단이 눈에 들어온다. 몇 걸음 걷다가 얼굴에 거미줄이 붙어 하마터면 손에 든 촛대를 떨어뜨릴 뻔했다. 서둘러 거미줄을 떼어냈지만 여전히 뭔가 내 얼굴에서 기어 다니는 느낌을 떨쳐버릴 수 없다.

"애덤, 위에 있어?"

"어, 여기 경치가 끝내주니까 와인이랑 담요 좀 챙겨와." 애덤의 목소리를 듣는 순간 나조차 놀랄 만큼 마음이 놓인다.

잠시 후, 우리는 예배당 종탑에서 환상적인 경치를 감상한다. 주어진 공간이 몹시 좁고 춥지만 담요와 와인이 도움이 된다. 내가 부르르 떨자 애덤이 내 몸을 감싸 안는다.

"마지막으로 보름달을 본 게 언제인지 기억도 안 나." 애덤이 속삭인다.

"이렇게 별이 가득한 밤하늘도 정말 오랜만이야. 하늘이 수정처럼 맑다."

"저기 달 왼쪽에 있는 밝은 별들 보여?" 애덤이 하늘을 가리키며 묻는다. 내가 고개를 끄덕이자 애덤은 손가락으로 W자를 그린다. "저 다섯 개의 별이 카시오페이아 별자리야." 애덤의 머릿속은 다양한 지식으로 가득하다. 그래서 나를 생각해줄 여유가 없는지도 모른다.

"카시오페이아?"

"카시오페이아는 그리스 신화에서 허영과 오만 때문에 몰락한 여왕이야." 애덤은 독서를 많이 해 박학다식하지만 은근히 지식을 자랑하고 싶어 하는 허세가 있다. 애덤의 지적 능력은 분명 나를 앞서지만 감성 지능은 내가 위다. 애덤의 목소리에 약간 날이 서 있는데, 기분 탓은 아닌 것 같다.

　며칠 전 물건을 정리하다가 결혼식 기념품을 담아 둔 상자를 발견했다. 마치 미래의 어느 날에 열어볼 나를 위해 엄선한 물건들을 담아놓은 타임캡슐 같았다. 친구들과 배터시 유기견 보호소 동료들에게 받은 축하 카드들, 신랑 신부 모양 레고 케이크 토퍼, 미신에 사로잡힌 애덤이 결혼식 날 신부가 몸에 지녀야 한다고 우긴 행운의 6펜스짜리 은화, 그리고 애덤 어머니의 사파이어 반지. 상자에서 마지막으로 나온 건 우리의 결혼 서약서가 들어 있는 봉투였다. 오랜만에 꺼내 보니 눈물이 절로 나왔다. 우리의 사랑이 영원하리라 믿었던 그때가 떠올랐다. 약속은 깨지거나 망가지면 가치를 잃는다. 먼지를 뒤집어쓰고 골방에 방치된 골동품처럼.

　삶이 사랑의 매듭을 푸는 건 시간문제일까? 밸런타인데이마다 뉴스에 나오는 노부부들은 뭘까? 그들은 장장 60년 동안 함께 살아왔으면서도 여전히 서로를 깊이 사랑한다며 카메라 앞에서 10대 연인처럼 수줍게 미소 짓는다. 노부부가 찾아낸 사랑의 비결은 무엇이고, 왜 아무도 우리에게 알려 주지 않을까?

　추위 때문에 이가 딱딱 부딪치기 시작한다. "몹시 추운데 이제 방으로 들어갈까?"

　"자기가 원하면 그렇게 해." 애덤은 술기운이 올랐을 때만 나를 '자기'라고 부른다. 그러고 보니 나는 와인을 겨우 한 잔 마셨는데 병이 거의 다 비어 있다.

 문 쪽으로 돌아가려는데 애덤이 나를 붙잡는다. 장엄했던 경치가 순식간에 불길한 어둠으로 변모한다. 이 종탑에서 떨어지면 최소한 사망이다. 고소공포증은 없지만 죽음은 두렵다. 나는 몸을 뒤로 물리다가 종에 몸을 부딪친다. 둔중한 종이 살짝 흔들린다. 기괴한 마찰음에 이어 날카롭게 끽끽거리는 소리가 귀청을 찢어발긴다. 내가 지금 무얼 보고 듣는지 헛갈린다. 종에서 일제히 쏟아져 나온 박쥐 떼가 우리의 얼굴을 덮친다. 애덤은 낮은 벽돌담에 위태로울 만큼 가까이 서서 박쥐 떼를 떨쳐버리려고 두 팔을 버둥거린다. 애덤이 몸의 중심을 잃고 비틀거리다가 눈과 입을 크게 벌리고 뒤로 넘어지면서 나를 향해 손을 뻗는다. 그 뒤에 벌어진 일들은 마치 영상의 슬로 모션 같다. 박쥐 떼는 주변에서 계속 날개를 퍼덕이며 날고, 공포에 마비된 나는 몸을 옴짝달싹할 수 없다. 마치 우리만의 공포 영화 속에 갇힌 느낌이다. 애덤이 넘어지면서 담벼락에 세게 부딪힌다. 담벼락 일부가 부서져 나가면서 아래로 떨어질 위기에 처한 애덤이 비명을 지른다. 나는 그제야 정신이 번쩍 들며 애덤의 팔을 잡고 안쪽으로 끌어당긴다. 몇 초 후 오래된 벽돌이 아래로 떨어지며 큰 소리를 낸다. 그 소리는 박쥐 떼가 내는 소리와 함께 산골짜기에 메아리친다. 내가 목숨을 구해주었는데 애

덤은 고마워하는 기색이나 말이 없다. 애덤의 낯선 표정에 등
골이 서늘해진다.

애덤

어밀리아가 나를 아래로 떨어뜨릴 뻔했다. 아무리 겁에 질려 있었다고 해도 분명 **나를 떨어뜨릴 뻔했다.** 도저히 그냥 넘어갈 수 있는 문제가 아니다. 용서할 수 없다.

우리는 그 길로 예배당을 떠난다. 얼마나 늦은 시간이든 도로에 눈이 얼마나 많이 쌓여 있든 상관없다. 서로 의논한 기억도 없다. 다만 어서 여길 벗어나고 싶을 뿐이다. 비록 그 누구에게도 인정하고 싶지 않지만 나는 갇혔다. 이 차, 이 결혼, 이 삶에. 10년 전만 해도 뭐든 가능하고, 무엇이든 이룰 수 있을 거라 믿었다. 그때만 해도 내 앞에 펼쳐진 세상은 무한한 가능성이 있었는데 어느새 막다른 골목에 봉착해 있다. 가끔은 아예 처음부터 다시 시작하고 싶다.

가로등 하나 없는 길은 칠흑처럼 어둡고, 휘발유도 얼마 남아 있지 않다. 어밀리아는 한 시간 넘게 운전에 열중하고 있는데 차라리 다행이다. 어차피 주말여행은 엉망이 되었다. 눈은 그쳤지만 그 대신 장대비가 보닛을 난타하고 있어 불길하다. 어밀리아에게 속도를 줄이라고 말하고 싶지만 입을 꾹 다물고 있는 편이 낫다. 그 어떤 운전자도 조수석에서 잔소리하는 걸 좋아하지 않으니까. 예배당을 떠난 이후 다른 차나 건물을 보지 못했다. 아무리 한밤중이라고는 하지만 뭔가 이상하다. 마치 무한 루프에 갇힌 듯이 눈에 들어오는 풍경이 조금도 바뀌지 않고 그대로다. 별들이 모두 자취를 감춘 하늘은 암흑천지이고 몸이 으슬으슬 춥다.

어밀리아의 얼굴은 희미하고, 이목구비가 바다처럼 요동친다. 어밀리아가 아니라 낯선 사람 옆에 앉아 있는 느낌이다. 후회의 악취가 싸구려 방향제처럼 차 안에 퍼지고 있는 지금 우리는 더없이 불행하다. 결혼 생활은 수리하고 기름칠을 한다고 해서 다시 전처럼 매끄러워지지는 않는다. 입을 열어도 말이 나오지 않는다. 내가 무슨 말을 하려고 했는지도 모르겠다.

그때 멀리서 차도를 걷는 사람이 눈에 띈다. 붉은 옷을 입은 여자다. 코트인 줄 알았는데 가까워져서 보니 붉은 로브다. 한층 강해진 빗발이 도로를 때리고 있고, 여자도 흠뻑 젖어 있다. 이런 날씨에는 누구도 도로 한복판에서 걸으면 안 된다. 여자는 손에 무언가를 들고 있다.

"속도 줄여." 어밀리아는 내 말을 무시하며 오히려 속도를 높인다.

"속도 줄이라니까!" 내가 다시 한번 소리쳤지만 어밀리아는 들은 체 만 체하며 액셀을 힘껏 밟는다. 속도계가 시속 70마일에서 80, 90마일로 올라가더니 계기판이 미친 듯이 널뛴다. 다음에 예상되는 장면이 떠올라 나도 모르게 두 손으로 얼굴을 가리는데 손이 피범벅이다. 차체를 요란하게 때리는 빗소리 속에서 고개를 들어보니 빗줄기가 빨갛게 변해 있다.

붉은 로브를 입은 여자가 바로 우리 앞에 있다. 여자는 강렬한 헤드라이트 불빛에 눈을 가리지만 몸을 피하지는 않는다. 여자가 차에 부딪치는 순간 나는 비명을 지른다. 앞 유리에 부딪친 여자의 몸이 튕겨나가며 공중으로 솟구친다. 여자가 입고 있는 붉은색 비단 로브가 망토처럼 휘날린다.

어밀리아

"애덤!"

몸을 흔들어대며 힘껏 소리쳐 부른 지 세 번 만에 애덤이 겨우 눈을 뜬다.

잠을 깬 애덤이 나를 빤히 쳐다본다. "그 여자는?"

"그 여자라니?"

"붉은 로브를 입은 여자."

"붉은 로브를 입은 여자? 그 여자는 그냥 당신이 상상해낸 허구야."

애덤이 나를 쳐다보는 눈빛이 마치 겁먹은 부모를 보는 아이

같다. 애덤의 얼굴은 핏기가 하나도 없고 땀투성이다.

"괜찮아." 내가 애덤의 축축한 손을 잡으며 말한다. "붉은 로브를 입은 여자는 없어. 당신은 지금 나랑 함께 있으니까 안전해."

아까 종탑에서 내려올 때부터 애덤은 말이 없었다. 추락할 뻔했던 충격 때문인지, 박쥐 떼에 놀라서인지, 와인을 너무 많이 마셔서인지 모르지만 애덤은 곧장 옷을 훌훌 벗고 침대로 기어 올라가 잠에 빠져들었다.

애덤이 오래전부터 잊을 만하면 한 번씩 꾸는 악몽은 매번 똑같다. 애덤은 꿈속에서 차 안에 있거나 길을 걷거나 13층 아파트 창문에서 밖을 내다보며 주먹으로 유리창을 치기도 한다. 꿈에서 깨어난 직후 내 얼굴을 알아보지 못하기도 하고, 아예 날 다른 사람으로 착각할 때도 있다. 그럴 때마다 애덤을 설득하고 진정시키느라 몇 분이 걸린다. 꿈은 자나 깨나 애덤을 괴롭힌다. 애덤이 꿈에서 건져 올리려고 애쓰는 건 아주 어두운 무언가다. 가끔 수면 위로 떠오르는 후회의 조각들과 달리 어떤 기억들은 바위처럼 아래로 가라앉는다.

애덤이 다시는 악몽을 꾸지 않게 할 방법을 알아내고 싶다. 예전처럼 주근깨 난 어깨를 어루만지거나 희끗희끗한 머리를 쓸어 넘겨볼까 하다가 단념한다. 어디선가 종소리가 들려온다. 침실 구석의 괘종시계가 소름 끼치는 멜로디를 연주한 뒤 뎅그렁뎅그렁 울리며 자정을 알린다. 비몽사몽이던 우리는 그제야 잠에서 완전히 깨어난다.

"잠 깨워서 미안." 애덤이 숨을 몰아쉬며 말한다.

"괜찮아. 어차피 시계 소리를 듣고 깼을 테니까." 나는 언제나처럼 수첩과 연필을 꺼내 좀 전에 벌어진 모든 사항을 적는다. 이건 단순한 악몽이 아니라 기억과 관련이 있기 때문이다.

애덤이 고개를 젓는다. "그럴 필요 없어."

나는 묵묵히 그의 감정 변화를 살핀다. 공포, 후회, 슬픔, 죄책감. 매번 똑같다.

"아니, 있어." 수첩은 이제 몇 장 안 남았다. 나는 예전부터 애덤의 불행한 기억을 발굴해 더 나은 기억으로 대체할 수 있다고 믿어왔는데 지금은 솔직히 잘 모르겠다.

애덤은 한숨을 푹 쉬고 나서 침대 헤드에 기대앉아 꿈이 희미해지기 전에 기억나는 대로 말해준다.

악몽의 발단은 어김없이 붉은 로브를 입은 여자다. 얼굴을 묘사할 수는 없지만 나이는 나와 비슷한 40대 초반이다. 붉은 립스틱을 발랐고, 머리는 나처럼 어깨까지 내려오는 금발이다.

사실 우리 둘 다 그 여자의 이름을 안다. 사고가 발생하는 순서는 달라도 그 여자는 항상 그곳에 있다. 빗속을 달리는 차도 마찬가지다. 애덤이 운전을 배울 생각조차 하지 않는 이유다. 애덤의 악몽에는 겁에 질린 10대 아이도 등장한다. 실제로 애덤은 열세 살 어린 나이에 뺑소니 교통사고로 어머니를 잃었다.

가위바위보

30년 전, 차가 인도로 돌진해 애덤의 어머니를 덮쳤다. 애덤은 바로 눈앞에서 그 장면을 목격했는데 운전자가 누군지는 확인하지 못했다. 사랑하는 어머니를 죽게 만든 인물이 누군지 알았다면 더욱 큰 심리적 고통을 겪었을 가능성이 크다. 그런 일을 겪어서인지 애덤은 다른 사람들을 잘 믿지 않는다. 심지어 나조차도. 애덤은 안면실인증 때문에 사고를 내고 도주한 운전자의 인상착의를 경찰에게 제대로 설명하지 못했다. 애덤의 어머니는 게으른 아들을 대신해 개를 산책시키던 중이었다. 그 사고는 애덤에게 회복하기 힘든 자책감을 안겼다.

　애덤이 오래전에 고인이 된 사람을 우상화하는 게 안타깝다. 애덤의 어머니는 살아생전에 아픈 사람들을 돕는 간호사였지만 완전무결하지는 않았다. 애덤이 나를 포함해 인생에서 만난 여자들을 오래전에 죽은 어머니와 비교하는 건 정상이 아니다. 애덤이 세운 동상의 받침대는 비뚤어지기만 한 게 아니라 부러져 있다. 애덤은 꿈에 등장하는 어머니가 왜 붉은 로브 차림에 붉은 립스틱을 바르고 있는지는 잊었다. '남자 친구'가 아파트에 놀러 올 때마다 애덤의 어머니는 늘 그런 차림새였다. 매주 다른 남자 친구가 어머니 방에서 묵고 간다는 사실을 애덤이 몰랐을 리 없다. 기억은 자신에게 유리하도록 형태를 바꾸고, 꿈은 진실에 얽매이지 않기에 나는 악몽에서 깬 애덤이 말하는 걸 모두 수첩에 적어둔다. 애덤의 병을 고쳐주고 싶고, 그 보답으로 나를 사랑해주길 바란다. 하지만 인생에서 고장 난 모든 걸 고칠 수는 없다.

언젠가 애덤이 그날 밤에 본 뺑소니차 운전자의 얼굴을 기억해내고, 오랜 세월 자신을 괴롭혀온 질문에 답하게 될지도 모른다. 나는 더 이상 애덤이 악몽을 꾸지 않게 하려고 최선을 다했다. 한방 치료, 명상 요법, 숙면을 돕는 차까지 전부 소용없었다. 나는 기록을 마치고 애덤이 다시 잠들 수 있기를 바라며 침실 불을 끈다.

애덤은 곧 나지막이 코를 골기 시작하지만 난 다시 잠들기 쉽지 않아 수면제를 삼킨다. 다른 도리가 없을 때만 수면제를 먹는데 최근에 빈도가 늘었다. 우리 부부 사이에 균열이 생긴 원인이 무엇인지 찾아내느라 머리가 복잡해진 까닭이다. 다방면에 균열이 생겨 이제 더는 못 본 척 외면하기 힘들다. 나는 우리 부부 사이에 최초로 균열이 생긴 게 언제인지 잘 알고 있다. 인생은 예측할 수 없고, 최악의 경우 용서할 수 없다.

수면제 덕분에 깜빡 잠들었다가 깨니 왠지 불안한 기시감이 느껴진다. 주변이 어두워 잠시 여기가 어딘지 떠오르지 않는다. 눈을 껌뻑이며 어둠에 적응하다 보니 블랙워터 예배당이라는 사실이 떠오른다. 블라인드 틈새로 새어들어온 한 줄기 달빛이 방 안을 희미하게 비춘다. 나는 몇 시인지 확인하려고 괘종시계를 뚫어지게 응시하다가 가까스로 자정에서 겨우 30분밖에 지나지 않았음을 확인한다. 겨우 30분 동안 눈을 붙였다는 뜻이다. 그 때 문득 내가 애초에 무엇 때문에 잠에서 깨어났는지 떠오른다. 아래층에서 나는 소리 때문이다.

로빈

로빈은 잠들 생각이 없다. 예배당 방문객들은 오지 말았어야 할 곳에 왔다. 창문을 통해 어둠에 잠긴 예배당을 내다보며 로빈은 자신이 할 일을 되새긴다. 예배당은 보기보다 가까운 곳에 있다. 오두막과 예배당 사이의 거리를 가늠하기 쉽지 않듯이 사람과 사람 사이도 마찬가지다. 어떤 커플은 실제보다 더 가까워 보이고, 그 반대인 경우도 허다하다. 방문객 커플이 전자레인지에 데운 음식을 먹는 모습을 지켜 보니 그다지 행복하거나 다정해 보이지 않았다. 하지만 잘못 보았을 수도 있다.

오두막에서 예배당까지 평상시 걸음으로 걸으면 10분쯤 걸리는데 눈이 많이 내린 탓에 길이 미끄러워 생각보다 시간이 오래 걸린다. 다른 사람이 신던 웰링턴 부츠가 너무 헐렁해서 더욱 걷기 힘들다. 할로그로브에는 신발 가게가 없어서 새 부츠를 사려면 포트윌리엄까지 나가야 한다. 온라인으로 구입하려면 신용카드가 필요한데 오래전에 모두 잘라버렸다. 아무도 자신을 찾아내지 못하도록.

로빈은 눈을 밟을 때 나는 뽀드득 소리를 즐긴다. 박쥐 우는 소리 말고는 이 일대에서 밤의 침묵을 깨는 유일한 소리다. 박쥐 떼가 호수 수면을 스치듯 날아가는 모습은 그야말로 장관이다. 박쥐들이 동굴 암벽에 거꾸로 매달려 새끼를 낳는다는 글을 읽은 적이 있다. 어미 박쥐는 방금 낳은 새끼가 바닥으로 떨어지기 전에 낚아채야 한다. 그나마 보름달이 구름을 뚫고 나와 길을 밝혀준다. 만약 달빛이 없었다면 주변이 온통 검은 바다처럼 보였을 수도 있다. 하지만 어둠을 두려워한 적은 없다. 눈보라와 폭풍도 마찬가지다. 며칠 동안 세상과 단절되어 지낸다 한들 문제 될 건 없다. 블랙워터에 처음 왔을 당시만 해도 잠시 머물다가 떠날 생각이었는데 이제는 이곳 생활에 익숙해졌다. 어떻게 살아야 할지 방법을 찾지 못할 때 삶은 다른 길을 제시해준다. 몇 주가 몇 달이 되고, 몇 년이 되었을 때 로빈은 블랙워터를 떠날 수 없다는 걸 깨달았다. 방문객들 역시 떠나고 싶을 때 떠날 수 없다. 그래서 그들에게 연민을 느낀다.

로빈은 눈 덮인 차 앞에서 잠시 걸음을 멈춘다. 남자가 차에서 내릴 때 누군지 바로 알아보았다. 지난날의 기억이 순식간에 머릿속을 가득 채웠다. 남자는 좀 더 나이가 들었지만 로빈은 웬만해서는 사람 얼굴을 잘 잊어버리지 않는다. 더구나 그의 얼굴은 결코 잊을 수 없다. 남자가 어렸을 때 겪은 비극이 떠오른다.

남자는 아직도 붉은 옷을 입은 여자가 나오는 악몽을 꿀까?

로빈은 이제 남자도 진실을 알아야 할 때라고 생각하지만 진실은 또 다른 비극일 수도 있다.

로빈은 예배당의 커다란 나무 문 앞에 서서 주변을 둘러본다. 어두운 길을 밝혀준 달빛이 산과 호수를 비춘다. 새삼 훼손되지 않은 아름다운 풍경에 절로 감탄이 나온다. 로빈의 시선은 방문객들이 타고 온 모리스 마이너로 향한다. 추악한 사람들은 이곳에 어울리지 않는다. 로빈은 오늘 같은 날을 가장 좋아한다. 순백의 담요가 세상의 검고 더러운 치부를 덮어 모두 가려주는 날.

로빈은 외투 주머니에서 열쇠를 꺼내 조용히 예배당 안으로 들어간다.

리넨

올해의 단어

혼스워글(Hornswoggle) : 속이다. 사기 치다

2012년 2월 29일, 우리의 네 번째 결혼기념일

애덤에게

　나는 우리가 늘 같은 꿈을 꾼다고 생각했는데 지난 한 해는 좀 버거웠어. 당신은 내 곁을 지켜야 했는데 날 ~~실망서켰~~ 그러지 않았지. 당신이 약속을 지키지 않아 나는 홀로 대기실에 앉아 두려

움에 떨어야만 했어.

3년의 노력과 2년의 검진은 결국 수포로 돌아갔어. 우리가 병원과 클리닉을 오가면서 만난 의사와 간호사만 해도 손에 꼽기 힘들 정도야. 첫 번째 체외 수정에 실패한 이후 나는 몸도 마음도 지쳤어. 이번 결혼기념일을 이렇게 보내고 싶지 않았는데 정말이지 서글프더라.

어제 어느 아파트에서 구조된 어린 비글 두 마리가 배터시에 왔어. 경력이 제법 많은 나조차 큰 충격을 받았지. 당직 수의사 말로는 적어도 일주일 동안 방치되어 있었을 거래. 변기 물을 마시지 않았다면 진작 죽었을 거라더라. 비쩍 마른 몸이 마치 속을 다 뽑아낸 인형 같았어. 우리는 녀석들을 정성껏 치료했지만 오늘 아침에 결국 두 마리 다 숨을 거두었지. 더는 고통스럽지 않게 안락사를 시키는 게 최선이었어. 그 와중에 스페인에서 여유로운 휴가를 즐기고 있다는 견주들이 무척이나 원망스러웠지. 나는 몹쓸 짓을 저지르고도 아무런 반성도 하지 않는 인간들을 경멸해. 그런 인간들을 생각하면 우리가 지난 3년 동안 인간을 하나 더 만들어 내려다가 실패한 게 어쩌면 다행일지도 몰라.

우린 오늘 오후 1시에 런던브리지에서 만나기로 약속했어. 난 요즘 잠을 통 못 자서 몹시 피곤했지만 제시간에 도착했지. 불임클리닉 방문은 나에게 매우 중요한 일이니까. 당신도 중요한 일로 여길 거라 생각했는데 아니었나봐. 하긴 요즘 당신이 그 어느 때보다 ~~어커쩍~~ 정신없이 지내고 있다는 걸 알아. 당신이 약속을 잊은 거라 생각해 문자를 다섯 번이나 보냈는데 끝내 답장이 없었어.

아무리 바빠도 오늘 같은 날에는 일보다 아내를 우선적으로 생각해야 하지 않을까?

런던브리지는 몹시 혼잡하고 소란스러웠어. 행인들 때문이 아니라 고층 건물을 짓는 공사 때문이었지. 역 밖으로 나오자 안전모를 쓴 건설 노동자들이 눈에 들어왔고, 하늘을 보니 거대한 기중기들이 온통 시야를 가리고 있었어. 현재 공사 중인 더 샤드는 유럽에서 가장 높은 건물이 될 거래. 더 샤드보다 더 높은 건물이 지어지기 전까지는 최고층 지위를 유지하겠지. 아마도 그리 오래 걸리지 않을 거야. 인간들은 늘 더 높은 건물을 지으려고 애써왔으니까.

클리닉 앞에 도착해 당신에게 전화했는데 신호음이 두 번 가다가 음성사서함으로 넘어갔어. 당신이 누구랑 함께 있었는지 알아. 당신이 쓴 첫 창작 시나리오 《가위바위보》에 흥미를 보인 감독이지. 서랍에 몰래 숨겨두었다가 내 눈에 띄는 바람에 당신에게 비밀 편지를 쓰도록 영감을 준 바로 그 원고 말이야. 다른 사람이 쓴 소설을 각색한 작품이 아니라 당신이 직접 창작한 시나리오에 업계 사람들이 관심을 보이기 시작한 걸 나도 축하해.

당신은 사람들이 관심을 드러내자 뒤 마려운 강아지처럼 안달이 났어. 우리가 1시에 만나기로 약속을 잡을 때 당신은 분명 점심 미팅이 그리 오래 걸리지 않을 거라고 했다는 걸 기억할 거야. 그런데 우리의 약속을 까마득히 잊었다니? 모르긴 해도 당신의 창작 시나리오가 세상의 빛을 볼 수 있도록 해주는 게 우리 아이를 만드는 일보다 중요했나봐.

주치의는 우리를 런던브리지에 있는 클리닉으로 보냈지. 부모가 되고자 하는 우리의 노력은 처음부터 힘겨운 투쟁이나 다름 없었지만 당신과 그 일로 다투게 될 줄은 미처 몰랐어. 지난 몇 달간 나는 아무런 결실도 위로도 제공해주지 않는 그 장소에 익숙해졌지. 내가 혼자서 클리닉 대기실 의자에 앉아 있던 시간을 모두 합치면 아마 며칠쯤 될 거야. 우리가 끝내 아무런 결실도 얻지 못한다면 그 시간들을 마냥 허비한 셈이 되겠지.

그동안 심신이 찔리고 파헤쳐진 몇 달이 이어졌어. 돌이켜보면 우리가 어떻게 그 힘들고 긴 시간을 버텨낼 수 있었는지 모르겠어. 가끔 힘들고 사무치게 외로울 때마다 난 우리가 서로 사랑하기에 견뎌내야 한다고 되뇌었어. 하지만 우리의 결혼 생활이 생각만큼 견고하지 않다는 걸 알게 되었지.

체외 수정은 당신에게도 그리 쉽지 않은 일이었을 거야. 혼자 방에 들어가 문을 잠그고, 포르노를 고르고, 종이컵 안에 사정하는 그 과정이 얼마나 힘들고 괴로웠을지 알아. 당신이 견뎌야 했던 노고는 정말 대단했고, 그 자체를 폄훼하고 싶지는 않아. 다만 지각이 있는 사람이라면 이 쓸쓸하고 암담한 여정이 진행되는 동안 당신이 치른 고생이 나보다 크지는 않았다는 데 동의할 거야.

나는 의사와 간호사들이 지켜보는 방에서 다리를 벌리고 차가운 의료기기를 받아들여야 했어. 낯선 그들이 발가벗은 내 몸을 보고, 만지고, 심지어 몇몇은 장갑 낀 손을 집어넣기도 했지. 수면 마취와 시술이 이어졌고, 난자를 채취한 후에는 며칠 동안 하혈을 했어. 통증이 어찌나 심하던지 서 있기조차 힘들었어. 우린 그 모든 과정을 함께 이겨냈지. 당신은 다 잘될 거라 장담했고, 나도 그 말을 믿고 싶었어.

어떤 사람들은 실수로 생긴 아이를 수술로 지우기도 해. 우리가 아는 지인도 아이를 원치 않았는데 피임 실패로 얻었지. 우리만 빼고 누구나 아이를 쉽게 얻는다는 게 내가 느끼는 절망이야. 마치 우리만이 유일한 불임 부부 같아. 어떨 때는 이 세상에 나 혼자고, 당신에게도 버림받은 느낌이 들어. 아이를 간절히 원하는 내 마음은 병이 될 지경인데 두 번째이자 아마도 마지막 체외 수정 시도 후 첫 진료일인 오늘 당신은 내 곁을 지켜주지 않았지.

간호사가 우리 부부를 불렀을 때 난 진료실에 혼자 들어가야 했어. 닥터 둠이 내게 책상 맞은편에 있는 빈 의자를 손짓해 가리켰지. 그렇게 우리가 기다리던 소식을 끝내 나 혼자 듣게 되었어. 닥터 둠은 내가 임신했다고 말해주었지. 처음에는 그 말을 믿을 수 없었어. 나는 닥터 둠이 같은 말을 반복하게 했고, 그가 읽어주는 문서가 우리의 진료기록이라는 걸 거듭 확인했지. 내가 임신했다는 닥터 둠의 말은 틀림없는 사실이었어.

닥터 둠은 나를 침대에 눕히더니 초음파 검사를 했지. 그가 화면에 떠 있는 자그마한 점을 가리키며 우리 아이라고 하더라. 당신의 정자와 내 난자가 실험실에서 결합해 내 자궁에 성공적으로 안착했다고. 우리 아이가 내 안에서 자라고 있다고.

당신은 짜릿한 감동의 순간을 날려버린 거야. 내가 클리닉을 막 떠나려고 할 때 당신은 헐레벌떡 뛰어 들어왔어. 애써 늦은 이유를 설명하려는 당신에게 나는 그럴 필요 없다고 했지. 당신 일이 이 세상에서 그 무엇보다 중요하고, 그 일을 원만하게 처리하느라 늦을 수밖에 없었다는 핑계는 이제 정말 지긋지긋해. 당신은 소설을 각색하고, 에이전트는 영상 매체에 팔지. 당신이 입에 달고 사는 제작자, 감독, 배우, 작가들은 하나같이 버릇없는 아이들 같던데 왜 당신은 일일이 응석을 받아주면서 동네북을 자처하는지 이해가 안 돼. 적어도 그들 중 한 사람은 당신을 속였는데, 당신은 눈이 멀어서인지 추호도 의심하지 않았지.

미안해. 당신이 이 편지를 절대로 보지 않길 바라고, 혹시 보게 되더라도 내 진심이 아니었다는 걸 알아줬으면 해. 하지만 난 당신이 그 사람들을 만나느라 나를 위한 시간을 조금도 남겨두지 않았다는 게 슬퍼. 난 당신의 아내이고, 내가 하는 말은 모두 틀림없는 진실이야.

나는 지하철을 타려고 했는데 당신은 택시를 타자고 고집을 부렸어. 집으로 돌아오는 동안 입을 꾹 다물고 이야기하길 거부한 것도 정말 미안하게 생각해. 난 공공장소에서 얼굴을 붉히며 다투고 싶지 않았을 뿐이야. 그래도 내가 얼마나 속이 상했는지 좀 더 일찍 털어놓았더라면 좀 더 빨리 행복할 수 있었을 텐데.

부엌 식탁에 이미 리넨 식탁보를 깔아두었지만(이러니저러니 해도 결혼기념일은 축하해야 하니까), 새 스메그 냉장고에서 샴페인을 꺼내는 내 기분은 정말 각별했어. 그동안 집수리 때문에 바빠 지낸 것도 마음을 비우는 데 나름 도움이 되었지. 유튜브 동영상을 보며 바닥 샌딩, 도배, 블라인드 설치까지 직접 해낸 게 놀랍고도 뿌듯해.

내가 임신 소식을 전하고 초음파 사진을 보여주었을 때 당신은 펑펑 눈물을 흘렸어. 초음파 사진이 아니었다면 오래도록 우리가 꿈꿔온 그 순간이 실감 나지 않았을 거야. 나 혼자 상상해낸 일이었다면 정말이지 큰 낭패가 아닐 수 없었으니까.

"딸이었으면 좋겠어." 내가 속삭이듯이 말했어.

"난 아들이었으면 좋겠는데. 우리 가위바위보로 정할까?"

난 피식 웃고 말았지. "아이의 성별이 가위바위보로 정해질 것 같아?"

"밀져야 본전이지." 당신은 진지한 얼굴로 대꾸했어.

언제나 내 가위가 당신의 보자기를 잘랐지.

"이기지도 못할 거면서."

"그래, 솔직히 난 아들이든 딸이든 상관없어. 그리고 언제나 아이보다 당신을 더 사랑할 거야."

당신이 샴페인을 따고(난 입만 축였어) 피자를 주문했어.

"난 우리의 결혼기념일을 잊지 않았어." 한 시간쯤 뒤에 당신이 세 번째 페퍼로니 피자 조각을 우물거리며 말했어.

"그래?" 난 샴페인 잔으로 레모네이드를 홀짝이며 당신을 바라보았지.

"리넨으로 만든 물건 중에서 뭐가 좋을지 고민이 많았지."

"그럼 어서 줘봐."

당신은 1년 전 내가 준 가죽 가방에서 네모난 선물 상자를 꺼냈어. 평소라면 매우 조심스럽게 포장을 풀었을 텐데 피자가 식을까 봐 그냥 찢어버렸지. 리넨으로 만든 쿠션이었어. 내 이름과 함께 다음과 같은 글귀가 수놓아져 있었지.

당신은 할 수 있다고 믿었고, 결국 해냈다.

새삼 눈물이 터졌어. 내가 임신할 거라고 당신은 이미 믿고 있었던 거야. 나조차 나를 믿을 수 없었을 때도 당신은 나를 믿어주었던 거야.

내가 고맙다고 말하려고 고개를 들었는데 당신 표정이 이상했어. 당신 시선을 따라 내 다리를 내려다보고 나서야 그 이유를 알게 되었지. 선홍색 피가 내 다리를 타고 흘러내려 슬리퍼로 스며들고 있었어. 공포에 질려 일어나 보니 내가 앉았던 자리에 피가 흥건했지.

응급실 의사는 임신한 지 며칠 되지도 않았기에 유산이라고 할 수도 없다고 했어. 그 후에 만난 산부인과 의사는 나에게 동정심을 보였지만 달라지는 건 아무것도 없었어. 돌이켜 생각해보니 애초에 당신에게 임신 사실을 말하지 말았어야 했나봐. 아이를 가진 걸 몰랐다면 슬퍼할 일도 없었을 테니까.

나는 병원에서 돌아오자마자 침실로 직행했어. 밥이 침대 끝자락에 누워 있었지만 그냥 내버려두었지. 울다 지치면 잠이 들거라고 생각했는데 무리였어. 아무래도 수면제를 다시 처방받아야 할까 봐. 문득 손목시계를 보니 8시 3분에 멈춰 있더라. 혹시 우리 아이가 죽은 시간일지도 모른다는 생각이 들었어. 나는 시계를 풀었어. 두 번 다시 차고 싶지 않았지. 당신이 날 안아주며 해준 말을 평생 잊을 수 없을 거야.

"사랑해. 언제나 그랬고, 앞으로도 언제나."

"거의 언제나가 아니라?" 나는 가슴이 미어졌지만 당신을 웃게 해주고 싶어서 그렇게 말했지. 당신은 그 말에 웃지 않았어. 오히려 그 어느 때보다 진지해 보였지.

"당신이 얼마나 아이를 간절히 원했는지 알아. 얼마나 멋진 엄마가 되고 싶었는지도 알아. 하지만 나에게는 아무것도 바뀐 게 없고 앞으로도 달라지지 않을 거야. 무슨 일이 있어도 난 평생 당신과 함께할 테니까. 당신, 나 그리고 밥만 있으면 돼. 다른 건 아무것도 필요 없어."

아무리 달콤한 말도 모든 걸 고칠 수는 없지.

얼마 뒤 당신은 잠들었지만 난 끝내 잠이 오지 않아 아래층으로 내려왔어. 밥이 뭔가 잘못된 걸 눈치챘는지 나를 따라왔지. 나는 우리가 먹다 만 피자와 당신이 준 리넨 쿠션을 쓰레기통에 버렸어. 차마 쿠션에 박힌 글귀를 다시 볼 엄두가 나지 않았기 때문이야. 당신은 내가 할 수 있다고 믿었고, 그 믿음은 잠시 빛났다가 다시 어둠 속으로 사라져버렸지. 이제 나는 앞으로 어떤 사람이 되어야 할지 모르겠어.

당신에게 보여주지 않을 비밀 편지를 쓰게 된 건 정말이지 잘한 일 같아. 편지를 쓰고 나면 속이 후련해지거든. 당신이 보면 억장이 무너지겠지만.

이번 편지에는 아까 클리닉에서 받아온 초음파 사진을 동봉할 생각이야. 훗날 우리가 간절히 바랐지만 끝내 얻을 수 없었던 게 뭔지 되새겨 줄 테니까.

A. 라이트 귀하

내 이니셜이 적힌 클리닉 봉투도 못 버리겠어. 결혼하고 나서 내가 당신 성을 따르기로 했을 때 몇 주 동안 새로운 사인을 만들어 연습했던 기억이 나. 당신의 아내가 되어 행복했지만 아직 내 소망은 아무것도 이루어지지 않았어. 내 잘못이 커. 당신이 언젠가 진실을 알게 되더라도 날 용서하고 사랑해줄 수 있었으면 해. 당신이 약속했듯이, 언제나.

당신의 아내가

어밀리아

아래층에서 들리는 소리는 내 상상이 아니다. 전등 스위치를 더듬어 눌렀지만 불이 들어오지 않는다. 또 정전이라면 아까처럼 자가 발전기가 돌아갔을 테니 누군가가 전원을 차단했다는 뜻이다. 나는 지나친 상상으로 현실을 더 무섭게 만들고 싶지는 않다. 그런데 의심할 여지 없이 삐걱거리며 나무 계단을 올라오는 발소리가 들린다. 나는 숨을 죽이고 귀를 바짝 세운다. 삐걱거리는 소리가 점점 커지다가 이제는 지척에서 들린다. 침실 문 바로 앞에서 발소리가 멈춘다. 나는 비명을 지르지 않으려고 입을 틀어막는다.

가위바위보

팔을 뻗어 애덤을 깨우고 싶지만 공포에 질려 몸을 꼼짝할 수 없다. 문고리가 돌아가자마자 나는 침대에서 굴러떨어지듯 내려와 문에서 최대한 멀찍이 물러선다. 얇은 잠옷만 걸친 몸이 덜덜 떨린다. 나는 어둠 속에서 낯선 가구들을 더듬어가며 욕실로 들어간다. 기억하기로 욕실에는 잠금장치가 있다. 나는 더듬더듬 잠금장치를 찾아내 소리 나지 않게 살며시 누른다. 전기가 나간 게 그나마 다행인지도 모른다.

침실 문이 열리는 소리에 이어 소름 끼치는 발소리가 들린다. 마룻널이 삐걱대는 소리가 가까워질수록 나는 어둠에 적응하려고 눈을 깜빡이며 최대한 숨을 죽인다. 나도 모르게 손가락에 낀 약혼반지를 비틀어대고 있다. 몹시 긴장했을 때 나오는 버릇이다. 심장 뛰는 소리가 침입자에게 들릴까 봐 조마조마하다.

침입자가 욕실 손잡이를 돌리고 있다. 문이 잠긴 걸 알고 다시 한번 시도한다. 이 욕실의 유일한 창문은 스테인드글라스다. 혹시 열린다고 해도 사람이 통과하기 힘들다. 이 높이에서 추락하면 사망이다. 혹시 무기가 될 만한 게 없는지 손을 더듬어 찾아봤지만 잡히는 거라고는 내 질레트 비너스 면도기밖에 없다. 어쩔 수 없이 면도기를 손에 움켜쥐고 벽에 몸을 찰싹 붙인다. 등에 닿은 타일이 얼음장 같다. 잠시 이어진 정적은 문을 쾅쾅 두드리는 소리에 여지없이 깨진다. 어찌나 무서운지 눈물이 볼을 타고 흘러내린다.

"어밀리아, 안에 있어?"

애덤의 목소리를 듣고 마음이 탁 놓인다.

"애덤, 당신이야?"

"나 말고 누가 또 있다고 그래?"

문을 열어보니 애덤이 사방으로 뻗친 머리에 잠옷 차림으로 서서 하품을 삼키고 있다. 애덤이 들고 있는 촛불이 침실에 유령 같은 그림자를 드리운다. 마치 찰스 디킨스의 소설 안에 들어와 있는 기분이다.

"왜 울어? 괜찮아?"

마음이 급해 말이 잘 나오지 않는다. "아래층에서 무슨 소리가 들려 잠에서 깼어. 정전인지 불도 안 켜지고 계단 올라오는 발소리가 들려서 일단 욕실에 숨었던 거야."

"나였어. 목이 말라서 아래층에 내려갔는데 파이프가 죄다 얼어붙었는지 수도꼭지에서 물도 안 나오더라고."

"물이 아예 안 나와?"

"물도 안 나오고 전기도 나갔어. 폭풍 때문에 자가 발전기가 고장 났나봐. 아래층에 내려간 김에 배전반이 어디 있는지 찾아봤는데 결국 허탕을 쳤어. 그나마 이 구닥다리 촛대라도 있어서 다행이야."

애덤은 핼러윈 때 아이들이 손전등으로 장난치듯이 일렁이는 촛불을 턱에 가까이하고 연달아 우스꽝스러운 표정을 지어 보인다. 그제야 조금 기분이 나아진다.

"누가 몰래 건물 안으로 들어온 줄 알고 너무 놀랐어. 정말이지 기절할 만큼 무서웠어."

"나도 무슨 소리를 듣고 깨긴 했어."

잠시 잦아들었던 공포가 되살아난다. "당신도 분명 무슨 소리를 들었단 말이지?"

"그게 내가 아래층에 내려간 또 다른 이유였어. 현관문을 확인해보니 굳게 잠겨 있던데. 이 건물에 다른 출입구는 없으니까 안심했지. 이 건물은 열쇠 없이는 아무도 못 들어와. 그래도 혹시나 해서 구석구석 살펴봤는데 외부에서 잠입한 흔적은 없었어. 정말 낯선 사람이 안으로 들어왔다면 밥이 요란하게 짖었을 거야."

밥은 낯선 사람이 집에 오면 요란하게 짖는다. 하지만 우리가 문을 열어 손님을 반기면 밥도 덩달아 꼬리를 흔들며 배를 까뒤집는다. 래브라도는 경비견으로 삼기에 지나치게 사람을 좋아한다.

나는 다시 침대로 돌아가 애덤이 마뜩찮아 할 질문을 한다.

"우리에게 아이가 없어서 아쉬운 적은 없어?"

"없어."

"왜?"

애덤이 평소처럼 화제를 돌리지 않고 순순히 대답한다.

"가끔은 아이가 없어서 다행이라고 생각해. 우리가 잘못해 아이를 망칠 수도 있잖아. 우리 부모가 그랬듯이. 우리 대에서 아이가 끊긴 이유가 있을지도 몰라."

그 말은 차라리 듣지 않는 편이 좋았다. 애덤이 우리를 마치 아이를 가져서는 안 될 이유가 있는 부부처럼 묘사해 기분이 나쁘지만 그의 말이 옳을 수도 있다. 나는 내 부모를 포함해 마음을 주었던 사람들에게 늘 버림받았다고 생각하며 살아왔다. 내 부모는 내가 태어나기도 전에 교통사고로 세상을 떠났고, 나는 버려진 거나 다름없이 자랐다. 어릴 때부터 사랑을 나눌 대상이 없었다. 사랑을 배울 기회를 잃었다. 사랑은 프랑스어 같은 시노 모른다. 누군가 가르쳐주지 않으면 절대로 유창해질 수 없고, 연습하지 않으면 금세 잊게 되니까.

애덤은 아직 나를 사랑할까?

"여기 있기 싫어." 내가 털어놓는다.

"나도 그래. 여긴 너무 으스스해. 내일 아침에 이곳을 떠나 호텔이라도 찾아보는 게 좋겠어."

"그래, 나도 동감이야."

"눈 좀 붙이고 나서 동트자마자 짐 싸서 떠나자. 잠이 안 오면 수면제를 한 알 더 먹어."

나는 처방전의 권고를 무시하고 애덤의 제안을 따른다. 몹시 지친 데다 내일 운전하려면 좀 자둬야 하니까. 눈을 감기 전에 방 한구석에 있는 괘종시계가 멈춘 걸 알아챈다. 시곗바늘이 8시 3분에 멈춰 있다. 분명 자정에 종소리를 들었는데. 이상하다는 생각이 들었지만 너무 피곤해 생각이 뻗어나가지 않는다. 애덤이 내 허리에 팔을 두르고 나를 끌어당긴다. 남편이 침대에서 나를 마지막으로 안아준 때가 언제인지 기억조차 가물가물하다. 이번 여행으로 우리가 좀 더 가까워진 건 나름의 성과다.

애덤은 이내 잠에 곯아떨어진다.

애덤

아래층으로 돌아가 하던 일을 계속하려면 한동안 이렇게 어밀리아를 안고 있어야 한다. 어밀리아는 불면증이 심해 수면제를 먹어야 하고, 약효가 나타나면 숨소리가 고르게 변한다. 나는 먼저 잠든 척하면서 기다리기만 하면 된다. 두 번째 수면제는 제대로 효과를 낼 것이다. 가끔 수면제를 으깨 어밀리아가 마시는 차에 몰래 넣어주면 곧 잠이 들었으니까. 어밀리아는 신경이 지나치게 예민하다. 어밀리아가 잠든 걸 확인하자마자 나는 조심스레 이불을 빠져나와 침대 옆에 놓아둔 촛대를 챙겨 들고 최대한 조용히 방을 빠져나간다. 이미 이 건물에 익숙해져 굳이 불을 밝힐 필요는 없지만 유난히 크게 삐걱대는 마룻널을 밟지 않도록 조심해야 한다.

밥이 나를 따라 나선형 계단을 내려온다. 개는 언제나 충직하다. 사람들처럼 원한을 품거나 의심하거나 괜한 트집을 잡지 않는다. 밥은 나이 들어 귀가 어두워졌지만 나를 보면 무조건 반긴다. 반면 어밀리아는 보고 싶은 것만 보려고 한다. 나는 이제 어밀리아의 그런 모습에 질려가고 있다. 한때는 사랑을 믿었다. 하긴 그렇게 따지면 산타클로스나 이의 요정도 믿었다. 사람들은 흔히 결혼 생활을 잃어버린 반쪽을 만나 완전체가 되는 과정으로 묘사하지만 결코 동의할 수 없다. 사람들은 저마다 제각각이다. 맞지 않는 퍼즐 조각을 맞추려면 한쪽을 구부리거나 깎아내야 한다. 어밀리아는 그렇게 나를 자신에게 맞추려고 했다.

영원히 사랑하겠다는 약속은 거짓이다. 영원히 사랑할 수 있도록 노력하겠다는 약속이 그나마 최선이다. 평생 함께하기로 한 배우자가 10년 후에 알아보지도 못하게 변한다면 초심을 유지할 수 없다. 사람은 변하고, 지키기 힘든 약속은 깨질 수밖에 없다.

몇 달 전부터 다시 달리기를 시작했다. 글을 쓰는 동안 나는 작업실 의자에서 엉덩이를 떼지 않고 영겁 같은 시간을 보낸다. 운동을 하는 신체 부위라고는 키보드를 두드리는 손가락뿐이다. 체력 관리 차원에서 달리기를 시작했는데 어밀리아는 내가 바람을 피울 속셈이라고 의심한다. 몇 주 전 쓰레기 수거 전날 밤에 어밀리아가 내 운동화를 몰래 내다 버리는 걸 내 눈으로 직접 봤다.

그냥 아무 말도 하지 않고 운동화를 새로 사고 넘어갔지만 내 인생에서 바뀌어야 하는 건 운동화만이 아니다. 이제 나도 제법 나이가 들었다. 내 얼굴을 알아보지는 못해도 확실하게 느껴진다. 요즘 영화판에서 일하는 제작자, 감독, 에이전트들은 점점 젊어지고 있다. 최근에 작업실에서 만난 제작자와 감독은 대학생처럼 보였다. 얼마 전까지만 해도 나 역시 그들처럼 파릇파릇했다. 아직 마음은 청춘인데 주변 사람들은 나를 노인 취급한다. 이제 겨우 40대 초반이고, 은퇴는 고려조차 해본 적 없는데.

어밀리아 말고 다른 여자에게 끌린 적이 있는지 묻는다면 부인하지 않겠다. 나도 남들과 다르지 않은 사람이다. 사람은 그렇게 만들어졌다. 물론 예쁜 외모에 끌린 적은 없다. 얼굴은 나에게 무의미하니까. 내가 상대를 고르는 기준은 책과 같다. 화려한 표지보다는 내용이 마음에 들어야 한다. 가끔 다른 상대와 인생을 함께하면 어떨지 상상해본다. 누구나 환상을 품을 자유는 있으니까. 꼭 그 환상을 실현하겠다는 건 아니다. 마지막으로 외간 여자와 잤을 때 끝이 좋지 않았다. 게다가 일하느라 바람피울 시간도 없다. 어밀리아는 끊임없는 의심과 질투의 화신이다. 내가 무슨 말을 해도 어밀리아는 믿지 않는다. 그럴 자격도 없으면서.

이제껏 어밀리아에게 완벽하게 솔직한 적은 없지만 그건 어밀리아를 위해서였다. 가끔 어밀리아가 잠자리에 들기 전 따뜻한 차에 수면제를 으깨 넣는 것도 마찬가지다. 어밀리아가 굳이 알 필요 없는 일이다. 아까 어밀리아가 지하실에 있을 때 내가 전원을 내렸다. 배전반을 찾아 차단기를 내린 다음 지하 계단으로 통하는 문을 떨어뜨렸다. 바깥에 있는 자가 발전기도 꺼두었다.

나무

올해의 단어

멘치(Mensch) : 좋은 사람. 친절하고 성실하고 정직한 사람

2013년 2월 28일, 우리의 다섯 번째 결혼기념일

애덤에게

요즘 자꾸 못나게 굴어서 미안해. 지난 몇 달 동안 벌어진 일들은 그냥 묻어버리고 싶지만 그토록 간절히 바랐던 아이 얘기를 아예 하지 않고 넘어갈 수는 없을 것 같아. 아무 일도 없었던

척할 수도, 엄마가 되고 싶지 않았던 척할 수도 없으니까. 난 당신 아이가 아니라(미안해), 내 아이를 갖고 싶었어. 끝까지 포기하지 않고 원하는 결실을 맺고 싶었지만 마지막 체외 수정이 실패하고 나서부터는 세상에는 노력해도 안 되는 일이 있다는 걸 깨닫게 되었지. 커다란 상실감이 밀어닥쳤고, 내가 불행하다는 생각이 들기 시작하면서 우리의 결혼 생활도 삐걱거리게 되었어.

그래도 한동안 희망의 끈을 놓지 않았지. 노력을 멈추자마자 임신한 부부의 사례를 찾아 읽어보기도 했어. 하지만 아무리 애써도 아이는 신이 우리를 위해 준비한 선물이 아니었나봐. 당신에게 말하지 않았지만 처음 몇 달 동안은 월경할 때마다 펑펑 울었어. 이제 조금은 상태가 나아진 것 같아.

나는 얼마 전부터 배터시 유기견 보호소 일에 다시 전념하고 있고, 승진도 했어. 월급이 크게 오르지는 않았지만 인정받은 기분이 들어서 좋아. 그리고 밥도 우리에겐 사랑스러운 자식이야. 내가 나름 좋은 사람이라는 걸 깨달았어. 불임은 우리에게 가해진 벌이 아니라 그저 순리일 뿐이야. 난 어릴 때 툭하면 나쁜 아이 취급받아서 아직도 가끔 내가 나쁜 사람이라 벌을 받나 싶지만 다들 나를 잘못 알고 있었던 거야.

지난주에 당신과 싸운 일로 난 아직 죄책감을 느껴. 하지만 누군가의 아내라면 대부분 나와 비슷한 반응을 보였으리라 생각해.

당신은 약속 시간보다 한참 늦게 술에 만취한 상태로 집으로 돌아왔지. 내가 공들여 저녁 식사를 준비하지 않았다면 그렇게 화가 나진 않았을 거야. 차갑게 식어버린 요리를 쓰레기통에 버리는 동안 당신은 눈치 없이 악토버 오브라이언에 대해 떠들어댔지. 당신은 요즘 떠오르는 아일랜드계 여배우가 당신이 쓴 시나리오 《가위바위보》를 읽고 반해서 당신의 에이전트를 통해 연락해왔다고 했어. 그날 오후 당신은 그 여배우와 단둘이 식사를 했지. 구글 검색으로 그 여배우의 사진을 찾아보기 전까지만 해도 나는 전혀 걱정하지 않았어.

"당신도 직접 만나 봐야 해." 당신은 얼빠진 미소를 지으며 혀 꼬부라진 소리로 말했어. 당신 입술은 레드와인으로 얼룩져 있었지. "악토버가 내 시나리오의 수정 방향을 짚어줬는데 정말이지 기발했어." 오래전에 나도 당신의 시나리오를 읽어보고 방향을 제시한 적이 있어. 할리우드 배우는 아니지만 나도 몇 번이나 《가위바위보》를 꼼꼼하게 읽었으니까. 내가 나름 도움이 되는 말을 해주었다고 생각했는데 아니었어?

"당신도 악토버를 만나보면 마음에 들어 할 거야." 당신은 그 여배우에 대해 침이 마르도록 칭찬했지만 나로서는 순수하게 받아들일 수 없었지. "정말이지 유쾌하고 매력적이고, 똑똑한……."

"그 배우가 술을 마실 수는 있는 나이야?" 내가 당신 말을 끊으며 끼어들었어. 나도 늦은 밤까지 당신을 기다리느라 와인을 좀 마신 상태였거든.

"당신, 왜 그래? 그러지 마." 당신은 마음이 상한 표정으로 말했어.

"내가 뭘? 당신이 쓴 시나리오에 반했다는 배우가 어디 한둘이야? 그런데 정작 당신 각본을 영화로 만들어 주겠다는 감독이나 제작자가 나타나질 않잖아."

"이번에는 달라."

"막 고등학교를 졸업하고 이제 갓 데뷔한 배우가 당신 시나리오가 마음에 든다고 했으니까?"

"갓 데뷔한 배우가 아니야. 악토버는 20대 중반이고, 이미 바프타상을 수상한 경력이 있어."

"당신도 20대에 바프타상을 탔지만 아직 당신이 쓴 시나리오는 한 번도 영화로 만들어지지 않았어. 당신에게 도움을 줄 사람은 배우가 아니라 감독이나 제작자야."

"악토버 같은 배우가 내 시나리오가 마음에 든다고 하면 좋은 결과로 이어질 가능성이 커. 악토버가 나서준다면 할리우드에서 기꺼이 내 시나리오를 검토할 거야. 이번 기회가 아니면 앞으로 어려울 수도 있어." 그 말을 듣고 나자 당신이 안쓰러워졌어. 그동안 당신이 얼마나 힘들어했는지 알아. 각색 작업을 꾸준히 했지만 당신이 진정으로 원한 일은 아니었으니까. 나는 화제를 바꿔 당신에게 좀 더 다정하게 굴려고 했어. 그때 당신이 한 말이 내 마음을 씁쓸하게 했지. "당신도 커리어에 욕심이 있었다면 내 심정을 충분히 이해할 수 있을 텐데."

"난 지금 내가 원하는 일을 하고 있어." 난 당신이 한 말이 틀리지 않다는 걸 알면서도 그렇게 대꾸했지.

"당신은 연봉이 아쉽다면서도 배터시를 떠나지 않잖아."

"난 배터시에서 일하는 게 좋으니까."

"아니, 당신은 다른 곳에서 일할 엄두를 못 내는 거야."

"누구나 별이 되고 싶어 하는 건 아니야. 연봉은 마음에 들지 않더라도 보람 있는 일을 하면서 세상을 좀 더 나은 곳으로 만들고 싶어 하는 사람도 있어."

당신이 나를 현실에 안주해버린 사람으로 치부하는 듯해서 억장이 많이 슬펐어. 당신은 내가 진취적인 삶을 포기했다고 생각하겠지만 결코 아니야. 태양이 밝을수록 그늘은 짙기 마련이지. 난 당신을 사랑하고, 내 꿈보다는 당신의 꿈에 내 야망을 쏟아부었을 뿐이야.

그날 밤, 당신은 손님방에서 잤지만 우린 이번 결혼기념일을 맞아 화해했지. 오늘 아침에 당신은 나보다 일찍 일어났어. 간밤에 당신이 10년 된 시나리오를 고쳐 쓰느라 새벽녘에야 겨우 잠들었다는 걸 알고 있기에 전혀 예상하지 못한 일이었지. 당신이 아침 식사 쟁반을 들고 침실에 왔을 때 꿈을 꾸는 줄 알았어. 우리가 함께한 세월 동안 단 한 번도 그런 적이 없었으니까.

가위바위보

그때 눈치챘어야 했는데.

우리는 토스트를 반숙 달걀에 찍어 먹었어. 모처럼 함께 하루를 보내기로 약속했는데 당신이 왜 그리 일찍 일어났는지, 왜 그리 서둘러 빈 컵과 접시를 거두어 가는지 나는 이해할 수 없었지.

"서두를 필요 없잖아?" 내가 물었어.

당신 얼굴에 떠오른 표정이 말보다 먼저 실토했어. "에이전트를 만나러 가봐야 해. 오래 걸리지는 않을 거야."

"이번 결혼기념일에는 온종일 함께 있기로 약속했잖아. 그래서 나도 연차를 냈고."

"겨우 몇 시간이야. 이번에는 꼭 《가위바위보》를 영화로 만들고 싶어서 그래. 에이전트를 만나 얘기를 나눠보려고. 그가 어떻게 생각하는지 직접 만나서 물어봐야겠어."

당신은 내 표정을 읽지는 못해도 분위기는 파악할 줄 알지.

"미안, 오늘이 얼마나 특별한 날인지 잘 알아. 저녁에는 꼭 당신과 함께할게."

"저녁 식사는 가능해?"

"오후 5시면 마무리될 거야. 미팅이 끝나면 곧장 전화할게. 당신을 위해 공연 티켓을 준비했어."

몇 달 전부터 내가 보고 싶어 했던 공연 티켓이었지. 오픈하자마자 연속 매진이라 구하기 힘들었는데 마침내 볼 수 있게 된 거야. 적어도 지루하게 당신만 기다리지 않아도 된다는 건 마음에 들었어. 하지만 공연 티켓을 미리 준비해둔 걸 보면 결혼기념일의 절반을 나 혼자 보내야 한다는 걸 진작부터 알고 있었다는 뜻이기도 하지. 나도 당신에게 선물을 건넸어. 결혼 5주년 전통 선물은 나무로 된 물건이어야 해서 나무 자를 준비했어. 자에는 이런 문구가 새겨져 있었지.

벌써 5년이라니, 누가 믿겠어?(Five years married, who **wood** believe it?)

당신은 넥타이 두 개를 손에 들고 둘 중 하나를 골라 달라고 했어. 솔직히 둘 다 꼴 보기 싫었지만 새 무늬 넥타이를 골라주었지. 당신이 에이전트를 만나러 갈 때 의상에 신경 쓰는 걸 본 적이 없어 내심 수상쩍기도 했어.

"넥타이는 내가 아니라 당신이 사용할 거야." 당신이 내 생각을 읽은 듯이 말했어.

당신은 실크 넥타이로 내 눈을 가리더니 손을 잡고 아래층으로 이끌었지.

"잠옷 차림으로 밖에 나가라는 거야?" 당신이 현관문을 열 때 내가 소리 죽여 물었어.

"당신은 여전히 새 신부처럼 아름다우니까 걱정 마. 내가 준비한 선물을 보여주려면 이 방법뿐이라서 그래."

"공연 티켓이 선물 아니었어?"

"올해 선물이 나무로 된 거 맞지?"

내 맨발이 차가운 돌바닥을 지나 이내 풀에 닿자 당신이 내 눈을 가리고 있던 넥타이를 벗겼어.

잔디밭 한복판에 잎사귀 하나 없이 볼품없어 보이는 나무 한 그루가 심어져 있었지.

"당신, 예전부터 목련 키우고 싶어 했잖아."

"이 나무가 목련이라고? 감동이야. 목련이 피면 정말 멋질 거야." 내 말에 당신은 몹시 기쁜 표정을 지었어. "마음에 쏙 들어. 이제 당신이 쓴 시나리오를 할리우드 블록버스터로 만들러 가봐. 조만간 내가 밥과 함께 레스터 스퀘어에서 레드카펫을 밟을 수 있도록." 당신은 내 말이 끝나자마자 가벼운 발걸음으로 대문을 나섰고, 나는 우리의 결혼기념일에 집에 혼자 남게 되었지. 또다시.

몇 시간 뒤에 극장에서 벌어진 일만 아니었다면 그나마 모든 일이 순조로웠을 거야. 막이 오른 지 얼마 되지도 않아 극장에서 화재 경보가 울려 관객들이 모두 대피했고, 소방차까지 출동하면서 내가 보기로 한 공연은 전격 취소되었지.

결국 나는 예정보다 일찍 집으로 돌아올 수밖에 없었어. 지하철에서 우리 또래로 보이는 커플을 봤는데, 손을 꼭 맞잡은 채 서로에게 푹 빠져 있더라. 아마 그 커플은 모든 기념일을 둘이서 함께할 거야.

우리 부부는 다른 사람들 눈에 어떻게 보일까?

햄스테드역에서 내릴 때까지 나는 그런 생각에 잠겨 있었어. 역에서 나와 걷기 시작하자마자 비가 내렸고, 집에 다다랐을 때쯤에는 온몸이 흠뻑 젖어 있었지. 당신이 심어놓은 목련을 보자 마음이 울컥했어. 현관문 앞에 서서 추위에 언 손으로 열쇠를 꽂느라 애를 먹고 있는데 집 안에서 웬 여자의 웃음소리가 흘러나왔지. 문을 열고 복도에 들어서자마자 나는 두 눈을 의심했어. 우리 집 부엌에서 할리우드 여배우가 와인을 마시고 있었으니까. 당신과 함께. 우리의 결혼기념일에.

"왜 벌써 왔어?" 당신은 나만큼 당황한 얼굴로 물었어.

"공연이 취소됐거든." 나는 그 배우에게서 눈을 떼지 않고 말했어. 악토버 오브라이언의 실물은 인터넷에서 찾아본 사진보다 훨씬 아름다웠지. 도자기 같은 피부와 짧은 머리가 우리 집 부엌의 조명을 받아 반짝였어. 아마 내가 그런 머리를 했다면 남자아이처럼 보였을 거야. 커다란 녹색 눈에 환한 미소를 담은 악토버의 얼굴은 마치 행복한 요정처럼 보였지. 나는 20대에도 그 정도로 빛난 적은 한 번도 없었어.

당신은 우릴 서로에게 소개했지. 드라마나 영화에서만 보던 여자가 한낮에 내 남편과 내 집에서 와인을 마시고 있는 상황이 대수롭지 않다는 듯이. 내가 겨우 잡고 있던 이성의 끈을 막 놓으려는 순간 악토버가 빨간 입술로 미소 지으며 어찌 된 상황인지 설명하기 시작했어.

"만나 뵙게 되어서 반가워요." 악토버가 깔끔하게 매니큐어를 바른 손을 내밀었어. 그 손을 맞잡아야 할지 후려쳐야 할지 혼란스러웠지. "애덤이 결혼기념일에 아내를 위해 요리를 해본 적이 없다며 안타까운 소리를 하더라고요. 제가 당장 바로잡지 않으면 시나리오 수정 작업에 참여하지 않겠다고 말했죠. 애덤이 할 줄 아는 요리가 없다고 털어놓기에 제가 도와주겠다고 나섰어요. 원래는 서프라이즈로 하려고 했는데 돌발 상황이 발생했네요. 혹시 실례였을까요?"

나는 여러 가지 이유로 얼굴이 화끈거렸어.

첫 번째 이유는 냉장고 청소를 언제 했는지 기억나지 않아서, 두 번째 이유는 우리의 낡은 냄비와 팬의 상태가 떠올라서, 세 번째 이유는 아름다운 여자 앞에서 비에 젖은 박쥐처럼 서 있는 내 꼴이 의식이 돼서.

화장이라도 신경 써서 할 걸 그랬나봐. 내 수치심은 그리 오래가지 않았어. 그동안 살아오면서 그토록 친절하고 다정한 여자는 처음 봤거든. 당신이 악토버와 일하고 싶어 한 건 당연해. 심지어 밥도 악토버에게 푹 빠졌으니까. 하긴 밥은 누구든 좋아하지. 나는 악토버에게 저녁을 함께 먹자고 했어. 오히려 당신이 내 제안을 몹시 기꺼워했지.

나는 마른 옷으로 갈아입고 나서 음식과 함께 와인을 마시며 아주 근사한 저녁 시간을 보냈어. 세 가지 음식이 모두 맛있었지. 특히 초콜릿 푸딩 맛은 각별했어. 나는 아름답고 똑똑한 배우와 한자리에 있으면 주눅들 줄 알았는데 전혀 아니었지. 악토버는 더없이 유쾌하고 겸손하고 다정한 사람이었어. 유명 배우도 그저 우리와 같은 사람이란 걸 새삼 깨달았지. 위화감이 들 만큼 미모가 빼어나긴 해도.

"당신이 악토버를 만나보면 홀딱 반할 줄 알았다니까." 악토버가 떠난 뒤 당신이 말했어.

"그래, 당신 말이 맞아. 정말 좋은 사람이더라."

"그럼 앞으로 악토버와 계속 작업해도 괜찮지? 질투 안 할 거지?"

"난 질투한 적 없어." 내 말에 당신이 한쪽 눈썹을 치켜 올렸어.

"그래, 질투할 필요 없어. 악토버가 사랑스럽긴 하지만 어디까지나 배우이고, 일 때문에 만나는 거니까."

"당신 눈에 나도 사랑스러워?"

"당신은 내 MIP야."

"MIP?"

"가장 중요한 사람."

오래도록 기억에 새길 결혼기념일을 만들어줘서 고마워.

벌써 5년이라니, 세월 참 빠르지? 그동안 우린 정말 많은 추억을 쌓았어. 앞으로도 계속 행복한 추억을 쌓아갈 수 있길 바라. 누구에게나 자신만의 MIP가 있겠지. 나는 당신의 MIP고, 당신은 내 MIP야. 지금도 그리고 앞으로도 영원히.

　당신의 아내가

로빈

로빈은 꼼짝도 하지 않고 예배당 안의 춥고 어두운 구석에 숨어 있었다. 방문객들의 기척이 다시 사라질 때까지. 남자가 두 번이나 아래층에 내려오는 바람에 하마터면 들킬 뻔했다. 로빈은 남자가 자신을 알아볼 수 있을지 궁금했다. 그의 안면실인증과 관계없이 마지막으로 본 이후 지금은 몰라볼 정도로 달라졌으니까.

한 시간 전, 예배당에 들어왔을 때 커플이 잠자리에 들었을 거라 생각했는데 누군가 나무 계단을 내려오는 소리가 들려 허둥지둥 몸을 피했다. 남자는 삐걱거리는 부분을 용케 피해서 밟았다. 도서관이라고 해도 과언이 아닌 거실에는 몸을 숨길 수 있는 곳이 많아 다행이었다. 로빈은 서가 귀퉁이에서 몸을 숨기고 있다가 비밀의 방으로 들어갔다. 비밀은 아직 모르는 사람에게만 비밀이다. 시간이 흐르면 애벌레가 나비로 변하듯 비밀은 아름다운 거짓말이 되어 훨훨 날아갈 수 있다. 로빈은 예배당 구석구석을 모두 꿰고 있다. 한때 이곳에서 살았으니까.

로빈이 원한다면 지금도 살 수 있지만 그러지 않기로 했다. 이제 로빈은 예배당에서 필요 이상으로 머물지 않는다. 예나 지금이나 예배당 안에 발을 들여놓으려면 용기가 필요하고, 어쩔 수 없는 일이 생기면 가급적 빨리 처리하고 떠난다. 방문객들도 예배당과 관련된 진실을 알게 되면 당장 떠나고 싶겠지만, 사람들은 자기가 보고 싶은 것만 보기 마련이다.

거실에 딸린 비밀의 방은 로빈이 이 예배당에서 가장 싫어하는 공간이다. 서가 뒤에 숨겨진 출입문은 쉽게 찾을 수 있지만 비밀을 모르는 사람에게는 보이지 않는다. 사람들은 대부분 눈을 감고 살아간다. 책들은 온갖 비밀을 숨기는 데 능숙하고, 닫힌 책이라면 더욱 그렇다. 닫힌 사람처럼.

어떤 기억들은 폐소공포증과 같다. 로빈은 비밀의 방이 불러일으키는 다양한 공포에 숨이 막힌다. 몸을 꼼짝하지 않고 퍼즐 조각을 맞추듯 쪽모이 마룻바닥을 노려보며 지난날을 떠올리게 만드는 그 어떤 것도 보지 않으려고 애쓴다. 하지만 기억은 명령을 따르지 않고 머릿속을 제멋대로 드나든다.

보름달이 스테인드글라스 창문에 어려 기묘하고 낯선 무늬를 만들어낸다. 로빈은 벽에 비친 자신의 그림자를 보는 순간 문득 초라한 기분이 든다. 그림자마저 서글프다. 로빈은 무심코 주먹을 쥐다가 그림자가 똑같이 따라 하는 걸 보고 이내 손을 높이 들고 모양을 바꿔본다. 처음에는 움켜쥔 주먹, 그다음은 활짝 핀 보자기, 그다음은 무엇이든 싹둑 자르는 가위.

로빈은 안전하다는 확신이 들자 방을 나선다. 언뜻 누군가를 본 듯해서 몸이 얼어붙지만 벽난로 위 거울에 비친 자신이다. 하마터면 자기 얼굴을 알아보지 못할 뻔했다. 로빈의 오두막에는 거울이 없다. 모처럼 거울을 보니 몹시 늙은 데다 지나치게 창백해 보인다. 유령으로 착각해도 이상할 게 없을 정도다.

로빈은 비밀의 방 열쇠를 찾으려고 주머니 안에 손을 집어넣었다가 다른 걸 잡는다. 다 닳아 밑동만 남은 빨간 립스틱이다. 립스틱을 처음 바른 날이 기억난다. 비가 오던 날 밤 로빈은 심하게 다쳤다. 그때 자기 자신 말고는 아무도 믿어서는 안 된다는 교훈을 얻었다.

로빈은 립스틱을 조금 바르고 나서 거울을 본다. 미소를 지어보았으나 이내 입꼬리가 축 처진다. 그래도 립스틱을 바르지 않은 것보다는 낫다. 이제 예배당에 온 목적을 실행할 용기가 생긴다.

가위바위보

로빈이 창밖에서 지켜본 바, 방문객 커플은 그다지 행복해 보이지 않았다. 거실에 숨어 책등을 만지작거리며 귀를 기울일 때도 방문객 커플의 목소리는 그리 행복하게 들리지 않았다. 그들이 위층 침실에서 나누는 말소리가 높은 아치형 천장에 부딪혀 반사되며 로빈의 귀에 곧장 꽂혔다.

예배당에서 거저 머물 수 있다는 말을 믿었다니 가소롭다. 세상에 공짜는 없다. 그들이 아침 일찍 떠나자고 얘기하는 소리를 들으면서 웃음을 눌러 참아야 했다. 웃음은 곧 노여움으로 바뀐다. 요즘 사람들은 가진 것에 감사하기보다 항상 더 많은 걸 원한다. 노력해서 얻을 생각은 하지 않고 자기 뜻대로 되지 않으면 철없는 아이처럼 투덜거리며 불만을 터뜨리기 일쑤다. 스스로 잘못된 선택을 하고도 남 탓을 하는 사람들이 많고, 일이 계획대로 풀리지 않을 경우 도망치면 그만이라고 생각한다.

이 예배당에 들어선 이상 어림도 없다. 방문객들은 이 예배당에서 멋대로 말할 수 있고, 심지어 그 말을 믿을 수도 있다. 그 말이 숙면을 취하는 데 도움이 된다면. 폭풍은 잠시 멈췄지만 내일 아침에는 아무도 이 예배당을 떠날 수 없다. 적어도 방문객 커플 중 하나는 영영 여길 떠나지 못할 것이다.

어밀리아

바깥은 여전히 캄캄하지만 나는 애덤을 흔들어 깨운다.

"밥이 사라졌어."

애덤이 졸린 눈을 비비면서 눈을 깜빡이다가 어슴푸레한 침실을 두리번거릴 때까지 나는 참을성 있게 기다린다. 어느새 진짜 예배당 냄새가 난다. 케케묵은 성경과 맹목적인 믿음의 묵은내. 내가 들고 있는 촛불만이 주변의 어둠을 사른다. 애덤은 여기가 어딘지 파악하느라 잠시 시간이 걸린다. 밤새 전기가 나가는 바람에 안과 밖을 구분하기 힘들 정도로 추워 본능적으로 침대보를 끌어당긴다.

내가 침대보를 다시 아래로 끌어내린다. "내 말, 들었어? 밥이 사라졌다니까."

"어젯밤에 층계참에서 자고 있었어." 애덤이 하품을 억누르며 말한다.

"지금은 없다니까."

"아래층에 내려갔겠지."

"거기도 없어. 건물 안을 온통 뒤졌는데 정말로 사라졌다니까."

그제야 애덤의 얼굴이 심각해진다.

애덤이 걱정하는 얼굴이 낯설어서인지 나는 더욱 초조해진다.

걱정하는 사람은 언제나 나지 애덤이 아니다. 내가 극도로 불안해할 때조차 애덤은 침착한 태도를 유지한다. 감정의 기복을 서로 받쳐주는 게 우리가 지금껏 결혼 생활을 이어온 동력이다. 적어도 예전에는 그랬다.

"현관문이 굳게 잠겨 있으니 밥은 분명 건물 안 어딘가에 있을 거야." 애덤은 초를 하나 더 꺼내 불을 붙이고 나서 잠옷 위에 스웨터를 껴입는다.

"밥그릇 채우는 소리를 들으면 밥이 달려올 거야. 평소처럼."

애덤은 아직 비몽사몽인 상태로 침대에서 벗어나 층계참으로 나간다. 내가 마치 없는 말을 지어내기라도 했다는 듯이 빈 개 방석을 멀뚱히 쳐다보다가 계단을 내려간다. 이제 보니 유난히 삐걱거리는 계단판을 용케 피하며 걷는다.

"삐걱 소리가 나는 곳을 어떻게 정확히 기억해?" 내가 애덤을 뒤따르며 묻는다.

"뭐?"

"삐걱거리는 계단판을 건너뛰었잖아."

"소리가 거슬려서. 소름 돋잖아."

"어젯밤에 왔는데 삐걱거리는 계단판을 어떻게 다 기억하고 있느냐는 뜻이야."

"내가 사람 얼굴은 못 알아봐도 기억력은 뛰어난 편이야."

그건 사실이다. 애덤은 아무리 사소한 일도 사진처럼 선명하게 기억한다. 나는 더 꼬투리를 잡지 않고 우리의 공통 관심사로 주의를 돌린다. 우리는 밥을 찾기 위해 1층을 구석구석 뒤진다.

"문이 다 잠겨 있는데 밥이 어떻게 빠져나갔는지 이해가 안 되네." 애덤이 말한다.

"연기처럼 사라질 리는 없겠지." 나는 그릇에 사료를 부으며 밥을 부른다. "밥, 어디 있니?"

그 어느 때보다 깊은 정적이 이어져서 불길하다. 이제 어떡해야 할지 모르겠다. 답답한 마음에 휴대폰을 꺼내보지만 역시 신호가 잡히지 않는다.

설령 신호가 잡힌다고 해도 누구에게 연락해 도움을 청하단 말인가?

"바깥으로 나가 밥을 찾아봐야겠어." 우리는 부트룸으로 향한다.

가위바위보

애덤이 현관문 잠금장치를 풀고 두 문짝을 연다. 우리는 눈 앞에 펼쳐진 광경을 보고 우뚝 멈춰 선다. 산등성이 너머로 이제 막 떠오른 해가 무릎보다 높이 쌓인 눈을 비춘다. 세상 만물이 두꺼운 순백의 담요로 덮여 있다. 진입로에 세워둔 차는 형태만 겨우 알아볼 수 있을 정도다. 밥이 밖으로 나왔다면 눈밭에서 그리 오래 버티지 못할 것이다.

애덤이 불안감을 불식시키려고 애쓴다.

"당신도 봤다시피 출입문은 분명 굳게 잠겨 있었어. 밥이 키보다 높이 쌓인 눈을 헤치고 밖으로 나왔을 리 없다는 뜻이야. 녀석은 분명 안에 있을 거야. 혹시 지하실도 들여다봤어?"

"지하실은 너무 어두워서 촛불 하나로는 감당이 안 돼."

"휴대폰 손전등을 켜면 안을 들여다볼 수 있을 거야."

애덤이 일할 때 쓰는 가죽 가방을 찾는다. 너무 낡아 새 가방으로 바꿀 때가 되었다. 애덤이 가죽 가방에서 휴대폰을 꺼내 든다. 차 안에서는 뻔뻔하게 못 찾는 척했던 휴대폰. 사람이 거짓말을 하는 이유는 거짓말 자체보다 흥미롭다. 거짓말이 서툰 사람은 아예 시도하지 않는 편이 좋다. 애덤처럼.

애덤

나는 휴대폰 손전등을 켜고 지하로 통하는 문으로 달려간다. 문이 줄곧 닫혀 있었다면 밥이 지하로 들어갔을 가능성은 매우 희박하다. 그래도 우리가 유일하게 찾아보지 않은 곳이다. 나는 문을 들어 올리고 서둘러 돌계단을 내려갔지만 먼지투성이 와인 선반과 바닥에 덩그러니 놓인 리플릿을 발견했을 뿐이다. 리플릿에는 '블랙워터 예배당의 역사'라는 문구가 인쇄되어 있다.

어제는 분명 없던 리플릿이다.

"밥은 여기에 없어." 나는 손에 든 리플릿에 정신이 팔린 채 계단을 올라간다.

어밀리아는 아무런 대답 없이 나를 빤히 쳐다본다. 모르긴 해도 그리 좋은 표정일 리 없다. 팔짱을 끼고 짝다리를 짚고 서 있는 모습을 보아하니 이제 곧 시비를 걸 태세다.

"왜?"

"휴대폰을 가져왔네?"

이런.

죄책감은 곧 분노로 바뀐다.

"떠나기 전에 당신이 차에서 꺼내는 걸 우연히 봤어. 그래놓고 당신은 줄곧 시치미를 뗐잖아. 지난 몇 주 동안 이상하게 굴기도 했고. 나에게 뭘 또 숨겼어? 밥이 사라진 건 맞아?"

"뭐? 내가 밥을 얼마나 사랑하는지 알잖아."

어밀리아가 정말 밥을 어떻게 했을 거라고 생각하지는 않지만 최근에 수상한 행동들을 너무 많이 봐서 이제는 뭐가 뭔지 모르겠다.

"나는 그저 근사한 주말을 보내고 싶었을 뿐이야. 이번만큼은 우리 단둘이서. 당신 일거리가 끼어들 틈을 주고 싶지 않았어. 글쓰기, 책 읽기, 시나리오 쓰기가 당신이 신경 쓰는 전부잖아. 당신 휴대폰을 숨긴 건 잠시나마 일에서 벗어나게 하기 위해서야. 당신 앞에서 난 항상 투명 인간처럼 느껴지거든."

어밀리아가 불리할 때마다 꺼내드는 카드를 사용한다. 이제 지겹지만 눈물을 흘리는 사람에게 화를 낼 수는 없다. 나도 어밀리아에게 늘 정직하지는 않았으니까.

"혹시 당신 휴대폰에 신호가 떠? 어디다 연락해볼 수 있나?" 어밀리아가 묻는다. 서로 다른 통신사를 쓰고 있으니 일리 있는 질문이다.

"아니, 이미 확인해봤어."

왜 말투에서 묘하게 안심한 티가 나는 것 같지? 우리가 왜 이렇게까지 서로를 못 믿게 되었는지 안타깝다. 전적으로 내 탓이라고 할 수는 없다. 신뢰는 빌려 쓸 수 없고, 빼앗았다가 돌려줄 수도 없으니까.

"당신에게 할 말이 있어."

조용히 말했는데 어밀리아가 알아들은 게 의외다.

어밀리아가 몇 발짝 뒤로 물러선다. "뭔데?"

"사실은 간밤에 물을 마시러 내려온 게 아니었어. 침실로 올라가기 전에 여기서 뭔가 봤기 때문이야. 당신이 혹시 겁먹을까 봐 잠들 때까지 기다렸다가 다시 내려왔어. 당신은 지하실 일로 몹시 불안해 보였고, 나도 상황을 악화시키고 싶지 않아서."

"그래서 뭘 봤는데?"

"이거." 나는 부엌 서랍 하나를 연다. 그 안에는 악토버 오브라이언에 관한 신문 기사가 가득하다. "이 배우는······."

"나도 당연히 누군지 알아." 어밀리아는 가위로 깔끔하게 오려낸 신문 기사를 하나씩 꺼내 식탁 위에 펼쳐놓는다. "도무지 이해가 안 돼. 이 기사들이 왜 여기에 있을까?"

"그리고 조금 전 지하실에서 이 리플릿을 발견했어."

내가 어밀리아에게 리플릿을 건넨다.

"직접 읽어봐. 우린 환영받지 못할 곳에 발을 들여놓은 게 확실해."

"그럼 왜 주말여행권을 경품으로 제공했겠어? 우린 초대받고 왔을 뿐이야."

"누구에게?"

어밀리아는 잠시 대답이 없다. 그야 자기도 모르니까.

어밀리아는 타이핑된 글자가 빼곡한 리플릿을 펼치기 겁나는 듯이 한동안 첫 페이지만 바라보며 가만히 서 있기만 한다. 나는 어밀리아가 리플릿을 읽는 동안 잠자코 지켜본다.

블랙워터 예배당의 역사

블랙워터 호수 근처에 자리한 이 예배당은 9세기 중반에 건립되었다. 현 소유주가 예배당과 주변 토지를 매입할 당시 건물은 이미 수년 동안 방치된 상태였다. 이 버려진 예배당 건물은 각고의 노력 끝에 아름다운 저택으로 재탄생했다.

이 예배당은 820년에서 840년 사이에 지은 석조 건축물로 가장 오래된 스코틀랜드 예배당 가운데 하나이다. 1948년에 이 예배당의 마지막 사제인 더글라스 달튼 신부가 사라진 이후로는 본래의 용도로 사용되지 않았다. 더글라스 달튼 신부가 종탑에서 떨어져 사망했다고 추정하는 소문을 제외하면 그의 행적에 대해 구체적으로 알려진 사실은 없다.

이 지역 인구가 고령화하면서 예배당을 찾는 신도가 급감해 끝내 방치되기에 이르렀다. 무너져가는 예배당을 주거용 저택으로 바꾸기 위한 공사가 이루어지기 전까지 이 예배당의 역사는 어둠 속에 묻혀 있었다.

기초 보강을 위해 지하실을 조사한 결과 1500년대에 이 예배당이 마녀 수용소로 사용되었다는 사실이 드러났다. 벽에 박힌 쇠고리는 유죄 판결을 받은 여자와 아이들을 화형하기 전까지 묶어두었던 흔적이다. 그리고 백여 개의 크고 작은 유골이 예배당 바닥에 묻혀 있었다. 감식 결과 그중 하나는 다섯 살짜리 소녀의 유골이었다.

블랙워터 예배당과 관련해 전해 내려오는 이야기들은 대개 비슷하다. 한밤중에 유령 같은 형체가 호수 위를 떠돌고, 화상 입은 얼굴에 그을린 넝마를 걸친 여자들이 예배당 안을 돌아다니고, 그 여자들이 스테인드글라스 창문으로 안을 들여다보며 살해된 아이들의 넋을 찾아 헤맨다는 이야기가 전해지고 있다. 한동안 지역 언론이 예배당에서 벌어지는 기이한 일들을 직접 목격했다는 신고가 여러 차례 있었다고 보도하는 바람에 사람들의 발길이 더욱 닿지 않게 되었다.

가위바위보

예배당 건물을 보수한 건축가들은 지하실이 형언할 수 없을 만큼 추웠다고 증언했다. 그들 중 몇몇은 지하실에서 자신의 이름을 속삭이는 소리를 들었다고 주장했다. 하지만 블랙워터 예배당을 방문한 모든 사람들이 초자연적 현상이나 유령을 목격한 건 아니다.

모쪼록 즐거운 시간 되시길.

어밀리아

"어서 밥을 찾아서 여길 떠나자." 내가 리플릿을 다 읽자마자 애덤이 말한다.

애덤은 리플릿과 악토버 오브라이언을 다룬 기사들을 부엌 서랍에 넣고 닫아버린다. 눈에 보이지 않으면 문제될 게 없다는 듯이. 이 예배당과 악토버가 어떤 연관성이 있는지 모르겠지만 애덤은 왠지 내 눈을 똑바로 보지 못한다.

"당신에게 겁을 주려던 건 아니었어."

"겁난 게 아니라 화가 났어. 난 유령 따위는 믿지 않아. 이유는 모르겠지만 누군가 우릴 데리고 놀고 있는 거야."

"아직 단정하기에는 일러."

"그러니까 밥을 찾는 즉시 여길 떠나는 게 최선이야."

우리는 서둘러 옷을 챙겨 입고 또다시 예배당 건물을 구석구석 찾아봤지만 밥은 어디에도 없다. 우린 밖으로 나간다. 온통 하얀 눈을 뒤집어쓴 바깥 풍경이 시야에 들어온다. 처음 잠에서 깼을 때만 해도 검게 물들었던 하늘은 잠시 회색으로 바뀌었다가 이제는 연푸른색이 되어간다. 어젯밤에 도착했을 때는 보지 못했는데 나무들로 **빽빽**한 숲이 가까이에 있다. 호수의 고요한 표면에 흰 구름이 어리고, 하얀색 예배당 건물은 아침 햇살을 받아 밝게 빛난다. 종탑에 눈길이 닿는 순간 어젯밤 일이 떠오른다. 허물어진 벽 일부가 분명하게 보인다.

"애덤……."

"왜?"

"무너진 벽 말이야."

"그게 뭐?"

"밥이 혼자 종탑에 올라갔다가 벽이 무너진 틈새로 떨어진 건 아닐까?"

"만약 그렇다면 처참한 몰골로 눈에 파묻혀 있겠네."

생각만 해도 끔찍하지만 황당한 추론은 아니다. 우리는 말없이 예배당 주변을 수색한다. 지극히 아름답고, 때 묻지 않은 곳이지만 한시바삐 여길 떠나고 싶다. 나는 어제오늘처럼 변덕이

심한 날씨에 어울리는 옷과 신발을 챙겨 오지 않았다. 눈 쌓인 길을 운동화를 신고 걷자니 청바지 밑단이 물을 머금어 점점 무거워진다. 하지만 밥이 걱정되어 옷에 신경 쓸 겨를이 없다. 시야가 탁 트이자 우리가 얼마나 깊은 골짜기 안쪽에 고립돼 있는지 실감 난다. 밥은 보이지 않지만 욕실에서 사라진 욕조의 행방이 드러난다. 발 달린 이동식 욕조들이 건물 뒤편으로 옮겨져 화단으로 쓰이고 있다. 욕조로 만든 화단에 보라색 꽃들이 자라고 있다.

우리는 작은 묘지와 맞닥뜨린다. 오래된 묘비들이 눈에 반쯤 파묻혀 있고, 줄잡아 10개는 되어 보이는 짙은 색 나무 조각상들이 주변에 흩어져 있다. 얼어붙은 땅에서 튀어나온 토끼, 거대한 거북, 그루터기를 그대로 깎아 만든 커다란 올빼미 조각상의 눈들이 우리를 뚫어지게 바라보고 있다. 그 짐승들도 하나같이 우리처럼 춥고 불안해 보인다. 몇몇 고목에도 짐승들의 얼굴이 새겨져 있고, 시선이 우리를 따라오는 것만 같다.

나는 밥을 소리쳐 부르며 20분가량 예배당 건물 주변을 돌아다닌다. 개를 키워보지 않은 사람들은 이해하기 힘들겠지만 나는 아이를 잃어버린 것만큼이나 애가 탄다.

"혹시 누군가 밥을 데려간 게 아닐까?" 내가 묻는다.

"누가 왜 그런 짓을 하겠어?" 애덤이 반문한다.

"누군가 데려가지 않았다면 설명이 안 되잖아. 밥이 이 추운 날에 혼자서 눈 덮인 골짜기를 헤매고 다닐 리도 없고."

"누가 그런 짓을 벌였을 거라 생각해? 이 주변에 사람이라고 는 없잖아."

"오는 길에 작은 오두막이 있는 걸 봤잖아."

"빈집처럼 보이던데."

"사람이 살고 있는지 확인해봐야 하지 않을까?"

애덤이 고개를 젓는다. "무턱대고 사람을 의심하면 안 돼."

"의심하는 게 아니라 도움을 청할 수도 있잖아. 혹시 밥을 보 았는지 물어보는 게 뭐가 문제야? 밥이 밖에서 혼자 돌아다니고 있다면 오두막에 사는 사람 눈에 띄었을지도 모르잖아. 게다가 이 예배당보다는 큰길 가까이 있으니까 정전이 되지 않았을지도 몰라. 전화라도 빌려 쓸 수 있다면 더 좋고."

애덤은 개를 기르고 싶어 한 적 없다. 아직도 악몽을 꾸게 만 드는 어린 시절의 끔찍한 기억 때문이지만 밥을 만나고 나서 생 각이 바뀌었다. 애덤은 이제 나만큼이나 밥을 사랑한다.

"그럼 오두막에 가보든지." 애덤이 마지못해 동의한다.

살얼음이 낀 호수를 보니 마음이 심란하다. 밥은 비나 눈을 싫어하지만 강이나 바다에 뛰어드는 걸 좋아한다. 그렇다고 밥 이 이 추운 날에 얼음장 같은 호수에 뛰어들었을 리 없다. 오두 막을 향해 걸어가면서 나는 애써 불안한 생각을 떨쳐버리려고 애쓴다. 눈을 밟을 때마다 울리는 뽀드득 소리만 빼면 주변은 온통 고요하기 그지없다. 정적에 익숙하지 않은 사람은 섬뜩한 느낌이 들 만하다. 런던에 살고, 배터시 유기견 보호소에서 일하는 내 귀에는 적응이 되지 않는 정적이다. 이곳은 어색할 만큼 고요하다. 심지어 새가 지저귀는 소리도 들리지 않는다. 그러고 보니 이 근처에서 새를 본 적이 없다.

오두막까지 걷는데 15분 정도 걸린다. 흰 돌벽에 초가지붕이 딸린 오두막이다. 마치 호빗이 사는 집 같다. 과연 이렇게 작은 오두막에서 사는 사람이 있을지 의아하지만 귀퉁이에 차가 한 대 세워져 있는 게 눈에 들어온다. 눈에 반쯤 파묻혀 있어 잘 보이지는 않지만 랜드로버다. 눈길을 달릴 때 내 빈티지 차보다는 랜드로버가 유리하다.

나는 빨간 페인트로 칠한 문을 두드리기 전에 목청을 가다듬는다. 오두막 주인이 문을 열면 무슨 말부터 꺼내야 할까? 애덤을 돌아보자 어깨를 으쓱한다. 나는 문을 세게 두드린다. 아무런 반응이 없다.

"저길 봐." 애덤이 지붕을 가리킨다.

지붕 굴뚝에서 연기가 새어 나오고 있다. 누군가가 집 안에 있다는 뜻이다.

"노크 소리 못 들었나봐. 여기 있어봐. 내가 좀 둘러보고 올 테니까."

내가 미처 대답하기도 전에 애덤이 사라진다. 한동안 애덤이 나타나지 않아 마음이 초조하다.

"누구 있어?" 애덤이 돌아오자 내가 묻는다. 추위 탓인지 아니면 내 기분 탓인지 애덤은 좀 전보다 얼굴이 창백해 보인다.

"오두막 안으로 들어가는 다른 문은 없어. 지저분한 창문이 있길래 안을 들여다보니 주인 여자가 벽난로 앞에 앉아 있더라고."

"그럼 다시 한번 노크해봐야겠네."

"그냥 돌아가는 게 좋겠어." 애덤이 부정적인 말로 내 기대감의 싹을 자른다. "내가 창문을 두드렸더니 놀랐는지 그 자리에서 꼼짝도 안 하고 앉아 있더라."

"이렇게 외진 곳까지 찾아오는 사람이 많지 않을 테니까 놀랄 만도 하지. 먼저 솔직하게 사과하고 나서 우리 처지를 설명하면 도와줄 수도 있지 않을까?"

"왠지 느낌이 안 좋아. 촛불이 사방에 켜져 있었어."

"정전이라 집 안이 어두워 그러겠지."

"그렇다고 촛불 수십 개를 켜지는 않잖아. 흑마술을 하는 마녀처럼 보였어."

"리플릿에서 본 마녀 이야기 때문에 당신이 지레 겁을 집어먹은 거야."

"여자가 무릎 위에 웬 동물을 올려놓고 있었어."

"동물이라니?"

"흰 토끼를 안고 있었어." 애덤의 입에서 또 무슨 말이 나올지 몰라 마음이 조마조마하다. "여자가 자리에서 일어나 내가 있는 창문 쪽으로 다가오더니 커튼을 확 쳤어. 토실토실한 흰 토끼를 안고."

로빈

로빈은 커튼을 쳤다. 촛불도 모두 껐다(수십 개가 아니라 사실은 몇 개뿐이다. 아무튼 남자들의 과장은 알아줘야 한다). 그러고 나서 로빈은 어둠 속에서 의자에 앉아 쿵쿵 뛰는 심장이 진정될 때까지 기다렸다. 방문객 커플이 타인의 사유지에 무단 침입하거나 동물원을 구경하듯 집 안을 들여다볼 만큼 무례한 행동을 할 줄은 미처 몰랐다. 사실 커튼은 없고, 그냥 창문 위에 못으로 박아놓은 침대 시트다. 원래는 흰색이었는데 담배 연기에 찌들어 누르스름해졌다.

로빈은 어렸을 때부터 어둠 속에서 홀로 앉아 있곤 했다. 널뛰는 감정을 다스리려면 다리를 꼬고 눈을 감고 천천히 깊게 숨을 들이마셨다가 내쉬어야 한다. 그 과정을 몇 번 거듭하고 나면 심리적 안정을 찾을 수 있다. 생각해보니 그들이 도움을 청하러 올 만했다. 단지 예기치 못한 방문이라 조금 놀랐을 뿐이다.

그들은 지금 무슨 생각을 하고 있을까?

누가 보더라도 정상이 아닌 상황이다. 그들은 정신적으로 피폐해졌을 수도 있다. 결혼한 사람들은 자신이 배우자를 가장 잘 안다고 생각하기 쉽지만(특히 결혼한 지 제법 오래되었다면) 오산이다. 로빈은 그 커플이 서로 모르는 걸 자신은 알고 있다고 자부한다.

남자는 로빈이 무릎에 올려놓은 흰 토끼를 보고 놀란 눈치였다. 언뜻 보기에 남자의 얼굴에 공포와 혐오의 감정이 드러나 있었다. 로빈의 반려 토끼 오스카는 풀과 채소 또는 (눈이 오면) 아기 이유식을 아침으로 먹는다. 로빈의 안락의자가 오스카가 즐겨 머무는 자리다. 적어도 오스카는 애덤 라이트의 머릿속을 차지하고 있는 허구의 인물들과 달리 실존하는 토끼다.

로빈은 창문을 피해 몸을 숙이고 출입문으로 기어간다. 방문객들이 떠났는지 확인하려고. 할 일은 많고 시간은 적다. 로빈은 출입문에 기대앉아 막아둔 우편물 투입구에 귀를 댄다. 로빈은 여전히 품에 안고 있는 토끼의 털을 쓰다듬는다. 문 너머에서 커플이 나누는 말소리를 듣고 있자니 비현실적이다. 그들은 로빈이 누군지 모르지만 로빈은 그들이 누군지 안다. 애초에 그들을 초대한 사람은 로빈이니까.

그들도 조만간 그 이유를 알게 될 테지만.

어밀리아

"다시 노크해보자." 내가 말한다.

"좋은 생각이 아닌 것 같아." 애덤이 말린다. "그 여자 인상이 좀 꺼림칙해 보였어."

"쉿! 들으면 어쩌려고 그래? 방음도 잘 안 될 텐데. 그런데 주인이 여자인 줄은 어떻게 알았어?"

애덤이 어깨를 으쓱한다. "머리카락이 길었거든."

애덤의 안면실인증은 가끔 짜증을 부른다.

"여자라면 내가 말을 걸어볼게. 주변에 다른 집도 없고, 달리 우릴 도와줄 사람도 없잖아."

"만약 우릴 도울 생각이 없다고 하면 어쩔 거야?" 애덤이 숨죽여 묻는다.

이미 추워 죽을 지경인데 그 말을 듣고 나니 더욱 오한이 난다. 그때 문득 부엌 서랍에 들어 있던 악토버 오브라이언 관련 기사들이 떠오른다. 오래전 일이지만 애덤은 그 여배우와 함께 일했다.

"혹시 어젯밤에 스테인드글라스 창문 너머에서 안을 들여다본 사람이 아닐까?" 애덤이 속삭인다.

나는 어깨를 으쓱하고 나서 다시 기분이 오싹해진다. 그나마 이제라도 애덤이 내 말을 믿어줘 다행이다. "당신이 보기에도 그래 보여?"

"내가 어떻게 알겠어. 난 그 사람을 못 봤고, 봤더라도 얼굴을 기억하지 못할 텐데."

"당신이 방금 본 사람은 체격이나 나이가 어느 정도로 보였어?"

"보통 체격에 긴 백발이었어."

"노인인가 보네?"

"어쩌면."

"우리를 초대한 하우스키퍼 아닐까?"

"아무런 일도 하지 않는 하우스키퍼?"

"누군가 우리에게 쪽지를 남겼잖아." 내가 어젯밤 기억을 일깨운다.

"하우스키퍼는 청소가 주요 임무잖아. 방금 창문 너머로 봤을

땐 먼지떨이 사용법도 모르는 사람 같았어. 밤마다 빗자루를 타고 이 주변을 날아다니면서 청소를 할지는 모르지만……."

"지금 농담이나 하고 있을 때야?"

"농담 아니야. 당신이 그 수많은 촛불과 마녀의 주문에 걸린 흰 토끼를 못 봐서 그래. 가뜩이나 심란한 상황인데 괜히 마녀의 심기까지 거스를 필요가 있을까?"

상상력이 뛰어난 것도 저주일 때가 있다. 나는 휴대폰을 살펴보지만 여전히 신호가 잡히지 않는다. 애덤도 휴대폰을 꺼내 확인한다.

"신호 잡혀?" 내가 목을 길게 빼며 묻는다. 애덤은 내가 미처 화면을 보기 전에 휴대폰을 주머니에 집어넣으며 고개를 젓는다. "전혀 안 잡혀. 우리, 저 산꼭대기에 올라가볼까?" 애덤이 나지막한 산을 가리키며 덧붙인다. "저기 올라가면 신호가 잡힐지도 몰라. 안 잡히더라도 이 근방에 다른 집이나 사람, 아니면 지나가는 차라도 보일지 몰라."

터무니없는 생각은 아니다.

"그래, 뭐라도 해보자. 그래도 혹시 모르니까 오두막 주인에게 쪽지라도 써두고 가는 게 좋겠어."

나는 핸드백을 뒤져 오래된 종이봉투 하나를 꺼낸다.

린 블랙워터 예배당에 묵고 있는 여행객입니다. 눈보라 때문인지 정전이 되고 수도가 얼었어요. 예배당에는 전화도 없고, 휴대폰 신호도 안 잡히네요. 혹시 잠시 전화를 빌려 쓸 수 있을까요? 우리는 지금 반려견을 잃어버려서 찾고 있습니다. 이름이 밥인데 혹시라도 발견하시면 꼭 알려주세요. 넉넉히 사례하겠습니다.

어밀리아

나는 쪽지를 애덤에게 보여준다.

"굳이 사례 얘기를 덧붙일 필요가 있을까?"

"마녀가 밥을 토끼로 변하게 할까 봐 그래?"

나는 그렇게 속삭이고 나서 쪽지를 우편물 투입구에 끼워 넣으려다가 막힌 걸 알고 그냥 문 밑 틈으로 밀어 넣는다. 그 순간 인기척이 들려 황급히 물러난다.

"애덤, 얼른 가자."

"왜 갑자기 서둘러?"

애덤이 날아가는 새에게 경례하며 묻는다. 애덤은 까치에게 경례하지 않으면 불운이 찾아온다고 믿는다. 나는 미신을 믿지 않지만 상황이 상황인지라 우스워 보이지만은 않는다.

"문 안쪽에서 소리가 났어." 나는 오두막에서 벗어나고 나서야 말한다. "주인이 줄곧 문 가까이 있었나봐. 우리 얘기를 다 들었을지도 몰라."

로빈

다 들었다. 로빈은 여자가 문틈으로 밀어 넣은 쪽지를 읽자마자 불에 던져 넣는다. 생각은 자유지만 마녀 취급을 받은 건 불쾌했다. 하긴 더 심한 소리를 들은 적도 있다. 오두막이 지저분한 게 뭐 대수라고.

돈이 인생의 모든 문제를 해결해준다고 믿는 사람들이 있다. 실제로는 돈이 문제의 원인이 되는 경우가 더 많다. 어떤 사람은 돈으로 사랑과 행복 심지어 사람도 살 수 있다고 생각하지만 로빈은 돈에 구애받고 싶지 않다. 로빈이 현재 소유한 모든 물건은 직접 만들거나 어디선가 주워 왔다. 다른 사람의 돈이나 조언 따위는 필요 없다. 오두막에서 지내는 동안 모든 걸 혼자 해결할 수 있다는 자신감을 얻었다. 이 오두막이 변변찮아 보일지라도 어린 시절의 유일한 도피처였다. 이 오두막에는 오래전 세상을 떠난 어머니와의 추억이 깃들어 있다.

로빈은 남자의 눈에 자신이 노인으로 비친 게 터무니없다. 머리가 백발이라고 노인으로 치부하다니. 얼굴을 제대로 알아보지도 못하는 남자가 한 말이라 굳이 마음에 담아둘 필요는 없다. 하지만 타인의 시선을 의식하지 않는 편이라고 해서 모든 악담에 면역이 되어 있는 건 아니다.

로빈은 옷매무새를 고치고 집 안을 정리한다. 청소 상태가 엉망이라고 지적한 남자의 말 때문은 아니다. 침대 시트로 만든 커튼을 살짝 들어 올리고 혹시 방문객들이 아직 주변에서 얼쩡거리는지 확인한다. 다행히 그들은 이제 시야에 들어오지 않는다.

로빈은 낡은 가죽 의자에 앉아 파이프에 잎담배를 넣고 불을 붙인다. 담배는 예민해진 신경을 가라앉히는 데 도움이 된다. 요즘 로빈이 만나는 사람이라고는 집배원 패트릭과 블랙워터 호수 근처에서 양 떼를 방목해 키우는 이완뿐이다. 이완은 어쩌다 한 번씩 들러 우유나 계란을 전해준다. 로빈이 가끔 양들의 먹이를 챙겨주고, 고된 농사일에 대한 고충을 들어주기 때문이다. 다른 사람들은 아예 이곳을 거들떠보지도 않는다. 다들 블랙워터 예배당과 관련된 괴담을 모르지 않기 때문이다.

로빈은 방문객들의 동태를 살핀다. 그들은 지금 산마루 근처에 있다. 로빈이 외투를 걸치자 오스카가 쳐다본다. 로빈은 불과 몇 년 전까지만 해도 집에서 토끼를 키우는 사람을 이해할 수 없었는데, 막상 키워보니 놀랄 만큼 궁합이 잘 맞는다. 로빈은 빨간 가죽으로 된 개 목걸이를 주머니에 집어넣고 예배당으로 향한다. 방문객들이 개를 찾지 못한 건 당연하다. 자신이 개를 데려갔으니까. 로빈도 한때 개를 키워봤기에 그들이 얼마나 속상해할지 잘 알지만 죄책감이 들지는 않는다.

　나쁜 사람들은 벌을 받아야 한다.

가위바위보

철

올해의 단어

처프트(Chuffed) : 행복한, 매우 기쁜

2014년 2월 28일, 우리의 여섯 번째 결혼기념일

애덤에게

정말이지 보람 있는 한 해였어. 당신은 행복했고, 나 역시 그랬으니까. 헨리 윈터는 당신에게 공포를 가미한 살인 미스터리 소설 《검은 집》의 각색을 맡겼어. 이제 당신이 바라던 모든 일이 본격적인 궤도에 올랐다고 봐도 무방할 거야. 당신의 순수 창작 시나리오인 《가위바위보》도 제작 기획 중이니까. 악토버 오브라이언이 결정적인 역할을 했으니 특별히 감사해야 마땅해. 유명 배우가 가세한 덕분에 당신 작품이 할리우드 문턱을 기어이 넘게 되었지. 당신이 신뢰하는 감독의 눈에도 들었고. 당신은 그들과 무진장 많은 시간을 보냈고, LA에도 직접 다녀왔지.

악토버 덕분에 우리는 또 한 번 최고의 결혼기념일을 보낼 수 있었어. 당신 일이 바빠 결혼기념일에 여행을 떠난 적이 없다고 했더니(하소연은 아니었어) 악토버가 프랑스에 있는 별장을 빌려주겠다고 나섰어. 사실 악토버는 최근에 몹시 괴로운 시간을 보냈지. 속도위반 딱지를 여러 차례 끊은 사실이 드러나는 바람에 악토버의 예쁜 얼굴과 최고급 차는 불명예스러운 기삿거리가 되었으니까. 스피드를 즐기던 악토버는 이제 법정에서 재판을 받아야 하고, 이미 벌점이 쌓여 면허를 잃게 생겼지.

채널 터널은 생각보다 훨씬 빠르더라. 열차에 오른 지 30분 만에 프랑스 칼레에 도착했으니까. 우리는 밥에게 반려동물 여권을 만들어주었고, 그 덕분에 개를 데리고 다니기 편했어. 어떤 여자는 토끼를 옆자리에 태우고 해협을 건넜지. 그 토끼 녀석도 빨간 산책용 가슴 줄을 차고 있더라니까!

우리는 칼레에서 렌터카를 빌려 파리로 향했어. 파리에 도착해 노트르담 성당을 둘러보고 나서 센 강이 내다보이는 작은 카페에서 점심을 먹은 뒤 부키니스트 거리를 거닐었지. 센 강을 따라 늘어선 초록 지붕의 고서적상들을 둘러보는 재미도 쏠쏠했어. 수백 년째 그 자리를 지켜온 파리의 명물들이니까.

"이 고서적상들 전부가 1991년에 유네스코 세계 문화유산으로 지정되었어." 당신이 오래된 책의 향기를 음미하며 말했어. 한때는 당신의 책 사랑이 지나치다고 여겼는데, 이젠 그저 애틋하게 보여. 당신이 책장을 넘기면서 그 안에 실린 이야기들을 빨아들이듯 코를 파묻는 모습이 무척이나 사랑스러웠어.

"진짜? 몰랐어." 실은 당신한테 여러 번 들었던 얘기지만 나는 시치미를 뗐어.

오랜 결혼 생활의 비결이지. 커플 사이에 화제가 떨어지면 끝이 보인다고 하지만 난 당신이 들려주는 이야기라면 온종일 기꺼이 들어줄 수 있어. 똑같은 이야기라도 뉘앙스가 조금씩 다르니까. 부부가 아무리 오래 함께 살았어도 배우자의 모든 걸 다 알 수는 없을 거야. 다 안다고 생각하는 건 뭔가 잘못된 거지.

"센 강은 책장 사이를 흐르는 강이라는 말이 있어." 당신이 그렇게 말하며 내 손을 잡았어.

"마음에 드는 비유야."

"난 당신이 더 마음에 들어." 당신은 그렇게 말하고 나서 내게 키스했지.

길거리에서의 키스는 몇 년 만에 처음이었어. 당황해서 몸이 굳었는데 그냥 예전의 우리로 돌아간 느낌에 푹 빠져들기로 했어. 나는 당신이 청혼하고 싶은 여자, 당신은 내가 청혼을 받아들일 남자로.

우리는 악토버의 별장이 있는 상파뉴로 향했어. 악토버는 네 나라에 집이 한 채씩 있다고 했지. 그래서 억양과 외모를 바꾸는 데 그리 능숙한가봐. 별장은 애비뉴 드 샹파뉴의 모엣 샹동 샴페인 하우스에서 20분 거리였어. 내가 들어본 주소 중에서 가장 매혹적이었지. 악토버가 왜 런던이나 더블린보다 파리를 더 좋아하는지 한눈에 알 수 있었어. 와인 애호가들의 디즈니랜드에 온 느낌이었거든. 상파뉴의 중심가는 낮부터 샴페인을 즐기는 사람들로 가득했어. 거리를 따라 유서 깊은 와이너리가 들어서 있고, 레스토랑과 아담한 바들은 샴페인을 레모네이드처럼 제공했지.

당신이 가장 좋아하는 배우의 프랑스 별장은 그야말로 완벽했어. 도보로 갈 수 있을 만큼 도심에서 가까우면서도 비탈진 언덕에 펼쳐진 포도밭과 그 아래 기슭까지 한눈에 내려다볼 수 있어 시골의 정취를 한껏 만끽할 수 있었지. 한때 소규모 와이너리로 쓰였던 건물은 나무 들보와 통유리로 이루어진 고급 주택으로 재탄생해 현대적이면서도 아늑한 분위기를 자아냈어. 아직 서른 살도 안 된 악토버의 안목이 정말 근사하다는 걸 인정하지 않을 수 없었지. 당신 말로는 악토버가 또 이런 오래된 매물을 물색하고 있다지. 좀 더 외딴곳에 있는.

우리는 별장에 도착해 구운 카망베르 치즈와 잼, 신선한 빵을 먹고 샴페인 한 병을 나눠 마신 다음 잠자리에 들었어.

"결혼기념일 축하해." 다음 날 아침 당신이 키스로 날 깨우며 말했어.

낯선 곳에서 눈을 떠 잠시 어리둥절했지만 창밖에 펼쳐진 풍경을 보자마자 가슴이 탁 트이는 느낌이었어. 온통 푸른 하늘과 햇살, 포도밭이 광활하게 펼쳐져 있었지.

당신은 나에게 선물을 건네며 뿌듯한 미소를 지었어.

내가 포장을 풀고 실망스러운 표정을 지었다면 미안해. 아직 잠결에 비몽사몽했고, 설마 책갈피를 받을 줄은 몰랐거든. 그렇다고 오해하지는 마. 아주 멋진 책갈피였으니까. 우리의 결혼 6주년을 기념하여 철로 만든 제품이었고, 이런 문구가 새겨져 있었지.

당신과 결혼해서 정말 다행이야(*Iron* so glad I married you)

"당신이 요즘 나만큼 책 읽는 걸 좋아해서 너무 기뻐. 저녁에 벽난로 앞에 앉아 술을 홀짝이면서 책 읽는 기분이 정말 근사하지 않아?"

"꼭 70대 노인 같네."

그래, 요즘 나도 당신만큼 책을 많이 읽긴 하지. 선택의 여지가 없잖아. 내가 같이 읽거나 당신 혼자 읽거나 택일해야 하는 처지니까.

나도 당신을 위해 준비한 선물을 건넸어. 빈티지 철제 열쇠. 당신도 몇 분 전의 나처럼 떨떠름한 반응을 보였지. 당신이나 나나 이제 선물을 고를 때 좀 더 세심하게 신경 써야겠어.

"이 열쇠로 뭘 열어야 하지?" 당신이 물었어.

"비밀." 나는 그렇게 대답하고 나서 하얀 시트 안으로 손을 집어넣었어.

그다음 우리가 무얼 했는지 기억할 거야. 악토버의 침실에서 무려 두 번씩이나 사랑을 나누다니. 오랜만에 끝내주게 좋았어. 침실 벽에는 우리가 사랑해 마지않는 집 주인의 사진이 여러 개 걸려 있었지. 바프타상을 받는 악토버, 자선 행사에서 왕족들과 함께 포즈를 취한 악토버, 젊고 아름다운 할리우드 스타들과 함께 활짝 웃는 악토버. 나는 문득 악토버가 우리의 행위를 지켜본 느낌이 들어서 시선을 돌려야 했어.

이런 생각을 하는 내가 싫지만, 악토버의 침대에서 당신이 오직 나만 생각했기를 바라.

당신이 샤워하는 동안 나는 집 안을 구석구석 둘러봤어. 집 안 여기저기에 동기를 부여하는 격언들이 액자에 담겨 걸려 있었어.

가위바위보

원하는 만큼 얻는 게 아니라 노력한 만큼 얻는다.

너의 개가 생각하는 너의 모습으로 살라.

악토버가 개를 키우는 줄은 몰랐는데. 문간에는 뜯지 않은 우편물이 몇 통 있었고, 수신자가 R. 오브라이언으로 되어 있었어.

"악토버가 결혼했는지 몰랐어." 나는 화장대 위에 우편물을 놓아두고 나서 서랍을 슬쩍 열어보며 말했어.

"결혼 안 했어." 당신이 욕실에서 대답했어.

"그럼 R. 오브라이언은 누구야?"

"뭐?" 당신이 물줄기 소리를 뚫고 소리쳤어.

"R. 오브라이언이란 사람한테 온 우편물이 있어서."

"아, 악토버는 예명이야. 사생활을 보호할 겸 쓰는 이름이지. 언론의 시선을 피하기도 좋고. 이번에 속도위반 관련 기사 헤드라인만 보면 악토버가 뺑소니라도 친 줄 알겠더라." 당신이 그 말을 끝으로 화제를 바꿔서 얼마나 기뻤는지 몰라. 난 이번 여행에서 오로지 우리 둘만의 시간을 보내고 싶었으니까.

내가 당신에게 열쇠를 선물한 이유는 모든 진실을 털어놓고 싶어서야. 더는 우리 사이에 비밀이 없기를 바라. 하지만 당신이 포장지를 풀고 열쇠를 발견했을 때의 표정을 보고 나서 아차 싶었지.

우리의 과거를 드러내 현재를 망치거나 미래를 위태롭게 할 필요가 있을까? 우리가 지금의 행복을 좀 더 누리도록 내버려두는 편이 더 낫지 않을까?

모든 사랑을 담아
당신의 아내가

가위바위보

애덤

나는 어밀리아보다 몸 관리를 잘하는 편이다. 어밀리아는 외모를 가꾸는 데 노력과 시간을 들이지만 정작 체력 증진에는 관심이 없다. 야트막한 산의 정상에 다다른 어밀리아가 새빨개진 얼굴로 숨을 거칠게 몰아쉰다. 조금 천천히 걸을 수도 있었지만 최대한 빨리 오두막에서 멀어지고 싶었다.

"온통 하얀 눈밖에 안 보여."

예상대로 시야는 탁 트였지만 보이는 거라고는 눈 덮인 골짜기와 벌판이 전부다. 아무리 빼어난 경관도 이 상황의 우리에게는 민가나 주유소 혹은 공중전화 부스보다 반가울 리 없다. 순백의 벌판은 두려움을 자아낸다. 도망치거나 숨을 곳이 없으니까. 우린 이제 산간벽지에 완전히 고립된 셈이다.

아까 그 오두막 주인이 계속 마음에 걸린다. 당연히 얼굴을 알아보지는 못했지만 묘한 기시감이 들었다. 어밀리아는 눈 아래 골짜기를 샅샅이 살피느라 여념이 없다. 거친 숨을 고르고 생각을 가다듬으려고 하지만 둘 다 벅차 보인다. 나도 다른 사람들처럼 어밀리아의 얼굴을 알아볼 수 있었으면 좋겠다. 어밀리아의 체형, 샴푸 냄새, 크림 향, 내가 생일이나 크리스마스에 선물한 향수 냄새, 특유의 목소리와 말투, 오래된 습관은 너무나 익숙하다. 하지만 얼굴은 언제나 낯설기만 하다.

안면실인증인 여자가 주인공으로 나오는 스릴러 소설의 각색의뢰를 받은 적이 있다. 흔한 소재가 아니라 처음에는 나름 기대가 컸다. 호기심을 유발하기 좋은 소재고, 안면실인증에 대한 인식을 널리 알리는 데 도움이 될 듯했다. 하지만 소설을 읽고 나서 크게 실망했다. 소설의 줄거리도 작가의 필력도 기대에 못 미쳐 결국 의뢰를 거절했다. 이제는 남이 쓴 소설을 각색하는 데 내 능력과 노력을 쏟아붓고 싶지 않다.

가끔은 소설가가 되고 싶다. 소설가가 쓴 문장은 책 안에서 오래도록 빛을 잃지 않는다. 시나리오 작가의 문장은 젤리빈이다. 제작자가 언제든지 씹다가 뱉어버릴 수 있다. 사실 내가 직접 경험한 일들이 그 스릴러 소설 속 이야기보다 흥미진진하다.

아내도, 친한 친구도, 어릴 때 눈앞에서 어머니를 죽인 사람의 얼굴도 알아볼 수 없는 심정을 상상해보라.

내가 허구의 세계에 빠져들게 된 건 순전히 어머니 때문이다. 어머니는 집 근처 도서관에서 나와 함께 소설을 읽으면서 책이 이끄는 대로 따라가면 어디든지 갈 수 있다고 했다. 텔레비전을 너무 오래 보면 눈이 네모가 될 거라고 했지만 막상 고물 텔레비전이 망가지자 패물을 모두(가장 아끼던 사파이어 반지만 빼고) 팔아 새 텔레비전을 사주었다. 어머니는 내가 즐겨 읽는 소설, 좋아하는 영화, 몰입하는 드라마의 인물들이 나에게 부족한 가족과 친구의 빈자리를 채워준다고 믿었기 때문이다. 어머니의 죽음을 목격한 건 내 인생 최악의 비극이다.

"이제 어쩌지?" 어밀리아의 말에 생각이 툭 끊긴다. 우리 둘 다 부적절한 복장으로 제법 길고 가파른 산길을 걸어 정상까지 올라왔지만 헛수고였다. 휴대폰은 터지지 않고, 밥의 행방도 여전히 알 수 없고, 누군가에게 도움을 청할 방법도 없다. 저 멀리 보이는 예배당은 이제 동전 크기로 줄어들어 전혀 위압감을 주지 않는다. 먹구름이 태양을 가린 하늘은 음산한 느낌을 발하고, 어밀리아는 추위에 덜덜 떨고 있다. 산길을 오를 때는 몰랐는데 가만히 서 있으니 몹시 춥다.

정상에 오르면 걸어온 길을 한눈에 되짚어 볼 수 있다. 하지만 걷는 도중에는 지금 어디로 가는지, 방금 어디에서 왔는지 갈피를 잡을 수 없다. 인생은 등산과 닮았다. 내려가기 전에 마지막으로 둘러봐도 예배당과 오두막집 말고는 사방이 온통 눈 덮인 허허벌판이다.

"이 일대에는 집이 두 채밖에 없어." 내가 말한다.

"너무 추워서 걱정이야." 어밀리아가 치아를 딱딱 부딪치며 덧붙인다. "추위에 떨고 있을 밥이 불쌍해." 나는 코트를 벗어 어밀리아의 몸에 둘러준다. "일단 예배당으로 돌아가 벽난로에 불을 지피고 몸을 녹이면서 어떻게 할지 계획을 세워보자. 올라올 때는 고생했지만 내려가는 건 금방일 거야."

내가 틀렸다. 눈 덮인 길이 너무 미끄러워 저절로 걸음이 느려진다. 하늘은 점점 더 먹빛으로 어두워지더니 진눈깨비를 뿌리기 시작한다. 눈비가 사방으로 흩날리자 우리 몸이 금세 흠뻑 젖어든다. 이제는 나 역시 이를 맞부딪치며 덜덜 떨고 있다. 눈비가 이내 우박으로 돌변하더니 총알처럼 쏟아진다. 우리 둘 다 무방비 상태로 우박을 두들겨 맞을 수밖에 없다. 고개를 들어 아래쪽을 내려다볼 때마다 거리가 조금밖에 줄지 않아 실망이다. 예배당은 여전히 동전 크기로 보인다.

우박이 차츰 잦아들더니 다시 눈으로 변한다.

"좀 더 빨리 걸어야겠어." 나는 어밀리아를 도우려고 손을 뻗는다. 하지만 어밀리아는 내 손을 맞잡으려고 하지 않는다.

"저기에 누군가 있어." 어밀리아가 눈살을 찌푸리며 말한다.

어밀리아의 시선을 따라 아래쪽을 살펴봤지만 아무도 안 보인다. "어디에?"

"지금 어떤 사람이 예배당 안으로 들어가고 있어." 어밀리아가 속삭인다. 최소한 1마일은 떨어져 있는 누군가가 엿듣기라도 하듯이.

그제야 예배당 돌계단을 오르는 사람이 눈에 들어온다. 예배당 출입문 열쇠가 내 주머니에 들어있는 걸 확인하고 잠시 안도했지만 그 사람은 문을 열고 유유히 안으로 사라진다. 멀리 떨어져 있어 장담할 수는 없지만 붉은 로브 차림인 듯했다. 어머니가 친구들을 초대할 때 입던 옷. 옷차림은 내 상상일지 모르지만 누군가가 예배당 안으로 들어간 건 분명하다. 지금 우리가 예배당까지 가려면 적어도 20분은 걸린다.

"어쩌다가 이곳을 주말 여행지로 잡았다고 했지?" 내 목소리도 몸처럼 떨린다.

"배터시 크리스마스 추첨 행사 때 당첨됐다고 말했잖아."

"당첨 사실을 이메일로 알았고?"

"그렇다니까."

"이메일을 보낸 사람은 누구야?"

"하우스키퍼라고 했잖아."

"당신 동료 중에 우리랑 비슷한 상품에 당첨된 사람 있어?"

"니나는 초콜릿을 한 상자 땄다고 했어. 추첨권을 스무 장씩이나 샀으니 행운이라고 보긴 어렵지."

　"당신은 추첨권을 몇 장 샀는데?" 나는 어밀리아의 대답이 두려우면서도 묻는다.

　"한 장."

로빈

　오두막에서 예배당까지 걸어가는데 그리 오래 걸리지 않는다. 오두막에 홀로 남게 된 오스카의 큰 귀가 평소보다 축 처져 보인다. 블랙워터에 도착했을 때 로빈은 위안이 될 무언가가 절실히 필요했고, 그때 만난 토끼의 이름을 오스카로 지었다. 어릴 때부터 좋아했던 시상식의 이름을 따서.

　로빈은 방문객들이 산에 오른 걸 보고 적어도 30분쯤 여유가 있다는 걸 알았다. 그 정도면 할 일을 마치기에 충분했다. 그들은 아무리 자신을 막고 싶어도 제시간에 돌아올 수 없을 거다. 로빈은 방문객들과 달리 눈길을 걷기에 적절한 장비를 갖췄다.

부츠가 좀 크긴 해도 눈 덮인 길을 걸을 때는 운동화보다 훨씬 유용하다.

로빈은 예배당 안으로 들어가기 전에 잠시 멈춰 서서 스테인드글라스 창문과 꼭대기의 하얀 종탑을 올려다본다. 호수와 산을 배경으로 서 있는 예배당이 마치 한 폭의 그림 같다. 그러고 보니 블랙워터에 너무 오래 머물렀다. 아무리 아름다운 경치도 매일 보면 무덤덤해지기 마련이다. 예배당 안으로 들어서자 바람이 함께 따라 들어오며 바닥의 먼지를 흩날린다. 로빈은 방문객들이 자신을 하우스키퍼라고 생각하는 이유를 알 수 없다.

로빈은 부트룸에 부츠를 벗어두고 부엌으로 향한다. 양말은 어망으로 써도 충분할 만큼 구멍이 숭숭 뚫려 있다. 예배당은 평소보다 춥고, 방문객들이 남긴 냄새가 스며있다. 실내 공기에 개의 자취와 여자의 향수 냄새가 떠돈다.

로빈은 거실로 걸어가 오른손 장갑을 벗고 책장에 줄지어 꽂힌 책들을 손가락으로 훑는다. 여기에 올 때마다 무심결에 하는 행동이다. 연기 냄새가 나서 살펴보니 방문객이 벽난로에 넣어둔 장작으로 불을 피운 흔적이 보인다. 로빈은 예배당에 장작이 떨어져도 상관없다. 방문객들에게는 큰 문제가 되겠지만.

나선형 계단의 난간을 잡으니 원치 않는 기억들이 홍수처럼 밀려들며 용기를 앗아간다.

집중력이 미래를 결정한다.

로빈은 동기를 부여하는 좌우명을 좋아한다. 마음이 차분해질 때까지 좌우명을 반복해서 말한다. 벽에 걸린 액자들에서 사라진 얼굴들을 무시하고 삐걱거리는 계단을 오른다. 방문객 커플은 간밤에 잔 침대를 정리하지 않았다. 그들을 이 예배당에서 자게 만들다니 아직도 기분이 묘하다.

로빈은 더는 주저하지 않고 이불을 펴고 나서 베개를 부풀린다. 방문객들이 오늘도 별수 없이 여기에 머문다면 휴식이 필요할 테니까. 로빈은 방문객들의 가방 안에 뭐가 들어있는지 살핀다. 그럴 수 있고, 그러고 싶으니까. 욕실에도 들어가본다. 여자의 샴푸를 찾아 냄새를 맡고 나서 세면대에 쏟아버린다. 로빈은 분홍색과 파란색 칫솔이 나란히 놓인 모습에 또다시 심기가 불편해진다. 그는 두 칫솔을 한 손에 잡고 변기를 문지른다. 칫솔모가 납작해질 때까지. 그러고 나서 원래 있던 자리에 놓아둔다.

창턱에 놓인 영양 크림이 고급스러워 보여 조금 덜어 얼굴에 발라본다. 로빈의 미용 관리는 하루에 한 번씩 젖은 수건으로 얼굴을 닦는 게 전부다. 크림의 촉촉한 느낌이 마음에 들어 주머니에 챙겨 넣는다. 침실로 돌아와 마지막으로 한 번 더 둘러보는데 침대 옆 탁자 서랍이 살짝 열려 있는 게 눈에 들어온다.

방문객들이 무언가 두고 갔길 기대하며 들여다본다. 로빈은 무턱대고 타인을 믿는 사람들을 도무지 이해할 수 없다. 그들은 주말여행으로 이곳을 방문했고, 블랙워터 예배당을 숙박 시설이라 믿어 의심치 않았다. 하지만 예배당은 숙박 시설로 이용된 적이 단 한 번도 없고, 앞으로도 없을 것이다.

로빈은 호텔이나 펜션, 에어비앤비를 떠올릴 때마다 낯선 사람 수백 명이 같은 침대에서 자고, 같은 컵으로 물을 따라 마시고, 같은 화장실을 사용하는 모습이 떠오른다. 간혹 열쇠가 사라져도 숙박 시설의 잠금장치는 웬만해서는 바뀌지 않는다. 실제로 얼마나 많은 사람이 복제 열쇠를 갖고 있는지 알 수 없다. 한 번 머물렀던 숙박객이라면 언제든 다시 드나들 수 있다.

로빈은 서랍에서 남자의 지갑을 꺼낸다. 아무리 급해도 그렇지 지갑을 두고 가다니. 하지만 반려동물을 잃어버린 사람의 마음이라면 충분히 이해가 된다. 신용카드를 하나씩 꺼내보다가 구겨진 종잇조각을 발견한다. 불빛에 비춰 보니 행운을 상징하는 종이학이다. 지갑에 종이학을 간직하고 다닌다는 사실이 남자를 다시 보게 한다. 로빈은 신용카드와 종이학을 원래의 위치에 다시 넣어둔다.

탁자의 다른 서랍에는 천식 환자용 흡입기가 들어있다. 로빈은 흡입기를 한 모금 빨아보지만 담배 파이프만큼 만족스럽지 않다. 수면제 약통이 눈에 띄어 주머니에 집어넣는다. 그러고 나서 종탑에 올라 종을 울린다. 그들이 시작한 일을 마무리 짓기 위해.

가위바위보

어밀리아

　비탈진 산길을 뛰다시피 내려가는 애덤을 도저히 따라잡을 수 없다. 요즘 부쩍 몸 관리에 신경 쓰는 애덤은 틈틈이 달리기도 하고 비타민과 영양보충제를 챙겨 먹고 있다. 일주일에 최소 두 번은 달리더니 체력이 눈에 띄게 좋아졌다. 나는 애덤에게 먼저 가라고 소리친 뒤 수시로 멈춰 서서 숨을 고른다. 밥을 찾느라 급급해 흡입기를 침대 옆 탁자 서랍에 넣어두고 왔다. 불상사가 발생하지 않도록 가급적 마음을 차분히 유지해야 하는데 생각이 늘 현실보다 쉬워 보이는 게 문제다.

　만약 예배당에 누군가가 들어가는 걸 나 혼자 봤다면 착각이라고 치부했을지도 모른다. 하지만 애덤이 함께 지켜보았으니 엄연한 사실이다.

혹시 하우스키퍼일까? 우리가 행여나 폭풍 피해를 입지는 않았는지 살펴보려고 들렀을 수도 있잖은가? 나는 예배당 안으로 들어간 사람이 누구든 우릴 도울 거라고 믿는다. 산기슭에 다다라 평지를 밟게 되자 마음이 한시름 놓인다. 앞서간 애덤은 예배당 가까이에 있다. 나도 최대한 따라잡으려고 속도를 낸다.

바로 그때 울려 퍼지는 예배당 종소리에 발걸음이 뚝 멎는다. 애덤은 어느새 예배당 안으로 들어갔는지 눈에 보이지 않는다. 눈발이 시야를 가리는 바람에 놓쳐버렸다.

애덤이 예배당에 들어가 종을 울렸나?

애덤은 예배당 정문이 유일한 출입구라고 했다. 아무도 출입문을 나서지 않았으니 우리가 언덕 위에서 본 사람이 아직 예배당 안에 있다는 뜻이다. 눈이 세상을 온통 흑백으로 바꿔놓았다. 빨리 달려가고 싶지만 발이 계속 미끄러지고 숨이 찬다. 심장이 두방망이질 치고 호흡도 가쁘다. 응급상황이 벌어진다고 해도 도움을 청할 방법이 없다고 생각하자 몹시 불안해진다.

마침내 예배당의 커다란 문 앞에 다다른다. 문은 활짝 열려 있고 부트룸 바닥에 눈이 얇게 쌓여 있다. 긴 예배 의자 아래 웰링턴 부츠 한 켤레가 눈에 들어온다. 누군가가 먼지 쌓인 나무 표면에 스마일 표시를 여러 개 그려 놓았다. 고개를 들자 벽에 걸린 작은 거울들이 내 얼굴을 비춘다. 꼴이 말이 아니다.

"애덤?" 나는 애덤을 소리쳐 부르지만 섬뜩한 침묵만이 돌아온다.

부엌은 텅 비어 있고, 거실도 마찬가지다. 나는 나선형 나무 계단을 오르다가 숨이 차 난간을 부여잡는다. 층계참에 다다라 출입금지 안내판을 무시하고 종탑으로 향하는 계단을 오른다. 종탑은 휑하고, 내려와 확인해보니 침실도 텅 비어 있다. 가슴의 통증이 가라앉지 않아 침대 옆 탁자 서랍을 연다. 흡입기가 없다. 분명 서랍에 넣어두었는데 사라졌다. 갑자기 공포감이 엄습해 온몸으로 번져간다.

우선 애덤을 찾아야 한다. 복도로 나가 다른 방 문고리들을 돌려보았지만 여전히 잠겨 있다. 이리저리 둘러봐도 애덤은 그 어디에도 없다.

"애덤!" 내가 다시 소리친다.

잠잠하다.

서두르다가 발을 헛디뎌 하마터면 계단에서 구를 뻔했다.

"나, 여기 있어." 거실에서 반가운 목소리가 들리지만 보이지는 않는다.

"어디야?" 내가 소리쳐 묻는다.

"뒷벽 서가 뒤에."

나는 그 말을 듣고도 갈피를 못 잡는다. 바닥에서 천장까지 책이 **빽빽**한 서가가 눈앞에 있다. 가느다란 빛줄기가 오래된 책들에 가려진 비밀의 문을 드러나 보이게 한다. 나는 잠시 망설이다가 문을 밀어본다. 또다시 토끼 굴에 떨어졌거나 애덤이 좋아하는 스릴러 소설에 갇힌 기분이다. 얇은 문이 끼익 소리를 내며 열리더니 비밀의 방이 드러난다. 이처럼 은밀한 곳에 있는 서재는 처음 본다. 좁고 어두운 긴 공간을 밝히는 조명이라고는 작은 스테인드글라스 창문으로 비쳐드는 빛이 전부다. 애덤은 가장 안쪽에 놓인 빈티지 책상에 앉아 있다.

"예배당에 들어왔던 사람은 사라졌어." 애덤은 고개도 들지 않고 말한다. "구석구석 확인했는데, 이 방만 열려 있더군."

"대체 무슨 일이야?"

"난 이제야 알 것 같아. 방이 눈에 익어."

애덤은 내 호흡이 점점 가빠지고 있다는 사실을 아직 알아채지 못한 눈치다. 공감 능력을 개선해주는 보충제는 없다. 애덤은 툭하면 자기 생각과 감정에 휘말려 내 존재를 잊는다. "그래?"

"분명 전에도 이 방을 본 적이 있어. 이걸 보니까 알겠어." 애덤이 책상의 매끄러운 상판을 두드리며 말한다. "몇 년 전이지만 신문에서 이 서재 사진을 보았지. 무엇을 다룬 기사였는지도 기억나. 당신은 나한테 주말여행권 추첨에 당첨되었다고 했지만 그럴 리 없어. 만약 당신 말이 사실이라면 대단한 우연의 일치겠지. 이제 난 이 예배당이 누구 소유인지 알겠어."

가위바위보

구리

올해의 단어

디스컴보뷸레이티드(Discombobulated) : 혼란스러운, 당혹스러운

2015년 2월 28일. 우리의 일곱 번째 결혼기념일

애덤에게

힘든 한 해였어. 몇 달 전 악토버가 런던의 유명 호텔에서 시체로 발견됐고, 당신은 생전의 그를 마지막으로 만난 사람 가운데 하나였지. 언론에서는 자살로 추정했어. 유서는 없지만 침대

근처에서 나뒹구는 빈 술병과 약통이 발견됐거든. 정말이지 안타깝고 충격적인 일이야. 악토버는 적어도 겉으로 보기에는 늘 밝고 긍정적인 사람이었으니까. 나이도 이제 갓 서른이고, 살아갈 이유가 차고 넘치는 배우였으니까. 당신은 가깝게 지내온 사람을 잃었고, 《가위바위보》제작도 무산되었지. 주연 배우 없이 영화를 만들 수는 없으니까.

악토버의 장례식은 끔찍했어. 추모객들 중에는 형식적으로 애도를 표하는 사람이 많았지. ~~두 얼굴의 위선자들.~~ 유명해질수록 진정한 친구를 만나기 어려운가봐. 나는 악토버의 본명이 레인보라는 걸 알고 놀랐어. 부모는 히피였고, 둘 다 검은 상복을 입지 않았지.

"레인보라니. 예명을 사용해서 다행이네." 당신은 그렇게 속삭였어.

나는 고개를 끄덕였지만 그 말에 동의한 건 아니야. 악토버는 정말 무지개 같은 사람이었지. 우리 삶에 반짝 등장했다가 사라진 아름답고 다채로운 여자. 나도 정이 듬뿍 들었는데 정말이지 안타까운 일이야. 나는 악토버와 같이 술을 마시기도 하고, 개를 산책시키기도 하고, 미술관을 방문하기도 했지. 악토버가 이 세상에 존재하지 않으니까 우리 삶에서 단지 누군가가 아니라 무언가가 빠진 느낌이 들어.

뉴욕 여행이 우리의 결혼 7주년을 기념하는 동시에 무거워진 마음을 비워줄 좋은 기회가 될 거라 믿었어. 그 일정이 헨리 윈터 원작의 최신 영화 〈검은 집〉의 시사회 참석 일정과 겹친다는 걸 깨닫기 전까지는. 헨리 윈터는 에이전트와 제작자에게 당신이 참석하는 경우에만 시사회에 참석하겠다고 통보했지. 그 덕분에 당신은 **몸 둘 바를** 어깨가 으쓱해졌어. 헨리 윈터가 당신의 각색에 만족하고 당신을 인정해주는 거라 믿었으니까. 하지만 헨리 윈터가 당신이 시사회에 반드시 참석하길 원한 이유는 따로 있었어. 아내와 꼭 동행하길 바란다고 덧붙인 이유도.

당신은 요즘 나에게 ~~저독히 까칠~~ 좀 서먹하게 굴고 있고, 나도 굳이 할리우드에서 스포트라이트를 받고 있는 두 작가 사이에서 들러리처럼 서 있어야 하는 처지가 그다지 달갑지 않았어. 맨해튼의 오래된 영화관에서 레드카펫을 밟는 일도 그렇고. 지그필드 극장은 내 취향이긴 했어. 빨간색과 금색으로 장식한 외관에 자주색 벨벳 좌석이 가득 찬 고전적인 극장이었지. 레드카펫을 밟고 입장할 때 카메라 셔터를 눌러대는 소리가 울려 퍼지자 나는 마치 다른 누군가가 된 느낌이 들었어. 가뜩이나 사진 찍히는 걸 싫어하는데 화려한 차림의 아름다운 여자들과 한자리에 있으려니 마음이 불편하더라. 반짝이는 별들이 둘러싸고 있는 곳에서 평범한 사람은 빛나기 어려운 법이지. 당신은 평범한 걸 불행으로 여기지만 난 아니야. 평범한 삶은 내가 원했던 전부야.

시사회가 끝나고 나면 둘만의 시간을 보내기로 했는데, 헨리 윈터가 당신에게 다음 날 몇몇 행사에도 반드시 참석해달라고 제안했지. 당신이 왜 거절하지 못했는지 이해해. 거절할 마음이 조금이라도 있긴 했는지 의심스러워. 물론 당신은 헨리 윈터의 열렬한 팬이고, 그에게 얼마나 고마워하는지 잘 알아. 헨리 윈터의 소설을 각색하게 된 건 당신의 경력에 큰 영향을 미쳤지. 다만 그 대가를 내가 치러야 한다는 사실이 마음에 들지 않았어. 당신이 헨리 윈터와 함께하는 동안 나는 혼자 낯선 도시를 배회해야 했으니까. 내가 상상했던 결혼기념일과는 전혀 달랐어.

한동안 당신은 의기소침하게 지냈어. 악토버의 죽음이 당신을 얼마나 힘들게 했는지 알아. 악토버는 당신에게 동료 이상이었지. 당신이 직접 쓴 시나리오로 만든 영화를 스크린에서 보게 될 날이 또다시 멀어지게 된 것도 무척이나 속상할 거야. 하지만 내가 모르는 뭔가가 더 있다는 느낌이 들어. 당신이 나에게 털어놓지 않은 일. 우리네 삶에는 여행자처럼 스쳐 지나는 인연도 있고, 오래도록 가까이 머무는 친구 같은 인연도 있지만 가끔은 그 차이를 구별하기 힘들지. 만나는 사람 모두를 가까이할 수는 없어. 떠나는 사람을 붙잡을 수도 없고, 붙잡지도 말아야 해. 내 삶에도 잠시 머물렀다가 떠나간 사람이 많아. 애초에 안전거리를 유지했어야 마땅한 사람들이었지. 누군가를 마음 깊이 받아들이지 않는다면 사람 때문에 다칠 일도 없어.

나 혼자 뉴욕 거리를 배회하는 동안 당신은 헨리 윈터의 손을 잡고 시사회장을 돌아다녔지. 당신에게는 노작가가 아주 매력적으로 보였을 거야. 하지만 실제로는 은둔자처럼 살고, 고래처럼 술을 마시고, 비위를 맞추기가 정말 힘든 사람이지. 당신에게 그런 사실들을 말해줄 수는 없었어. 당신 입장에서 보자면 나는 헨리 윈터에 대해 아무것도 몰라야 정상이니까. 나도 당신처럼 그의 소설을 다 읽었어. 최근에 출간한 소설은 범작 수준이었지만 당신은 여전히 그를 셰익스피어의 현신처럼 떠받들지.

나는 자유의 여신상이 있는 리버티섬을 찾아 복잡해진 머리를 비우려고 애썼어. 섬으로 향하는 페리는 관광객들로 가득 찼지만 나는 몹시 외로웠지. 사람들 틈에 끼어 자유의 여신상 계단을 오르면서 보니 다들 가족, 커플, 친구와 함께였어. 나만 혼자였지. 직장 동료가 문자로 뉴욕 여행은 어떠냐고 묻길래 더욱 속이 상했어. 답변해줄 말이 궁색했으니까.

자유의 여신상 왕관에 이르는 계단은 총 354칸이야. 나는 계단을 오르며 우리가 아직 함께하는 이유를 헤아려봤어. 당신과 함께여서 좋은 점이 많긴 하지만 우리 사이를 방해하는 요소들이 갈수록 부피를 늘려가는 것 같아 서글펐지. 우리 주변에도 긴밀한 교감 없이 살아가는 부부들이 많지만 대부분 아이라는 교집합이 있지. 우리 가족이라고는 당신과 내가 전부야. 나는 전망대에 올라 나답지 않게 셀카를 찍었어.

이어서 코니아일랜드로 향했어. 비수기라서 한적한 유원지를 거니는 기분이 그리 나쁘지는 않더라. 당신에게 줄 결혼기념일 선물도 구했어. 구리로 만든 물건을 찾기가 그리 수월하지는 않았지. 당신과 함께 살면서 많은 일을 겪었지만 7년 차는 역시 고비인가봐. 결혼 생활 7년이면 아무리 사이 좋은 부부라도 권태가 찾아온다고 하잖아. 당신도 분명 나랑 비슷한 감정을 경험하고 있을 거야. 사람 일은 모르지만 우리 사이에서 내가 먼저 선을 넘지는 않을 거라 장담해.

한참 동안 걸었더니 다리가 아파 라이브러리 호텔로 돌아왔어. 이름이 정말 잘 어울리는 호텔이야. 아담하지만 책과 개성으로 채워진 호텔. 객실마다 서로 다른 테마로 꾸며놓았는데 우리 방의 테마는 수학이었어. 어쩌면 공포가 더 적절했을지도 몰라. 오늘 저녁에 펼쳐진 상황을 보자면.

우린 내가 호텔 직원의 추천을 받아 예약한 스테이크 하우스 벤저민에서 만났어. 실내장식은 영화 〈샤이닝〉과 〈대부〉를 조합한 분위기를 풍기는데 스테이크와 와인 맛이 훌륭했고, 서비스도 완벽했지. 레드와인을 두 병 비울 동안 당신은 헨리 윈터와 보낸 하루에 대해 신나게 떠들어댔어. 당신은 내가 무얼 하며 시간을 보냈는지 묻지도 않고, 내가 백화점에서 사 입은 옷을 눈여겨보지도 않았지. 당신은 요즘 좀처럼 나를 칭찬하지 않아. 어쩌다 한 번씩 영혼이 담기지 않은 칭찬을 하지만 공허하게 들릴 뿐이야.

당신이 식당으로 들어설 때 손을 흔들어주는 걸 깜빡했는데 당신은 용케 나를 알아보고 다가왔어. 나는 당신이 처음 보는 새 옷을 입고 있었고, 당신 눈에는 모든 얼굴이 낯설 텐데 내가 앉은 테이블로 성큼성큼 걸어와 앉는 걸 보고 적잖이 놀랐지. 당신이 식사 도중에 젊은 종업원을 힐끔거리는 모습을 보고는 정말이지 어이가 없었어. 당신이 그 젊고 아름다운 외모를 어떻게 알아봤는지 아직도 이해가 안 가.

나는 당신이 그 말을 하기 전부터 우리가 다투게 되리란 걸 직감했어.

"헨리가 나랑 LA에 가고 싶대. 이번에 만든 영화의 화제성이 워낙 높다 보니 제작사에서 헨리의 소설 하나를 더 각색하고 싶어 해. 헨리는 내가 LA에 동행해야만 계약을 긍정적으로 검토해 보겠대."

"《가위바위보》를 이대로 포기할 생각은 아니지? 주연 예정 배우가 숨겼다지만 다른 배우도 많잖아. 헨리의 소설을 각색하는 작업은 꿈을 이루기 위한 발판 아니었어?"

"헨리는 역사상 가장 성공한 스릴러 작가야. 그 작업은 그 자체로 의미가 커."

"하지만 당신은 직접 쓴 시나리오로 영화를 만들기 원했잖아."

"헨리의 소설을 각색하는 건 달라. 내가 원해서 하는 일이고,

보람을 느끼니까. 내 직업적 선택이 당신의 기대를 충족시켜주지 못해서 미안해."

어느 모로 보나 비꼬는 말투였고, 미안해 보이지도 않았어.

"뉴욕에서 결혼기념일을 보내자고 한 사람은 당신인데 지금껏 거의 나 혼자 보냈어. 이렇게 당신 얼굴도 보기 힘들 줄은 몰랐어."

"당신을 집에 혼자 둘 수 없어서 그랬지. 만약 나 혼자 뉴욕에 왔다면 아마 평생 시달렸을 걸."

그 순간 나는 당신이 딴사람처럼 느껴졌어. "내가 왜 그런 일로 당신을 원망할 거라고 생각해? 그럴 리 없잖아."

"요즘 당신은 가까이 지내는 친구도 없고, 자기 삶을 잃어버린 것 같아."

"친구가 왜 없어?" 나는 반박하려고 했지만 당신 말이 맞다는 걸 인정하지 않을 수 없었어.

학창 시절 친구들은 대부분 아이를 낳고 새 가족과 단란한 시간을 보내느라 연락이 뚝 끊겼어. 나는 학교를 여러 번 옮겨 다녀야 했어. 난 늘 겉도는 전학생이었지. 아이들과 친해지려고 노력했지만 언제나 주변을 맴도는 처지였어.

이따금 동창생의 생일파티나 사교모임, 결혼식에 참석하면서 관계를 유지하려고 애썼지만 끝내 멀어지더라. 어릴 때 형성된 인간관계의 관성이 아직도 계속되고 있나봐. 요즘은 누군가의 호감을 사려고 애쓰지 않아. 내가 만족할 수 있는 일에 시간과 노력을 기울이려고 해. 더는 가식적인 인간관계를 유지하느라 시간을 낭비하고 싶지 않아.

당신이 내 손을 잡으려고 손을 뻗었어. 내가 손을 뒤로 빼자 당신의 손은 잠시 갈 곳을 잃어 허공에 멈춰 있다가 와인 잔을 잡았지.

"미안해. 난 그런 뜻으로 한 말이 아니었어." 당신은 사과했지만 진심이나 진실이 담겨 있지는 않았지. "헨리는 예민한 작가야. 나 말고는 각색 작업을 믿고 맡길 사람이 없나봐. 작년에는 정말 많이 힘들었는데 헨리가 큰 도움이 된 건 틀림없는 사실이잖아."

"난 작년 한 해만이 아니라 지난 몇 년 동안 계속 힘들었어. 갑자기 헨리 윈터가 당신 절친이라도 된 거야? 그에 대해 제대로 알고 있기나 해? 당신은 그가 어떤 사람인지 잘 알지도 못하잖아."

"내가 헨리를 모른다고? 우린 수시로 통화하는 사이야."

그때 나는 먹던 스테이크가 목에 걸릴 뻔했어.

"정말이야?"

"정말이야. 자주 통화해."

"지금껏 한 번도 그런 말 한 적 없잖아."

"내가 누군가와 통화할 때마다 일일이 당신 허락을 받거나 보고해야 하는 건가?"

우리는 잠시 서로를 쳐다보았어.

"그런 뜻으로 한 말이 아니야. 그저 우리 사이에 비밀이 없길 바랄 뿐이야. 결혼기념일 축하해." 나는 작은 종이 상자를 테이블 위로 건넸어.

당신의 당황한 표정을 보고 선물을 깜빡한 줄 알았는데 당신도 안주머니에서 뭔가를 꺼내 내밀기에 놀랐어.

선물을 풀어보니 자그마한 구리 액자였어. 액자 안에는 구리로 된 1페니짜리 동전 7개가 들어 있었지. 우리가 부부가 되어 함께한 연도대로. 분명 적지 않은 시간을 투자했을 거야.

당신은 조금 쑥스러운 듯이 말했어. "결혼기념일 축하해."

나는 고맙다고 말했고, 실제로도 그렇게 느끼고 싶었지만 이미 뭔가 어긋나버린 기분을 바꿀 수는 없었어. 이제껏 내 남편과 목소리와 얼굴은 똑같지만 사실은 낯선 남자와 마주 앉아 저녁식사를 한 느낌이 들었지. 당신은 내가 준비한 선물을 열어보았어. 당신의 정성스러운 선물을 보고 나니 부끄러워서 얼굴이 달아올랐지.

"이 동전은 어디서 났어?" 당신은 스마일 모양으로 뚫린 1페니짜리 동전을 촛불에 비춰 보며 물었어.

"오늘 오후에 코니아일랜드에서 샀어. 길을 걷다가 럭키 페니라는 오락 기계를 발견했거든. 당신 지갑에 넣고 다니는 종이학이 너무 낡았으니 이제 이 동전으로 대신하라고.”

“둘 다 소중하게 간직할게.” 당신은 동전을 종이학과 함께 지갑에 넣고 나서 다시 헨리 이야기로 돌아갔어. 나는 악토버 오브라이언의 죽음에 대해 생각하지 않을 수 없었어. 당신이 요즘 직접 쓴 시나리오보다 헨리의 소설 각색에 열을 올리는 것에 대해서도. 할리우드에는 언제나 끔찍한 이야기들이 넘쳐나지. 공포영화를 말하는 게 아니라 영화계 자체의 악명을 말하는 거야. 어쩌면 당신은 일거리가 있는 걸 감사하게 여겨야 할지도 몰라. 할리우드만큼 경쟁이 치열한 곳도 없을 테니까.

당신은 병에 남은 와인을 잔에 따라 단숨에 들이켰어.

“당신도 일에 집중하면 내 일에 대해 덜 신경 쓰게 될 거야.” 당신은 비꼬듯이 말했지. 난 술병으로 당신의 머리를 내리치고 싶을 만큼 화가 치밀었어. 난 배터시 유기견 보호소 일에 만족해. 유기견을 돌볼 때마다 내가 좋은 일을 하고 있다는 마음이 들어. 나도 종종 세상으로부터 버려졌다는 느낌을 받아서일지도 몰라. 보호자의 관심과 사랑을 받지 못한 건 결코 내 잘못이 아니잖아.

“나도 마음먹으면 당신이나 헨리만큼 글을 잘 쓸 수 있어.”

“누구나 그럴싸한 계획이 있지.” 당신은 가소롭다는 듯이 웃으며 나를 바라보았어.

“나는 허구보다는 현실 세계를 더 중시할 뿐이야.”

“내가 허구의 세계에 빠지지 않았다면 우리 집을 살 수 있었을까?"

당신은 술을 마시려고 손을 뻗었다가 이미 다 마신 걸 깨달았어.

"당신 아버지 이야기 좀 해봐." 나는 무심결에 툭 내뱉었어. 당신은 내 말에 잔을 세게 내려놓았지. 깨지지 않은 게 놀라울 정도였어.

"지금 그 이야길 왜 꺼내?" 당신은 내 눈을 쳐다보지도 않고 물었어. "내가 기억나지도 않을 만큼 어렸을 때 집을 나갔다고 했잖아. 난 헨리를 내가 잃은 아버지라고 상상한 적 없어. 그렇게 몰아갈 생각이라면 큰 오산이야."

"정말 없어?"

당신은 얼굴이 벌게지더니 누군가 들을까 봐 걱정된다는 듯 몸을 잔뜩 숙이고 목소리를 낮췄어.

"헨리는 훌륭한 작가야. 우리한테 경제적으로 큰 도움을 준 것도 사실이고. 그렇다고 내가 그를 대리부 같은 존재로 보는 것은 아니야."

"정말 아니야?"

"무슨 말을 하고 싶은 거야?"

"내가 보기에 당신은 헨리 원터에게 정서적 애착을 느끼는 것 같아. 당신은 밤낮으로 헨리의 소설을 각색하느라 당신의 순수 창작을 포기했어. 물론 나도 그에게 크게 감사하고 있어. 하지만 당신이 번번이 헨리의 인정을 받고 싶어 하는 태도는 좀 과해. 좋게 말하면 애정 결핍 같고, 나쁘게 말하면 자아도취 같아."

"말이 좀 심하네." 당신은 내가 위협이라도 했다는 듯이 뒤로 살짝 물러섰어.

"이제 헨리가 칭찬하지 않아도 충분히 자신감을 가질 때가 되지 않았어?"

"도대체 무슨 말을 하는지 모르겠네. 헨리는 단 한 번도 내 각색이 좋다고 칭찬한 적 없어."

"하지만 당신은 헨리에게 인정받고 싶어 안달 난 사람 같아. 헨리가 다른 작가들에게 따뜻한 칭찬이나 조언을 해주는 사람은 아니잖아. 그냥 비즈니스에 충실하면 그만이야. 그 사람은 소설가고, 당신은 그의 소설을 각색했을 뿐이야."

"난 친구를 스스로 선택할 수 있을 만큼 나이를 먹었어."

"헨리는 당신 친구가 될 수 없어."

레스토랑을 나오면서 나는 우리 테이블에서 그리 멀지 않은 자리에 헨리 윈터가 앉아 있었다는 말로 불편한 침묵을 깨지 않았어. 헨리는 언제나 그랬듯이 트위드 재킷 차림에 나비넥타이를 매고 있었지. 흰머리는 점점 가늘어지고 있고, 얼핏 보아서는 작고 무해한 노인으로 보이지만 상대를 꿰뚫어 보는 푸른 눈은 예전 그대로였어. 헨리는 줄곧 그 자리에 앉아 우릴 지켜보고 있었던 거야.

호텔까지 걸어가는 동안에도 당신은 헨리 이야기를 멈추지 않앉어. 내가 한 말들은 그새 다 잊은 듯이 들뜬 낯으로. 누가 들었다면 당신이 산타 할아버지와 하루를 보낸 줄 알았을 거야. 스크루지 영감이 아니라.

수학 테마 방으로 돌아왔을 때 마음이 허해서 당신이 샤워하는 동안 베개에 하나씩 놓인 초콜릿을 다 먹어버렸어. 그렇게라도 당신에게 복수하고 싶었나봐. 그때 휴대폰이 울리길래 당신이 욕실에서 문자를 보낸 줄 알았어. 늦은 밤에 나에게 연락할 사람이 없으니까. 확인해보니 배터시 동료가 보고 싶다며 보낸 문자였어. 내 안부를 궁금해하는 사람이 한 명은 있다는 생각에 눈시울이 달아올랐지. 나는 그 친구에게 자유의 여신상 꼭대기에서 찍은 셀카를 보내주었어. 그 친구는 답장으로 엄지 척 이모티콘과 키스 이모티콘을 보내주었지.

나는 지금 깊이 잠든 당신을 보며 또 한 통의 비밀 결혼기념일 편지를 쓰고 있어. 이번에는 호텔 로고가 박힌 편지지에. 결혼 생활 7년 차면 누구나 권태기가 온다고? 권태보다는 분노가 더 정확한 표현일 것 같아. 당신에게 이 편지를 주지는 못하더라도 나 자신에게는 솔직하고 싶어.

지금은 당신이 싫자만 마음에 들지 않지만 그래도 사랑해.

당신의 아내가

로빈

　로빈은 방문객들이 비밀 서재에 들어간 사이 숨어 있던 방에
서 빠져나와 계단을 조심스럽게 디디며 아래층으로 내려와 예배
당을 나선다. 오스카는 아까 두고 떠난 자리에 그대로 있다. 날
씨도 추운데 혼자 두어 언짢은 기색이 역력하다. 로빈은 최대한
빠르고 조용히 해야 할 일을 하고 나서 기다린다. 기다리는 데
는 도가 텄다. 눈은 멈췄지만 여전히 춥다. 오두막으로 돌아가
고 싶지만 서두를 필요는 없다. 아까부터 방문객들이 남긴 발자
국 위로 조심스럽게 발을 내디뎠지만 완벽하게 감추긴 쉽지 않
다. 다른 사람의 발자취를 따라가다 보면 생기는 문제다. 감쪽

같이 속이려다가 더 큰 흔적을 남기기 마련이다. 급할수록 천천히. 일찍 일어나는 새는 벌레를 너무 많이 잡아먹어 탈이 난다.

스테인드글라스 창문은 보기에는 아름답지만 방한이나 방음 기능은 형편없다. 로빈은 비밀 서재 창밖에서 귀를 기울이고 있다. 방문객들이 비밀의 방을 쉽게 찾아낼 수 있도록 일부러 문을 열어두었다. 그들이 실마리를 잡으면 로빈이 나머지 일을 처리하기까지 그리 오래 걸리지 않을 것이다.

한때 자신이 살고, 웃고, 꿈꾸던 곳에서 그들의 대화를 듣고 있으려니 비현실적인 느낌이 든다. 마치 식중독 같다. 당장은 메스껍고 더부룩하지만 독소가 밖으로 배출되면 문제가 해결된다. 방문객들을 예배당에서 당장 몰아내고 싶지만 아직은 때가 아니다. 로빈은 자신의 인생에서 이 기분 나쁜 장이 마무리되기 전에 해야 할 말과 행위가 아직 많이 남아 있다.

"다 잘될 거야." 물론 오스카는 아무런 대답이 없다. 그저 추위에 질린 듯한 표정으로 로빈을 빤히 쳐다볼 뿐이다.

로빈은 삶이 잘못된 방향으로 가고 있다는 생각이 들 때마다 처음 길을 잃게 된 순간을 되짚곤 했다. 눈을 감고 차분히 되돌아보면 옳지 않은 선택을 한 순간, 해서는 안 될 말을 한 순간이 떠오른다. 잘못된 선택 하나가 엉뚱한 길로 들어서게 만든다. 정신을 차리고 보면 이미 너무 멀리 떠나와서 돌아갈 방법이 없다.

누구나 실수를 한다. 살다보면 바라지 않은 일이 연이어 발생하지만 삶은 계속된다. 로빈도 과거에 저지른 실수가 떠오를 때마다 후회에 사로잡히지 않으려고 애썼다. 하지만 비밀은 언제까지나 비밀로 남지 않는다. 로빈이 과거의 일로 묻어두고 싶었던 그 일이 결국 발목을 잡았다. 과거의 잔재가 현재를 뒤덮었다.

오스카가 몹시 추운 듯 몸을 움츠린다.

"조금만 더 기다려."

마음에 들지 않는 기색이지만 녀석은 잠자코 로빈의 말을 따른다. 언제나 그랬듯이.

어밀리아

애덤이 예배당 소유주가 누군지 안다고 했을 때 시간이 멈춰 버린 것 같았다. 혹시 답이 저절로 드러날까 해서 비밀 서재를 둘러보지만 빈티지 책상과 먼지 쌓인 책들 그리고 애덤의 얼굴만이 눈에 들어온다. 애덤의 얼굴은 잔뜩 일그러져 있다. 두려움보다는 분노에 가까워 보인다.

부모에게 버림받았다는 생각은 나를 늘 따라다녔다. 그래서인지 사람들이 늘 나를 떠날 기회를 노리고 있다고 의심하며 살았다. 누군가와 함께할 때마다 불안했다. 오래 함께 산 애덤도 예외는 아니다. 누군가와 가까워지려고 하면 이제 물러설 때가 되었다는 느낌이 들었다. 안전하다는 느낌을 받기 위해 이전보다 더 높은 장벽을 세웠다. 내 유기 공포는 애덤을 포함해 어느누구도 믿을 수 없게 했다.

애덤을 찾아내 안도한 것도 잠시 또 다른 불안감이 엄습해오며 가슴을 조인다.

"작가들은 정말이지 별종이야." 애덤은 빈티지 탁자에서 눈을 떼지 않고 말한다. 마치 내가 아니라 탁자에게 말하듯이. 방 안은 하얀 입김이 선명히 보일 만큼 춥다. "수년간 신뢰하며 함께 일한 사람들이 알고 보니 그저……."

스테인드글라스 창문으로 스며든 빛이 쪽모이 마룻바닥에 다채로운 빛을 뿌린다. 애덤은 그 광경에 정신이 팔려 말을 맺을 생각이 없어 보인다.

"영화 〈그렘린〉 기억나?" 애덤이 불쑥 묻는다. 웬 뚱딴지 같은 소리인지 혼란스럽다. 다행히 애덤은 더 묻지 않고 이야기를 계속한다. "크리스마스 선물로 받은 신비한 생명체 기즈모를 키우려면 세 가지 규칙을 따라야 하지. 물에 닿지 않게 할 것, 밝은 빛에 드러내지 말 것, 자정 이후 절대 먹이를 주지 말 것이야. 규칙을 따르지 않을 경우 심술궂은 그렘린들이 태어나 마을을 쑥대밭으로 만들지. 작가들은 마치 그렘린 같아. 처음에는 그렘린에 나오는 기즈모처럼 흥미롭고 신비한 존재인데 각색이 마음에 들지 않거나 원작을 지나치게 수정했다고 생각하면 갑자기 커다란 괴물로 돌변하지."

"도무지 무슨 얘기인지 모르겠어. 그래서 이 예배당 소유주가 누군데?"

"헨리 윈터."

내 머릿속에서 사고가 정지된다. 난 예전부터 헨리가 두려웠다. 헨리가 쓰는 어둡고 뒤틀린 스릴러 때문만이 아니다. 헨리를 처음 봤을 때 가장 무서웠던 건 그의 두 눈이다. 사람 속을 훤히 꿰뚫어 볼 것 같은 눈, 결코 봐서는 안 되는 걸 보는 눈, 알면 안 되는 걸 알려고 하는 눈, 유난히 파랗고 날카로운 눈.

호흡이 다시 거칠어지기 시작한다.

"흡입기 어디에 뒀어?" 애덤이 묻는다.

"괜찮아." 나는 의자 등받이를 잡으며 대꾸한다.

"마지막 영화가 나왔을 때 《데일리 메일》에서 헨리의 작업실을 취재하려고 했는데, 헨리는 기자나 사진사의 방문을 거부했어. 그런 걸 원체 싫어했으니까. 몇 년을 알고 지낸 나도 그가 런던을 제외하면 어디서 머무는지 몰랐어. 왜 그렇게 사생활을 철저히 사수하는지도 몰랐고. 그래서 《데일리 메일》 기사에는 그가 직접 제공한 사진 하나만 실렸어. 자기 작업실을 배경으로 찍은 사진. 이 방이 그 작업실이야. 그가 글 쓰는 공간. 사진 속에서 그는 이 책상에 앉아 있었어." 애덤이 빈티지 책상의 나무 상판을 어루만진다. 작은 서랍이 많고 바퀴가 달린 독특한 책상이다. "이건 애거서 크리스티가 살아생전에 쓰던 책상이야. 수년 전 경매에서 헨리가 거금을 들여 낙찰받았다고 했어. 헨리는 이 책상이 아닌 다른 곳에서는 글을 못 쓰겠다고 나한테 말한 적 있어. 무슨 징크스처럼."

그제야 뒷벽을 차지한 책장에 꽂힌 책 제목들을 보니 대부분 헨리 윈터의 작품이다. 번역서와 특별 판형을 포함해 적어도 수 백 권은 되어 보인다. 내가 생각해온 헨리의 인격과 조금도 어긋 나지 않는다. 헨리 윈터는 거대한 허영의 벽이다.

"지금 벌어지고 있는 이 상황은 뭐지? 헨리의 질 나쁜 장난이 야? 헨리가 왜 가짜 계정으로 나에게 이메일을 보냈을까? 왜 내가 주말여행권에 당첨된 듯이 꾸며서 스코틀랜드의 이 오래된 예배당으로 오게 했을까? 적어도 손님을 초대했으면 청소라도 했어야지, 왜 먼지투성이로 방치했을까? 그래서 헨리는 지금 어디에 있는데? 밥은?"

"당신, 괜찮아? 숨소리가 거칠어."

"괜찮아."

애덤은 여전히 미심쩍은 눈으로 나를 살피다가 다시 이야기를 시작한다. "헨리가 나한테 화가 났나봐. 내가 앞으로 더는 그의 소설을 각색하지 않겠다고 했거든."

나는 놀라서 애덤을 쏘아본다. "갑자기 왜 그런 결정을 내렸어?"

"내 작품에 집중하려고."

"나한테는 그런 말 안 했잖아."

"결국 당신 말을 따르게 된 것 같아서 멋쩍었어. 그런데 헨리가 꼭 삐진 것처럼 연락을 뚝 끊었지. 난 오랫동안 헨리 윈터를 동경해왔어. 헨리가 나를 깔보는 느낌이 들어도 늘 우러러봤지. 그러다 뒤늦게 헨리의 본모습을 보게 된 거야. 이기적이고 괴팍하고 외로운 노인네를."

나는 그 말이 우리에게 어떤 의미가 있는지 이해하려고 애쓴다.

"언제 그런 일이 있었지?"

"꽤 됐어. 나는 헨리와 친분을 유지하고 싶었는데 그가 번번이 내 전화를 무시했지. 이제 헨리와 말을 섞은 게 언제인지도 까마득해. 헨리는 자기 소설밖에 모르는 사람이야. 내가 소설이나 인생을 통해 배운 게 있다면 우리 중 누구도 완벽한 영웅이나 악당이 될 수 없다는 거야. 둘 다 우리 안에 있지."

애덤은 마지막 문장을 말하며 나를 노려본다. 나는 그가 등지고 있는 빈티지 책상 한 귀퉁이에서 내 흡입기를 발견한다.

"내 흡입기를 왜 당신이 가지고 있어?" 내가 묻는다.

"난 이게 여기 있는 줄도 몰랐는데."

나는 그를 빤히 바라본다. 거짓말 같지는 않다. 만약 거짓말을 했다면 바로 알아챘을 것이다.

나는 흡입기를 주머니에 집어넣는다. "우린 지금 너무 지쳤어. 이제 이 예배당이 누구 소유인지 알았으니 밥을 찾는 대로 바로 떠나자."

그때 내 입에서 나온 이름에 반응하듯 밖에서 개 짖는 소리가
난다.

애덤

우리는 개 짖는 소리를 듣고 밖으로 달려나간다. 헨리 윈터가 예배당 밖에 서 있으려나? 밥의 목줄을 쥐고 미치광이 악당처럼 웃으면서? 기어이 이성의 끈을 놔버린 걸까? 하지만 아무리 어둡고 뒤틀린 소설을 쓰는 작가라고 하더라도 현실에서 그런 일을 벌일 것 같지는 않다.

우리가 밖으로 나오자마자 개 짖는 소리가 멎는다.

"밥!" 어밀리아가 소리친다.

우리의 불쌍한 노견은 귀가 거의 들리지 않기 때문에 소용없는 일이다. 하지만 나도 덩달아 밥을 소리쳐 부른다.

가위바위보

블랙워터 일대는 오싹할 만큼 고요하다.

"밥이 아니었을까?" 내가 말한다.

"밥이야. 내가 알아." 어밀리아가 단언한다. "아까 예배당에 돌아왔을 때 문 근처에서 웰링턴 부츠 한 켤레를 봤는데 지금은 사라졌어. 누군지 몰라도 그가 밥을 데려간 게 분명해."

어밀리아는 계속 두리번거리며 달리고, 나도 뒤따라갈 수밖에 없다.

어둠 속에서 양들이 돌아오는 모습이 보인다. 우리 쪽을 보고 있지만 어제만큼 무섭지는 않다. 바로 그때 우리는 동시에 걸음을 멈춘다. 몇 발짝 앞에 검은 바지에 트위드 재킷 차림인 남자가 파나마 모자를 쓰고 우리를 등지고 선 모습이 보인다. 눈이 무릎까지 쌓인 날씨에 입기에는 지나치게 얇은 옷차림이다. 어밀리아가 나를 돌아본다. 표정을 읽을 수는 없지만 나처럼 공포에 질린 눈치다.

나는 겨우 공포를 억누르며 한 걸음 다가간다. "헨리?" 내가 부드럽게 말을 건다. 불현듯 부트룸 벽에 걸려 있던 사슴뿔이 떠오른다. 스릴러 작가들은 사람을 소리 소문 없이 죽이는 방법에 해박하다. 내 유해가 벽에 걸린 모습을 상상하고 싶지 않다. 헨리는 아무런 대답이 없다. 아마 밥처럼 귀가 어두워 내 말을 듣지 못했을 수도 있다.

나는 얼굴을 마주하고 이야기하려고 그의 앞으로 나선다. 그는 얼굴이 없다. 진짜 사람이 아니라 눈사람이다. 커다란 눈사람 얼굴에 코르크 눈, 당근 코, 파이프 입이 박혀 있고, 목에는 헨리 윈터의 실크 나비넥타이가 둘러져 있다.

어밀리아가 내 옆으로 다가와 선다. "누가 이따위 장난을 쳤을까?"

"나도 모르지."

"좀 전만 해도 이 눈사람은 여기에 없었어."

"있었다면 우리 눈에 띄었겠지. 이제는 정말 뭐가 뭔지 모르겠어."

우리는 할 말을 잃고 눈사람을 바라본다. 머리 쪽이 살짝 녹아 코르크 눈 하나가 뺨까지 내려와 있다. 우리는 예배당 밖 공터 한복판에 서서 이 기묘하게 생긴 눈사람과 주변의 섬뜩한 나무 조각품들을 마주하고 있다. 눈사람을 만든 사람이 누군지 몰라도 멀지 않은 곳에 있을 테고, 개 짖는 소리가 들렸으니 밥도 곧 찾아낼 수 있을 것이다. 하지만 아무리 둘러봐도 보이는 건 하얀 여백뿐이다. 양들이 예배당 주변 눈밭을 죄다 밟아놓아서 발자국을 추적할 수도 없다.

"소리가 들렸으니까 가까이에 있을 거야. 좀 더 찾아보자."

나는 다시 어밀리아를 뒤따른다.

예배당 뒤편에 묘지가 있다. 묘비들은 눈에 묻혀 보이지 않지만 가까이 다가가보니 하나가 눈에 띈다. 누군가가 그 묘비만 눈을 깨끗이 치워 놓았기 때문이다. 짙은 회색이고, 비교적 새 묘비처럼 보인다. 묘비 위에 빨간 가죽으로 된 개 목걸이가 놓여 있다.

어밀리아가 그것을 집어 든다. 예상대로 밥의 이름이 적혀 있다.

"왜 이걸 여기에 놔두었을까?" 어밀리아가 묻는다.

나는 대답하지 않는다. 묘비명을 이해하느라 정신이 없기 때문이다.

헨리 윈터
한 사람의 아버지, 많은 사람의 작가
1937–2018

어밀리아

"말도 안 돼. 헨리가 정말 2년 전에 죽었다면 우리가 어떻게 모를 수 있겠어?" 내가 황당해하며 묻는다.

애덤은 대답이 없다. 우리는 나란히 서서 화강암 비석을 바라본다. 아무리 생각해도 머릿속 퍼즐 조각이 맞춰지지 않는다. 애덤의 얼굴에는 혼란과 두려움, 슬픔이 드러나 있다. 애덤은 자기가 성공하고 우리가 이만한 삶을 영위하는 게 헨리 윈터가 기회를 준 덕분이라고 생각한다. 아무리 사이가 틀어졌다고 해도 그 생각에는 변함없다. 그런 사람이 죽었으니 충격이 클 수밖에. 하지만 애덤은 지금 우리 앞에 더욱 난해한 문제가 놓여 있다는 걸 깨달아야 한다. 헨리가 우릴 꾀어내 여기로 오게 한 사람이 아니라면 과연 누가 그랬을까?

"어서 예배당 안으로 들어가는 게 좋겠어." 애덤이 말한다.

애덤은 아직도 믿기 힘든 얼굴로 헨리의 묘비를 보고 있다.

"밥은 어떡하고?" 내가 묻는다.

"밥이 스스로 목걸이를 빼내 여기 놓아두지는 않았을 거야. 누가 그랬는지 모르지만 지금 우린 안전하지 않아."

그 말에는 동감이다. 예배당 안으로 돌아오자마자 애덤은 문을 잠그고 나서 커다란 교회 의자를 밀어와 문 앞을 가로막는다.

"아까 예배당 안으로 들어왔던 사람도 열쇠를 가지고 있었을 거야. 그래도 이렇게 막아두면 쉽게 들어오지는 못하겠지." 애덤은 부엌으로 걸어가며 말을 잇는다. "당신이 여기 오기 전에 받았다는 이메일 좀 보여줄래?"

휴대폰을 찾아 주머니를 뒤지는데 흡입기가 손에 잡힌다. 이제는 호흡이 정상으로 돌아왔지만 손닿는 곳에 흡입기가 있어 마음이 놓인다.

나는 휴대폰에서 이메일을 찾아 애덤에게 건넨다.

애덤이 보낸 주소를 소리 내어 읽는다. info@blackwaterchapel.com.

"딱 봐도 엄연한 숙박 시설 같잖아." 내가 변명하듯 말한다.

"헨리는 검은색에 집착했어. 그의 소설 여러 편이 블랙다운이

나 블랙샌드라는 곳을 배경으로 했지. 그러고 보니 블랙워터를 배경으로 하는 소설도 있었던 것 같아."

"여태껏 그런 말 안 했잖아."

"블랙워터와 헨리의 연관성을 몰랐으니까. 하지만 헨리가 이 메일을 보냈을 리 없어. 인터넷, 심지어 휴대폰도 사용하지 않는 사람이니까. 그는 현대 기기들이 암을 유발한다고 믿었어."

나는 애덤의 축 처진 어깨에 손을 올린다.

"헨리와 서로 연락하지 않고 지낸 지 벌써⋯⋯."

애덤이 허공을 쳐다보며 말하다가 끝을 흐린다.

"왜?" 내가 묻는다.

"작년 9월에 헨리의 새 에이전트가 나한테 신간 소설을 보내줬어. 첫 번째 에이전트와 달리 헨리의 소설을 영화화하는 데 적극적인 사람이었지. 그 사람 말로는 헨리가 연락이 잘 안 되긴 해도 언제나 마감 3일 전에 원고를 부쳐준다고 했어. 종이 원고를 갈색 포장지에 싸서."

"그런데?"

"묘비에는 헨리가 2년 전에 죽었다고 되어 있어. 정말 죽었다면 소설을 쓰거나 에이전트한테 새 원고를 보낼 리 없잖아."

내 머리가 이 놀라운 정보를 처리하는 데 몇 초가 걸린다. "헨리가 죽지 않았다는 거야?"

"아직은 뭐가 뭔지 모르겠어."

"헨리가 정말 죽었다면 가족 중 누군가는 알고 있었을 거야. 작년에 내 위탁 부모 중 하나가 죽은 거 알지? 한평생 슈퍼마켓에서 일하면서 늘 폐기 직전 식품들을 집에 가져왔다던 찰리 말이야. 10년 넘도록 연락을 끊고 살았는데도 부고가 오더라. 헨리 윈터는 세계적으로 유명한 작가야. 헨리가 사망했다면 신문이나 뉴스에서 떠들썩하게 다루었을 거야."

애덤은 고개를 젓는다. "헨리에게는 가족이 없었어. 헨리는 은둔자를 자처했고, 그런 삶에 만족했지. 가끔 위스키를 마시면 자식이 없는 걸 한탄하기도 했는데, 자기가 죽고 나면 책들을 돌봐줄 사람이 없다는 이유였어. 헨리는 자기 책만 아끼고 사랑했지 인간미라고는 없는 사람이었어."

"그래도 누군가 옆에서 돌봐주는 사람이 있지 않았을까? 37년생이면 아무리 팔팔해도 한계가 있었을 테니까."

애덤이 눈을 가늘게 뜬다. "헨리가 37년생이라는 건 어떻게 알았어? 당신이 기억하기에는 너무 디테일한 정보인데."

"아까 묘비에서 봤어. 게다가 1937년은 어밀리아 에어하트가 실종된 해야. 내가 물려받은 이름의 주인 말이야. 당신은 이름에 얽매인 적 없지? 난 내 이름에 커다란 의미가 있다고 생각해."

애덤이 내 지능을 의심하는 듯한 눈초리로 쳐다본다. "헨리는 자식도 없고, 함께 사는 사람도 없었어. 그의 삶에서 에이전트 말고 가까이 지낸 사람은 나뿐이었나봐. 그런데 헨리가 죽을 때 나랑은 이미 연락을 끊은 사이였고…….”

애덤은 떨리는 목소리로 말끝을 흐리고는 고개를 돌린다.

“묘비에 분명 '한 사람의 아버지'라고 쓰여 있었어. 헨리를 묻고 묘비를 세운 사람이 있을 거야.”

나를 바라보는 애덤의 표정이 조금 무섭다. 이럴 때 보면 애덤이 타인의 표정을 읽지 못해서 자신도 표정 관리를 잘 못하나 싶다. 애덤의 얼굴에 익숙한 찡그림이 사라지고 미소가 자리한다. 하지만 그 미소는 나타날 때만큼이나 빠르게 사라진다.

“날이 밝을 때 여길 떠나야 해.” 애덤이 다시 진지한 표정으로 말한다.

“밥은 어떻게 하고?”

“차라리 경찰서를 찾아가 상황을 설명하고 도움을 요청하는 편이 낫겠어.”

“차가 눈에 파묻혀 있잖아. 게다가 눈길에서 운전하는 건 위험해.”

“눈을 치우면 차를 끌어낼 수 있을 거야. 일단 여기를 뜨는 게 예배당에서 하룻밤 더 지내는 것보다 안전할 것 같지 않아?”

애덤은 부엌에 딸린 창고 문을 연다. 온갖 공구가 즐비한 곳이다. 거대한 냉동고가 으스스한 소리를 낸다. 나는 지하실로 이어지는 문에는 눈길도 주지 않는다. 지하에 혼자 갇혔던 때를 떠올리고 싶지 않다.

"문을 부수려고?" 나는 애덤이 창고에서 도끼를 꺼내오는 걸 보고 묻는다.

"호신용으로 가지고 있으려고." 애덤이 다른 손으로 갈고리에 걸린 삽을 내리며 대답한다.

모리스 마이너는 눈에 파묻혀 풍경의 일부가 되어 있다. 애덤이 삽으로 차 주변에 쌓인 눈을 치우는 동안 나는 옆에서 몸을 덜덜 떨며 서 있다. 지독하게 추운 날씨인데 애덤은 이마에 땀이 맺힐 만큼 열심히 눈을 치운다. 갑자기 삽질을 멈춘 애덤이 조수석 쪽 바퀴를 보며 한숨을 푹 내쉰다.

"말도 안 돼."

"왜 그래?"

"타이어가 펑크 났어."

애덤의 말에 나는 그쪽으로 다가간다. "하긴 이렇게 낡은 차로 험한 길을 달려왔는데 바퀴가 멀쩡하다면 그게 더 이상하지. 펑크 난 부위를 때울 수 있을 거야. 트렁크에 수리 장비가 있으니까. 부위가 너무 크지만 않으면······."

나는 차마 말을 맺지 못한다. 바퀴에 길쭉한 구멍이 떡하니 나 있다. 이 정도면 누가 일부러 칼로 찔렀다고 봐야 한다. 이미 손발의 감각이 사라질 만큼 추운데 몸 깊은 곳에서 한기가 퍼진다.

"오는 길에 유리 파편들이 있었나?" 애덤의 말에 나는 대답하지 않는다. 애덤은 차와 관련해 아무것도 모른다. 예전에는 귀엽다고 생각했는데 지금은 이가 갈린다.

"타이어 네 개가 동시에 펑크 난 적 있어?" 애덤이 다시 묻는다.

나머지 바퀴들도 죄다 주먹 크기로 펑크가 났다. 우리가 예배당에서 떠나는 걸 원치 않는 사람이 있다는 뜻이다.

로빈

로빈은 오두막집으로 들어가 문을 잠근다. 문간에 걸린 **빨간** 수건으로 개의 발, 다리, 배를 닦아주고 나서 자신의 몸에 묻은 눈을 털어낸다. 개는 젖은 몸을 말리는 동안 꼬리를 흔들며 로빈의 얼굴을 핥는다. 로빈은 동물이라면 다 좋아하지만 개를 특별히 좋아한다. 오스카도 개를 환영하는 기색이다.

방문객들은 예배당이 헨리가 살던 집이고, 그가 사망했다는 사실을 알게 되었을 것이다. 헨리 윈터의 묘비를 발견한 그들이 어떤 표정을 지었을지 궁금했지만 그때 로빈은 이미 밥을 데리고 예배당을 떠난 지 오래였다. 밥은 가끔 허공에 대고 짖어대지만 사람을 가리지 않고 잘 따른다.

오두막집 안은 바깥 못지않게 춥다. 로빈은 벽난로에 불을 지피고 나서 그 앞 러그에 앉아 뼛속까지 언 몸을 녹인다. 파이프 담배가 생각났지만 그 대신 재미 다저스 비스킷 봉지를 뜯는다. 개는 과자 부스러기라도 받아먹고 싶은 듯 로빈의 다리에 턱을 괴고 엎드린다. 로빈은 비스킷을 먹을 때 언제나 바깥쪽부터 야금야금 먹어 들어가다가 잼 부분을 마지막에 먹는다. 가장 맛있는 부분은 아껴 먹어야 제맛이다.

로빈은 제법 오랫동안 벽난로 앞에 앉아 몸을 녹였지만 좀처럼 손의 감각이 돌아오지 않는다. 헨리의 묘비에 쌓인 눈을 치우느라 손끝이 붉어지다 못해 파래졌다. 하지만 눈을 치우지 않아 방문객들이 헨리의 묘비를 발견하지 못했다면 일이 꼬일 뻔했다. 로빈이 이번 주말에 그들을 초대한 이유가 있다.

그날, 갑자기 전화한 헨리는 밑도 끝도 없이 말했다.

"여기로 와줄 수 있겠니?"

흔한 인사말도 없었고, 안부도 묻지 않았다. 어디로 오라고 말하지 않았지만 어딘지 알았다.

"내가 몸이 좀 아파." 로빈에게 추가로 제공된 정보였다. 알고 보니 좀 아프다는 말은 지극히 절제된 표현이었다.

헨리는 오래전부터 런던 집을 처분하고 스코틀랜드의 은신처에서 혼자 지내왔다. 예나 지금이나 헨리는 혼자 살길 좋아했다. 헨리가 전화할 거라고 미처 예상하지 못했지만 외톨이라는 건 그들의 공통점이었다. 작가는 폭넓은 상상력과 예민한 감각을 동원해 정교하고 매력적인 허구의 세상을 창조해낼 수 있지만 그럴수록 그 자신이 발붙이고 있는 현실의 세상은 점점 쪼그라들기도 한다. 말들은 눈을 가려야 한눈 팔지 않고 빨리 달린다. 작가 역시 꾸준히 글을 쓰려면 한눈을 팔아서는 안 된다.

로빈이 대답하지 않고 침묵을 지키는 사이 통화 음질이 나빠졌다. "이제 내가 갈 때가 된 것 같아. 여기에 올지 말지는 네 선택에 달렸다. 다만 누구에게도 말하지 마라." 헨리는 다시 한번 용건을 말하고 나서 전화를 끊었다. 그 뒤로 뚜뚜뚜 하는 신호음만이 이어졌다.

로빈은 지금도 눈만 감으면 그 통화 종료음이 들린다. 나중에 헨리는 병원의 공중전화를 사용하다가 잔돈이 떨어지는 바람에 그랬다고 변명했다. 일부러 긴장감을 고조시킬 의도는 없었다고. 헨리의 말을 믿은 적은 없지만 로빈은 스코틀랜드를 향해 달렸다. 인생은 한 치 앞도 예측할 수 없는 법이다.

로빈은 병상에 누운 헨리를 한눈에 알아보지 못했다. 책 표지에 나오는 헨리의 프로필 사진은 최소한 10년 전에 촬영했다. 헨리의 트레이드마크인 트위드 재킷은 마치 빌려 입은 옷처럼 커 보였고, 한때 풍성했던 백발은 분홍색 두피 위로 빗어 넘긴 몇 가닥이 전부였다. 헨리의 얼굴이 낯설기 그지없었다. 의례적인 인사나 포옹도 없었고, 와줘서 고맙다는 말도 없었다.

"집에 가고 싶다." 그 한마디가 전부였다.

헨리는 트위드 재킷 안주머니에서 만년필을 꺼내 퇴원 서류에 사인했다. 손이 떨려 펜을 너무 세게 쥐는 통에 뼈마디가 얇은 살갗을 뚫고 튀어나올까 봐 걱정될 정도였다. 헨리가 담당 의사의 소견을 따르지 않고 퇴원하겠다고 고집을 부리는 동안 로빈은 말없이 기다렸다.

병원에서 블랙워터까지는 한 시간 거리였고, 두 사람은 구불구불한 산악도로를 달리는 내내 침묵했다. 헨리는 예배당으로 돌아오자마자 서가에 책이 빼곡하게 꽂힌 거실로 향하며 로빈에게 따라오라고 손짓했다. 헨리가 서가에 가려진 문을 열었다. 로빈은 비밀의 방을 본 적 있지만 안으로 들어간 적은 없었다.

흰 토끼가 온 방을 뒤덮고 있었다. 희미하게 빛을 반사하는 벽지와 로만 블라인드에도 토끼가 그려져 있고, 창가 의자에 놓인 쿠션에도 토끼 귀와 꼬리가 달려 있었다. 심지어 스테인드글라스 창문에도 토끼 그림이 붙어 있었다.

방 한구석에 놓인 케이지가 로빈의 시선을 끌었다. 그 안에 하얀 토끼 한 마리가 들어 있었다.

"토끼를 길러요?" 로빈은 토끼를 바라보며 물었다.

"기른다기보다는 같이 지내고 있지. 난 흰 토끼를 좋아하거든."

"그래 보여요." 로빈은 방 안을 다시 둘러본다. "얘는 이름이

뭐예요?"

헨리가 미소 짓는다. "로빈."

로빈은 어떻게 받아들여야 할지 알 수 없었다. "왜 그렇게 지었는데요?"

헨리의 미소가 흐려졌다. "널 떠올리게 하거든." 비틀거리며 책상으로 걸어간 헨리가 의자에 앉았다.

"이제 나에게 남은 시간이 얼마나 될지 모르니 낭비하지 않는 게 좋겠다. 유언장은 작성해두었어. 절반쯤 쓴 소설이 있는데 아무래도 마무리 짓지 못할 것 같구나. 출판 관련 문제는 내 에이전트가 알아서 처리할 거야. 다만 내 소설에 대한 몇몇 결정은 이왕이면……." 헨리의 크고 푸른 눈이 로빈을 응시했다. 로빈이 마치 무슨 말이라도 하길 기다리는 듯이. 로빈이 아무 말도 하지 않자 헨리는 잠시 중단했던 이야기를 힘겹게 이어갔다. "누가 뭐라고 하더라도 옳다고 생각되면 힘껏 밀어붙여야 한다. 그게 인생을 좌우할 중요한 기회가 찾아왔을 때 우리가 할 수 있는 최선이야. 이메일 주소를 몇 개 알려주마. 내가 죽었다는 사실을 가장 먼저 알아야 할 사람들이야."

헨리는 책상 서랍에서 노트북을 꺼냈다. 로빈을 바라보는 헨리의 얼굴에 미소가 떠오르면서 주름이 두 배로 늘어났다.

"다들 내가 컴퓨터를 사용할 줄 모른다고 생각하지만 오산이야. 내가 여전히 깃털 펜으로 글을 쓴다고 생각하는 사람이 많겠지. 물론 펜을 선호하긴 하지만 노트북을 사용하면 시간이 많이 절약되고, 편집도 훨씬 더 수월하지."

잠금 화면이 뜨자 헨리는 패스워드를 아주 천천히 입력했다. 손이 워낙 느려서 본의 아니게 패스워드가 뭔지 알게 됐다. '로빈'이었다. 헨리가 반려동물 이름과 컴퓨터 계정 패스워드를 자기 이름으로 했다는 사실이 몹시 당혹스러웠다. 어떻게 반응해야 할지 몰라 묵묵히 있었다. 헨리가 천년만년 글을 쓰며 살고 싶어 했다는 사실을 잘 알고 있었다. 하지만 억만금을 준다고 해도 시간을 살 수는 없다.

헨리가 책상 위에 놓인 우편물로 시선을 돌렸다. 헨리의 쇠약한 손에 들린 편지 개봉용 칼이 몹시 무거워 보였다. 헨리는 손가락을 파르르 떨며 에이전트가 보낸 편지를 꺼냈다. 로빈은 헨리의 어깨 너머로 그 편지를 훑었다. 얼마 전 출간한 신작이 《뉴욕타임스》 베스트셀러에 올랐다는 소식에 헨리는 눈을 빛내며 웃었다.

"정말 멋지지 않니?" 헨리가 미소 지었다. 로빈이 기억하는 예전 모습과 가장 가까운 얼굴이었다.

"이 책을 쓸 때는 몰랐어. 이게 내가 세상에 낼 마지막 작품이라는 걸. 내 마지막 소설을 독자들이 이토록 좋아해준다니 뿌듯하구나."

"독자들의 의견이 언제나 가장 중요하죠……. 축하한다는 뜻이에요." 로빈은 다시 노트북으로 시선을 돌렸다. "에이전트는 아직도 우편으로 편지를 보내요?"

"오랜 습관이라서 그러겠지."

"이메일 계정이 있다는 걸 몰라요?"

헨리가 빙긋 웃었다. "내 에이전트는 나에 대해 모르는 게 많아."

두 사람 사이에 무언의 대화가 오갔다. 그들의 인생을 통틀어 몇 안 되는 공감의 순간이었다.

"지하실에 가서 샴페인 한 병 가져오렴. 내 마지막 소설의 성공을 축하하는 의미로 한잔 마시자꾸나. 마시면서 네가 알아야 할 모든 걸 말해주마. 지하로 내려가는 문은 잠가놓았다. 가끔은 나도 오싹한 기분이 들어서."

"예배당 지하실의 시체니, 마녀니, 유령이니 하는 건 그냥 괴담이잖요. 사람들이 예배당 근처에 얼씬도 못 하도록 퍼뜨린 거짓말."

헨리가 씩 웃었다. "그래, 모두 내 상상력의 산물이지. 하지만 괴담을 퍼뜨린 효과를 톡톡히 봤잖아. 난 평화롭고 조용한 게 좋아. 사람들한테 방해받기 싫어서 퍼뜨렸는데, 가끔은 나도 제 풀에 겁먹을 때가 있었어. 허구의 세계에 빠져 살다 보니 현실보다 허구가 더 사실적으로 다가오기도 하더라." 헨리의 파란 눈에 눈물이 고였다. 로빈은 그의 마음이 저 먼 곳 어딘가를 배회하고 있다는 느낌이 들었다.

헨리는 눈을 깜빡이다가 말을 이었다. "지하실 열쇠는 부엌 서랍에 넣어두었다. 어떤 서랍인지는 기억이 안 나는구나."

로빈이 창고로 들어섰을 때 거대한 냉동고가 가장 먼저 눈에 띄었다. 벽을 따라 정리해놓은 온갖 도구들도 보였다. 나무 세공용 끌과 석공예 도구들이 크기별로 가지런히 놓여 있었다. 도끼는 예나 지금이나 무서웠다. 헨리는 오랫동안 취미 생활로 나무와 돌을 조각해왔는데, 현실에서 허구를 빚어내는 일과 비슷하다고 말한 적이 있다. 인내심과 상상력, 꾸준한 손길이 필요한 일이라면서. 헨리는 매년 여름에 호숫가를 가리는 고목을 도끼로 쓰러뜨리고 남은 그루터기에 동물상을 조각했다. 올빼미와 토끼가 단골 소재였고, 모두 헨리처럼 눈이 부리부리했다.

부엌 서랍을 뒤져 지하실 열쇠를 찾느라 시간이 제법 오래 걸렸다. 돌계단을 내려가는 동안 퀴퀴한 냄새가 엄습해오자 잊고 싶은 과거가 주마등처럼 떠올랐다. 지하실에는 물론 마녀나 귀신은 없고 술뿐이었다. 로빈이 샴페인 한 병을 들고 돌아왔을 때 헨리는 《뉴욕타임스》 베스트셀러 목록을 다시 들여다보고 있었다. 에이전트가 1위를 차지한 헨리의 책 제목에 빨간 동그라미 표시를 해놓았다. 로빈은 샴페인을 두 잔 따른 다음 한 잔을 내밀었지만 헨리는 받아들지 않았다. 좀 더 가까이 다가가 보니 아무런 움직임이 없었다. 파란 눈도 깜빡이지 않고, 숨소리도 나지 않았다. 책상 위에는 좀 전에는 없던 물건들이 놓여 있었다. 빈 약병, 로빈에게 남긴 지침 목록, 프린트한 유언장까지. 로빈은 들고 있던 샴페인 잔을 단숨에 비웠다. 축하의 의미가 아니라 그저 알코올이 필요했기에. 헨리는 적어도 큰 고통 없이 눈을 감았다.

그날 밤 로빈은 헨리의 시신을 침대 시트에 옮기고 예배당 밖으로 끌어내어 뒤편 묘지에 묻었다. 그가 가장 아끼던 책 몇 권과 함께. 유언장에 화장을 원한다고 적혀 있었지만 코앞에 묘지가 있었고, 땅을 팔 삽도 있었다. 로빈은 부고를 포함해 헨리가 남긴 지침을 무시했다. 다음 날 아침, 헨리의 계좌를 이용해 근사한 비석을 온라인으로 주문했고, 도착하자 직접 묘비명을 새겼다. 헨리의 계좌에는 상상을 초월할 만큼 거액이 들어 있었지만 로빈은 자신을 위해서는 한 푼도 쓰지 않기로 했다. 로빈의 몫으로 남긴 유산만 해도 상당한 액수였지만 건드리지 않았다.

헨리를 매장하고 나서 가사도우미를 해고했더니 방문객이 아무도 없었다. 심지어 블랙워터 펍도 헨리 덕분에 몇 년 전에 문을 닫았다. 헨리는 죽어서도 혼자였다.

로빈은 헨리의 노트북을 열어 미완성 소설을 읽어 보았다. 음습하고 뒤틀린 헨리 윈터의 전형적인 스릴러였다. 로빈은 무서운 대목을 읽다가 케이지 안의 토끼가 이상한 소리를 내는 바람에 화들짝 놀랐다. 로빈은 자신과 이름이 같은 토끼가 케이지 안에 갇혀 지내는 게 싫어 예배당 밖으로 내보냈지만 녀석은 멀리 도망치기는커녕 주변을 맴돌았다. 그래서 더 멀리 나가 호수 근처 풀밭에 풀어놨더니 녀석은 다시 돌아와 커다란 대문 앞에 앉아 있었다. 그때는 이해하지 못했다. 누구나 자유를 원하지는 않는다는 걸.

가위바위보

청동

올해의 단어

아텔로포비아(Atelophobia) : 무언가를 제대로 하지 못하거나 완벽한 성과를 얻지 못하는 것에 대한 극심한 불안감, 불완전 공포증

2016년 2월 29일, 우리의 여덟 번째 결혼기념일

애덤에게

올해 우리는 결혼기념일을 축하하지 않았어. 요즘 나는 직장 친구와 자주 어울렸고, 당신은 일과 어울리느라 바빴지. 헨리 원터의 소설을 각색한 게 처음도 아닌데 이번에는 많이 고전하는 것 같더라. 내 생각에는 당신이 소신껏 작업하지 않고 작가의 비위를 맞추는 데 연연하기 때문인 것 같아. 몇 주 전, 내가 도와주겠다고 하자 당신은 내가 뭘 알겠느냐며 거절했지. 당신이 각색 작업에 몰두해 있는 동안 나는 당신을 떠날 생각을 했어. 당신의 안면실인증이 나를 투명 인간처럼 느끼게 하는 유일한 요소는 아니야. 당신은 날이 갈수록 나를 초라하게 만들어. 가끔 내가 당신을 떠나지 못하는 이유가 뭔지 돌이켜볼 때마다 밥과 이 집 때문은 아닐까 하는 생각이 들기도 해.

나는 런던 윗동네의 이 크고 아름다운 빅토리아 시대 유물을 사랑해. 내가 이 집을 보수하는 동안 당신은 일이 바빠서 거들지도 않았지. 오로지 나의 땀방울만이 구석구석 배어든 집이야. 나는 우리가 이처럼 근사한 집에서 살게 될 줄은 몰랐지. 아마 당신은 이전부터 상상했을지도 몰라. 당신은 늘 나보다 큰 꿈을 꾸었으니까. 당신과 나는 차라리 망각하는 게 좋은 어린 시절을 보냈지만 야망의 씨앗은 거친 토양에서 가장 잘 자라는 법이지.

어떻게 나에게 한마디 말도 없이 우리 집에 손님을 초대할 수 있어? 하필이면 내가 직장에서 온통 진을 빼고 돌아온 날, 당신은 그를 우리 집에 불러들였어. 유기견 보호소의 일은 그야말로 몸으로 때워야 하는 노동이거든. 온종일 의자에 앉아 ~~허구의 새 게나 가공하는~~ 글을 쓰는 당신과는 달라. 그날 난 어서 집으로 돌아가 따뜻한 물로 샤워하고 나서 와인 한잔을 마시며 피로를 풀고 싶었어. 내가 열쇠를 꽂고 미처 돌리기도 전에 집 안에서 대화 소리와 함께 뭔가 매캐한 냄새가 흘러나왔지. 나는 집으로 들어선 순간 거실에서 파이프 담배를 피우는 헨리 윈터와 위스키를 마시는 당신을 발견했어. 처음에는 내가 헛것을 봤나 했는데 헨리의 트위드 재킷과 실크 나비넥타이는 꿈이라고 믿기에는 너무나 리얼했지.

"손님 오셨어." 당신은 마치 내 눈이 멀기라도 한 것처럼 그렇게 말했어.

누구라도 내 얼굴에 깃든 공포를 봤을 거야. 안면실인증인 당신만 빼고. 당신도 어떻게든 내 끔찍한 기분을 알아차릴 거라 믿었어. 하지만 가끔 당신의 감성 지능은 뇌 손상을 입은 개구리 같아.

당신과 헨리는 나를 쳐다보면서 내가 입을 열길 기다렸지만 내가 그런 기분으로 무슨 말을 할 수 있겠어. 두 사람 가운데 하나는 전혀 사태 파악이 안 되는 상태이고, 다른 하나는 분별없이 기분이 좋아 보였지.

"헨리가 이번에 쓴 신작이야." 당신은 새빨간 양장본을 손에 들고 자랑하듯이 말했어. 상황을 잘 모르는 사람이 봤다면 당신이 쓴 소설인 줄 알았을 거야.

헨리는 어깨를 으쓱하며 말했어. "아마 취향이 아닐 겁니다."

"네, 아마 그럴 거예요. 공포는 현실에서 겪는 것만으로도 이미 충분하니까요." 내가 날 선 목소리로 말했어. 당신과 달리 난 내 배우자의 표정을 읽을 수 있지. 표정만으로 사람을 죽일 수 있다면 나는 그때 숨을 거두었을지도 몰라. 분위기가 어찌나 살벌한지 헨리가 눈치챈 것도 무리는 아니야.

"미리 양해를 구하지 않고 들이닥쳐 미안합니다. 내가 작년에 런던 집을 처분하고 스코틀랜드로 거처를 옮겼거든요. 언제 시간 나면 애덤하고 놀러 오세요. 내일 런던에 있는 출판사와 미팅이 잡혀 있는데 호텔 예약에 문제가 생겨 곤란해하던 차에 애덤이 자기 집으로 가자고 해서 주제넘게 따라왔어요." 나는 그 말을 듣고도 입도 벙긋하지 않았지. "이렇게 갑자기 찾아와 폐를 끼치게 되었군요. 난 지금이라도 얼마든지……."

"폐를 끼치다니요? 저희야 오히려 영광이죠. 그렇지, 여보?" 당신은 나를 향해 눈을 부라리며 말했어.

"사실 저는 친구랑 약속이 있어서요. 옷만 갈아입고 나가려던 참이니까 두 분이서 즐거운 시간 보내세요."

나는 내 집에 온 불청객이 된 느낌이었어.

부리나케 계단을 뛰어올라 가방을 꾸려 들고 집을 나와서 주말 내내 직장 친구와 시간을 보냈어. 하루는 미술관에 가고, 다음 날에는 극장에 가서 영화를 봤지. 그동안 누리지 못한 자유를 한껏 만끽했지. 나는 요즘 당신보다 그 친구와 함께하는 시간이 더 즐거워. 그 친구도 나처럼 사람보다 동물을 더 좋아해. 그 친구가 배터시에서 자원봉사를 시작한 이유지. 내 말을 주의 깊게 들어주고, 내 농담에 웃어주고, 나를 그저 그런 사람이라고 느끼게 한 적 없어. 식습관이 특이하지만(점심으로 즉석식품이나 통조림을 즐겨 먹거든. 샐러드나 생채소를 먹는 걸 못 봤어), 이 세상에 완벽한 사람은 없고, 그보다 해로운 습관을 가진 사람들은 얼마든지 많지.

주말이 끝나갈 무렵 집에 돌아왔을 때 헨리가 없어서 안심했어. 당신은 내가 누구랑 어디서 무얼 했는지 전혀 궁금해하지 않아 나를 더욱 섭섭하게 만들었지. 내가 먼저 직장 친구랑 놀았다고 했더니 아무것도 묻지 않고 그저 의미를 알 수 없는 표정으로 나를 빤히 바라보기만 했어.

"무슨 문제 있어?" 나는 당신보다 나를 더 격하게 반기는 밥의 목덜미를 쓰다듬으며 물었어.

"아니, 아무 문제없어." 당신은 토라진 아이처럼 부루퉁하게 대꾸했어. 문제가 있다는 뜻이었지. "머리 새로 했네."

"좀 다듬었어."

당신은 늘 내 얼굴보다 머리를 더 잘 알아봐. 게다가 내가 머리 모양을 바꿀 때마다 예민하게 반응하지. 고작 손가락 한 마디만큼 다듬고 살짝 밝은색으로 염색했을 뿐인데 당신이 용케 알아본 걸 고마워해야 하려나? 하지만 당신 표정을 보니 뭔가 언짢은 구석이 있었어.

"뭐가 마음에 안 드는지 지금 말할래, 아니면 저녁 먹고 말할래?"

"마음에 안 들 게 뭐 있어? 그런 거 없어." 당신은 입을 삐쭉이며 대꾸했어. "오늘 내 창작 시나리오를 완성했는데 펍에 가서 축하주라도 한잔할까?" 피곤해서 정중히 거절할까 했는데 당신이 차마 그럴 수 없도록 말을 덧붙였어. "에이전트한테 보내기 전에 당신이 먼저 읽어주었으면 해."

당신의 목소리뿐만 아니라 눈빛에서도 진정성이 느껴졌어. 당신이 아직 나를 필요로 한다는 것이.

런던과 LA에 그 많은 동료와 친구들을 두고도 신혼 때처럼 내 의견과 감상부터 듣길 바란 거야.

"아직도 나를 당신의 첫 독자라고 생각해?" 이번에는 내가 심술을 부릴 차례였어.

"물론이지. 난 언제나 당신 의견을 가장 중요하게 생각해. 내가 창작 시나리오를 쓰는 게 누굴 위해서라고 생각해?"

나는 울지 않으려고 안간힘을 썼어. "설마 나를 위해서라는 거야?"

"당연하지. 당신을 기쁘게 하기 위해서야."

그 말이 나를 웃음 짓게 했어. "너무 억지스러운 느낌이 드는데."

"가위바위보로 정할래?"

"가위바위보로 다른 걸 정하면 어때?" 나는 애써 당신과 눈을 마주하며 말했어.

"어떤 거?"

"우리가 계속 함께해야 하는지 말아야 하는지?"

그 말이 끝나기 무섭게 당신은 나를 빤히 쳐다봤어. 어느새 우리 둘 다 얼굴에서 웃음기가 싹 사라졌지. 나도 아차 싶었지만 당신이 이 정도로 심각하게 반응할 줄은 미처 몰랐어.

"그래, 그러지 뭐. 가위바위보로 우리의 앞날을 정하는 거야. 내가 지면 우린 그냥 끝이겠네."

사실 가위바위보를 할 때마다 당신은 늘 나에게 져주었지. 내 가위가 항상 당신의 보자기를 잘랐어. 나도 내가 무얼 원했는지 모르지만 이번에는 내 손이 가위 대신 다른 걸 선택했어. 놀랍게도 당신도 그랬지. 우린 둘 다 주먹을 냈어. 무승부. 내가 평소처럼 가위를 냈다면 당신이 이겼겠지. 두 번째 판에서는 우리 둘 다 보자기를 냈어. 평소와 달리 긴장감이 차올랐어. 세 번째 판에서 당신의 보자기가 내 바위를 감쌌어. 당신이 이겼지.

"계속 함께하라는 뜻인가봐." 내가 말했어.

당신은 내 두 손을 잡고 자기 쪽으로 끌어당겼어.

"삶은 사람을 변화시키지. 우린 처음 만났을 때의 우리가 아니야. 어떤 면에선 거의 못 알아볼 만큼 많이 변했지만 난 모든 버전의 당신을 사랑해. 우리가 아무리 변하더라도 당신을 향한 내 마음은 절대로 변하지 않을 거야."

나도 당신 말을 곧이곧대로 믿고 싶었어. 우린 어려운 순간들을 이겨내며 함께 여기까지 왔으니까. 그 시간들이 우리가 쉽게 무너지지 않게 하나봐.

우린 펍에 가지 않았고, 결혼기념일이라고 딱히 뭘 하지도 않았어. 그 대신 나는 밤새 당신이 쓴 시나리오를 읽었지. 아마 당신이 여태껏 쓴 작품 가운데 최고일 거야. 필요와 사랑은 엄연히 다른 말이지만 예전의 우리를 떠올리게 해줄 만큼은 비슷해. 삶의 풍파가 아무리 거세게 몰아쳐도 좋았던 기억을 떠올리며 우리가 서로를 결코 포기하지 않았으면 좋겠어.

다음 날 나는 원고에 대한 의견과 결혼기념일 선물을 부엌 식탁에 올려두고 출근했지. 깡총 뛰어오르는 작은 토끼를 형상화한 청동 조각품이야. 당신은 그 토끼가 《이상한 나라의 앨리스》와 관련 있다고 생각했겠지만 아니야. 한때 어느 노인이 가르쳐준 러시아 속담을 떠올리게 하는 조각품이었지.

'두 마리 토끼를 잡으려다가 다 놓친다.'

며칠 뒤 당신은 나에게 청동 나침반을 선물했어. 이런 글귀가 새겨져 있었지.

언제나 내게 오는 길을 찾을 수 있기를.

가위바위보

내가 길을 잃었다고 생각하는 줄 몰랐어.

당신의 아내가

어밀리아

애덤이 펑크가 난 차를 버려두고 예배당 안으로 들어가더니 부트룸, 부엌, 거실을 지나 헨리 윈터의 비밀 서재로 들어간다. 애덤은 무얼 찾는지 방 안을 두리번거린다. 떠날 수 있을 줄 알았던 때가 차라리 좋았다.

애덤이 이상한 표정으로 나를 본다.

"여기서 무슨 일이 벌어지고 있는지 알고 있다면 지금 털어놓는 게 좋을 거야." 애덤이 끈질긴 텔레마케터를 상대하듯이 말한다.

"나한테 덮어씌우려고 하지 마. 이 예배당은 당신이 지난

10년 동안 각색한 소설을 쓴 작가의 집이야. 나는 처음부터 헨리가 마음에 들지 않았어. 그가 쓴 소설도 별로였지. 아무리 생각해봐도 우리가 이 예배당에 갇힌 건 당신 탓이야."

애덤은 빈티지 책상으로 시선을 돌린다. 짙은 색 원목 책상인데 특이하게도 자그마한 서랍이 열 개나 달려 있다. 애덤이 첫 번째 서랍을 쑥 빼내자 청동으로 만든 미니어처 토끼 장식품이 튀어나오며 바닥으로 떨어진다. 두 번째 서랍을 열자 애덤이 항상 지갑에 넣어 다니는 종이학이 나온다. 애덤의 얼굴에서 핏기가 싹 가신다.

애덤의 이런 모습은 그리 달갑지 않다. 다른 사람들은 모두 내가 아는 남자의 다른 버전을 본다. 그들은 애덤의 감정 기복이나 강박관념, 그가 주기적으로 붉은 로브를 입은 여자가 차에 치이는 악몽을 꾼다는 걸 모른다. 악몽에서 깨어날 때 가끔 비명을 지른다는 것도. 애덤은 어두운 과거로부터 도망치느라 평생을 보냈다. 소년은 이제 중년이 되었지만 본질적으로 그리 많이 달라지지 않았다.

내 눈에는.

애덤이 다음 서랍을 열고 그 안에서 고풍스러운 철제 열쇠를 집어 든다. 다음 서랍은 구리 동전으로 채워져 있다. 족히 100개는 되어 보이는 동전들은 하나같이 스마일 표정으로 구멍이 뚫려 있다.

도기

올해의 단어

모나촙시스(Monachopsis) : 어울리지 않는 곳에 와 있는 듯 미묘하고 지속적

인 불쾌감

2017년 2월 28일, 우리의 아홉 번째 결혼기념일

애덤에게

당신은 용케 우리의 아홉 번째 결혼기념일을 잊지 않았어.

요즘 당신은 여전히 바쁘고, 나는 일부러 밖으로 나돌곤 했지.

가위바위보

기념일 저녁에 우린 거실 소파에 앉아 영화를 보며 샴페인에 테이크아웃 음식을 먹기로 했어. 침묵 속에 마주 앉아 있으면 대화를 억지로 이어나가려는 어색한 시도만 돋보일 테니까. 당신은 나에게 ~~막판에 온라인에서 결제한~~ 도예 교실 수강권을 선물했고, 나는 당신에게 '저리 가, 나 글 쓰니까.'라고 적힌 머그잔을 선물했지. 부부 상담을 받아보자고 말해볼까 했는데 시기상조일까 봐 망설여졌어. 우리 둘 다 서로 눈치만 살피다가 교착 상태에 빠진 느낌이야.

초인종 소리를 들었을 때 안도와 전율이 교차했어. 당신은 벌떡 일어나 현관으로 달려 나갔지. 한참 동안 돌아오지 않길래 당신 지인이 찾아온 줄 알았는데 알고 보니 내 직장 친구였어. 울고 있었지. 당신과 그 친구가 함께 있는 모습을 보고 나는 살짝 당황했어. 평소 우리 부부 얘기를 자주 물어보는 친구에게 내가 좀 야박하게 굴었거든. 그냥 당신과 얽히지 않는 나만의 친구로 두고 싶었나봐.

"무슨 일이야?" 나는 문 앞에 서 있는 두 사람에게 물었어. 슬리퍼를 신은 당신과 하이힐을 신고 눈물을 펑펑 흘리는 친구에게.

작년에 배터시에서 자원봉사자로 일하다가 정규직이 된 친구야. 자원봉사자들은 정직원들을 도와 동물들을 씻기고, 산책시키고, 먹이고, 케이지를 청소하고, 기금 마련 행사나 캠페인을 돕지. 그 친구는 내 업무를 열심히 보조해줬고, 나는 친구의 정규직 전환에 힘을 실어줬어. 우린 이제 거의 매일 보는 사이야.

사실 배터시의 동료들은 그 친구를 그다지 좋게 보지 않았어. 그 친구가 이것 저것 날 똑같이 따라하는 게 이상하다며 수군거리곤 했지. 그리고 그 친구는 지나치게 소심하고 숫기가 없는 편이야. 말할 때마다 확신이 없는 듯 우물거리기 일쑤지. 하지만 오늘 저녁만큼은 평소에 보던 그 친구의 모습이 아니었어.

"연락도 하지 않고 이렇게 불쑥 찾아와서 미안해." 그 친구는 눈물로 얼룩진 얼굴을 손등으로 닦으며 말했어. 하이힐과 어울리지 않게 모자 달린 패딩 코트 차림이었지.

"무슨 일이야? 괜찮아?" 내가 물었더니 그 친구는 흐느껴 울기 시작했어. "일단 들어와."

"아니야, 애덤한테 들었어. 오늘 결혼기념일이라며."

그 친구 입에서 나온 당신 이름이 외국어처럼 낯설게 느껴졌어.

"우린 결혼한 지 10년이 다 되어 가. 이젠 잠자리도 안 해."

그때 당신이 보여준 표정은 그야말로 압권이었어.

그 친구가 집 안으로 들어와 모자를 벗고 머리를 드러냈을 때 내 표정이 어땠을지 모르겠어. 곱슬머리를 곧게 펴고 금발로 염색해서 내 머리랑 판박이였으니까.

그 친구가 패딩 코트를 벗으며 나한테 말했어. "헤어스타일 좀 바꿨어."

나는 그 친구를 머리부터 발끝까지 훑어봤어. 평상시에는 배터시 유니폼 차림이거나 낡은 청바지에 운동화를 즐겨 신었는데 오늘은 하이힐에 붉은 원피스를 입고 그 위에 패딩 코트를 걸친 차림이었지. 낯설면서 낯익은 모습이었어. 마치 나랑 쌍둥이처럼 보였거든. 심지어 친구는 말도 나랑 비슷한 투로 했어. 도드라졌던 이스트 엔드* 억양이 어디론가 사라졌더라고. 하긴 사람들은 긴장하면 말투가 달라지긴 해. 그 친구는 당신 앞에서 무척이나 긴장한 눈치였지.

"데이트 약속이 있어서 한껏 꾸몄는데, 상대가 최악이었어. 그 남자가 데리러 오겠다며 집 주소를 알려 달라고 하길래 별생각 없이 알려줬거든. 그런데 그 남자가 집 안으로 막 들어오려고 하는 거야. 막아 세웠더니 갑자기 욕설을 퍼부으면서 난폭하게 굴더라고. 너무 무서워서 허둥지둥 도망쳤어. 정말 미안해. 하지만 런던에서 알고 지내는 친구가 너밖에 없었어."

"괜찮아요, 여긴 안전하니까 안심하고 샴페인 한잔하세요." 당신 말을 듣고서야 그 친구는 하얀 이를 드러내며 활짝 웃었지. 보는 눈이 있으면 당신은 썩 훌륭한 남편이 되곤 하지. 우린 셋이서 거실에 앉아 우리의 결혼기념일 축하용 샴페인을 마셨어. 그 친구는 끔찍했던 데이트 이야기를 줄줄이 털어놓았어. 정말 안쓰럽더라. 데이팅 앱이니 즉석 만남이니, 세상이 변해도 너무 변했지. 그 친구, 평소에는 헐렁한 티셔츠와 낡은 청바지에 가려져 몰랐는데 꾸미니까 제법 아름다웠어. 당신은 친구

* 전통적으로 노동자 계층이 사는 런던 동부지역

를 아주 친절하게 대했고, 그 친구는 연신 웃으며 호응했지. 마치 이 밤이 끝나기 전에 채워야 할 웃음의 할당량이라도 있는 것처럼. 셋이 함께한 자리가 그리 어색하지 않아 다행이었어. 우린 샴페인을 한 병 더 마시고, 그 친구가 풀어놓는 연애 실패담을 들으면서 나는 당신처럼 좋은 남자를 만나 함께하는 게 얼마나 큰 행운인지 새삼 실감했어.

"이제야 당신의 오피스 와이프를 만나 봤네." 당신이 침대에 오르며 속삭였어. 그 친구는 잔뜩 술에 취해 손님방에서 잠들었기에 굳이 속삭일 필요는 없었지.

"나도 왜 이제껏 초대할 생각을 안 했는지 모르겠어. 그러고 보니 주소를 알려준 적도 없는데 잘 찾아와서 다행이야."

"당신 얘길 듣고 상상했던 모습이랑 달랐어."

"누가 들으면 내가 흉이라도 본 줄 알겠어. 내 친구가 그렇게 매력적이었어?"

당신은 피식 웃었어. "아니."

"꾸미니까 정말 예쁘던데?"

"어차피 난 외모를 못 보잖아. 내면만 볼 수 있지."

"그 친구의 내면은 어땠어?"

"영락없는 배우야. 내가 잘 아는 부류지."

나는 헛웃음을 터뜨렸어. "말도 안 돼. 얼마나 소심한 친구인데."

"끼를 타고난 배우라고 해서 모두가 무대에 오르는 건 아니야. 평범한 사람으로 가장하고 우리 주변을 활보하는 배우도 아주 많아." 당신이 날 끌어안았어. 밖이 추울수록 이불 안은 더 따뜻하게 느껴지기 마련이야. 사랑하는 사람과 체온을 나누면 더더욱. 물론 같은 침대를 쓴다고 같은 꿈을 꾸는 건 아니지만.

"내 내면에는 뭐가 보여?" 내가 물었어.

"아름다운 내 아내."

오랜만에 가슴이 뭉클했어.

"우리, 왜 이렇게 됐지?" 난 당신이 시선을 돌리거나 화제를 바꿀 줄 알았는데 아니었어.

"난 10년 전의 내가 아니고, 당신도 그렇지만 그건 괜찮아. 그래서 우리가 지금의 서로를 사랑하는지가 중요하지. 당신 친구 얘기를 들을 때 안타까우면서도 내심 안도감이 들더라. 함께한 시간만으로 부부 사이를 판단할 수는 없어. 한편으로는 일회성 관계가 오랜 결혼 생활보다 훨씬 심오할 수도 있다고 생각해. 결혼 생활이 얼마나 오래 가는지보다 함께하는 동안 서로 얼마나 교감하는지가 더 중요하니까."

"솔직히 무슨 말인지 잘 모르겠어."

당신은 싱긋 웃었어. "그럼 가위바위보."

"뭐?"

"가위바위보를 하자니까. 당신이 이기면 우린 평생 함께하는 거야."

우리가 가위바위보를 한 지 1년이 넘었어. 하지만 당신은 예전처럼 나에게 져주었지. 내 가위가 당신의 보자기를 잘랐어. 내 말이 실없게 들릴지 몰라도 나는 우리가 예전의 우리와 좀 더 비슷해졌다는 신호로 받아들였지.

"내가 지면 어쩌려고 했어?" 내가 물었어.

"결과가 어떻든 우린 평생을 함께할 거야. 왜냐면 난 당신을 사랑하니까." 당신이 내 허리에 팔을 두르며 말했어. 술김에 한 말이어도 괜찮아. 내가 필요한 건 오직 그 한마디였으니까.

"내가 더 많이 사랑해." 내가 말했어. 그러고 나서 우리는 모처럼 사랑을 나누었지.

나는 당신 한 사람에게 모든 걸 걸었어. 위험한 도박이지. 단 한 번의 실수나 사고로 공들여 쌓은 탑이 와르르 무너질 수도 있으니까. 당신을 처음 만났을 때 비로소 내가 원하던 사람을 찾았다고 생각했고, 그 후로 단 한 번도 다른 사람을 원한 적 없어. 내 모든 에너지를 우리의 결혼 생활에 쏟아부었지. 난 당신의 희망과 꿈을 내 것으로 받아들였어. 당신이 꿈을 이루는 데 작은 힘이라도 보태고 싶었어. 난 당신 하나로 충분한데 당신은 그렇지 않아 보였지. 하지만 관계의 축은 언제든지 바뀔 수 있다고 생각해. 내가 당신을 조금 덜 사랑하면 당신이 날 좀 더 사랑해주지 않을까? 그럼 우리 사이가 더 균형을 찾지 않을까?

나는 그 친구처럼 되고 싶지 않아. 친구의 얘기를 듣다 보니 정신이 번뜩 들었어. 남의 불행을 보고 내 행복을 확인한 건 좀 그렇지만 든든한 배우자가 옆에 있다는 걸 당연하게 생각해서는 안 되겠다는 생각이 들었어. 결혼 생활도 끊임없이 노력해야 하지. 우리도 좋을 때와 나쁠 때가 있었지만 이제껏 고비를 잘 넘겨온 것 같아. 뭔가 잘못되어 가고 있다는 느낌이 들면 고치려고 노력해왔지. 그 방법이 상담이든 대화든 여행이든 말이야. 세상의 모든 부부는 저마다 나름의 비밀을 품고 있지. 그 비밀을 끝까지 간직하는 것도 부부 사이를 유지하는 방법일지도 몰라.

당신의 아내가

애덤

"이게 다 뭐야?" 나는 한 손에 동전이 가득 담긴 서랍, 다른 손에는 '저리 가, 나 글 쓰니까.' 머그잔을 들고 중얼거린다. 나는 사람 얼굴을 못 알아볼 뿐이지 기억력에는 문제가 없다. 책상 서랍 안에는 지난 여러 해 동안 아내가 줬던 결혼기념일 선물로 가득하다. "당신도 이 장난질에 가담한 거야?"

"그럴 리 없잖아." 어밀리아가 부인한다.

아내의 얼굴을 살펴보지만 소용없다. 반 고흐의 그림처럼 소용돌이치는 어밀리아의 이목구비를 바라보는 것만으로도 머리가 어지럽다.

"그럼 이 상황을 어떻게 설명할 건데?" 나는 책상으로 시선을 돌리며 따진다. "당신이 스코틀랜드 여행을 계획했고, 여기까지 직접 운전했잖아."

"이번 주말여행은 나한테도 순 미스터리야."

"헨리가 죽은 사실을 알고 있었어?"

"몰랐어. 다만……."

"다만 뭐?"

"정말 이상하지 않아? 당신 말대로 헨리는 작년 9월에 신간을 냈는데 묘비에는 그 전해에 사망한 것으로 되어 있다는 게."

"그래서?"

"그렇다면 그 책을 다른 사람이 썼다는 뜻 아니야?" 어밀리아가 눈을 부릅뜨고 묻는다. 그제야 나도 어밀리아와 마찬가지로 몹시 신경이 곤두서 있다는 걸 느낀다.

헨리의 신간은 여러 나라에서 동시에 출간되었다. 만약 다른 사람이 썼다면 헨리의 에이전트, 출판사, 수많은 팬 가운데 누군가는 눈치챘어야 한다.

"다른 사람이 쓰는 건 불가능해." 사실 머릿속이 뒤죽박죽이지만 굳이 어밀리아에게 드러낼 필요는 없을 것 같다.

작가들은 대개 종잡을 수 없는 종족이다. 작가가 되려면 집중력과 결단력, 온종일 책상머리에 붙어 글을 쓸 수 있는 인내심, 온갖 의심과 잡념을 물리치고 앞으로 나아갈 수 있는 뚝심이 필요하다. 나도 작가가 되려고 발버둥 친 사람이라서 잘 안다. 작가들은 대부분 괴짜이고, 최악의 경우 미치광이다.

만약 헨리가 죽은 척하는 거라면?

"아까 누가 예배당 안으로 들어가는 거 봤잖아. 그 사람이라면 진실이 뭔지 알고 있지 않을까?" 어밀리아가 말한다.

"그 오두막에서 본 여자가 아닐까?"

"촛불과 흰 토끼에 빠진 마녀? 당신이 노인이라고 했던 그 사람?"

"백발이라고 했지. 아무튼 여기서 그 여자 말고 다른 사람은 못 봤잖아."

"그럼 다시 오두막으로 가서 문을 두드려 보는 게 좋겠어. 기껏해야 저주에 걸려 흰 토끼로 변하겠지." 어밀리아는 늘 지나치게 태연하다.

지금 여기서 무슨 일이 벌어지고 있는지 이미 알고 있고, 이 모든 게 연기이기 때문이 아닐까?

나는 외도했던 것에 죄책감을 느끼지만 어밀리아도 피장파장이다. 어밀리아는 그 사실을 잊어버린 것 같지만 난 아니다. 상담사 패멀라는 우리가 과거를 잊고 미래로 나아가는 법을 배워야 한다고 했지만 나는 여전히 어밀리아의 뻔뻔한 태도를 대할 때마다 충격을 받는다.

어밀리아의 표정을 볼 수 없어 유감이다. 겁먹은 표정을 짓고 있을까? 아니면 말투처럼 차분한 표정일까? 우리는 지금 심각한 위험에 처했는데 어밀리아는 왜 나만큼 두려워하지 않을까? 어밀리아는 이제 밥이 사라진 것에 대해서도 까마득히 잊은 눈치다. 분명 나한테 숨기는 게 있는데 뭔지 감이 잡히지 않는다. 저주받은 결혼은 악령이 들린 집만큼이나 섬뜩하다.

"이리 와봐." 나는 어밀리아의 손을 잡으며 말한다. 어밀리아는 얼굴과 목소리로 속마음을 숨길 수 있을지 몰라도 스스로 호흡을 통제하지는 못한다. 심한 스트레스를 받거나 겁이 나면 숨부터 거칠어진다.

나는 어밀리아를 데리고 2층으로 이어지는 나선형 계단 앞으로 가서 벽에 걸린 사진들을 가리킨다. 처음 봤을 때부터 꺼림칙했던 사진들이다.

"혹시 이 사진들 가운데 아는 얼굴이 있어?" 내가 묻는다.

맨 아래는 빅토리아 시대 복식을 한 인물 사진이고, 위로 올라갈수록 최신 사진으로 보인다. 나는 누군지 알아볼 수 있는 사람이 없다.

어밀리아가 고개를 젓는다. 나는 어밀리아의 손을 잡아끌며 계단을 오른다.

"한 번 더 자세히 봐. 혹시 눈에 익은 사람이 없어?"

"당신, 갑자기 무섭게 왜 그래?" 무섭다는 말은 진실인지 어밀리아의 숨소리가 거칠다. 내가 사과하려는데 어밀리아가 먼저 입을 연다.

"잠깐! 이 사람은 헨리 윈터 같아. 젊은 시절의 헨리. 그 아래 사진도 어린 헨리 같아. 함께 찍힌 남녀는 헨리의 부모인가봐."

"그럼 이 사진들은 무슨 가계도 같은 건가? 좀 더 살펴봐." 나는 어밀리아의 손을 놓지 않고 말한다.

"대부분 헨리의 사진 같아. 아까는 몰랐는데 자세히 보니 알겠네. 책 표지나 신문에서 본 헨리의 사진보다 훨씬 젊어 보여. 오래전 사진인가봐."

나는 그제야 어밀리아의 손을 놓아 준다.

어밀리아가 본 사진을 나도 유심히 살펴보지만 부질없는 짓이다.

"헨리 말고 낯익은 사람은 없어?" 어밀리아가 계단참에 우뚝 섰을 때 내가 묻는다. 나는 어밀리아가 사파이어 약혼반지를 만지작거리는 걸 포착한다.

"어떤 여자아이 사진이 있어."

"누군데?"

"분명 아까는 없던 사진들이야. 당신도 기억날 거야. 빈자리 세 개에 녹슨 못만 박혀 있었잖아. 누군가 그 자리에 사진을 걸어놓았어."

하마터면 당신이 한 짓 아니냐고 따질 뻔했다.

"내 생각에 이 사진들은……."

가위바위보

어밀리아가 말을 마치기도 전에 활짝 열린 문이 눈에 들어온다.

"문이 하나 열려 있어." 나는 계단을 뛰어올라 간다. 분명 우리가 잔 침실과 종탑으로 이어지는 문을 제외하고 나머지 두 방은 잠겨 있었다. 그런데 이제 방문 하나가 열려 있고, 안으로 들어가 보니 아이의 방이다.

예배당의 다른 방들처럼 온통 먼지투성이고, 거미줄도 늘어져 있다. 오랜 세월 환기를 하지 않은 듯 퀴퀴한 냄새가 난다. 그보다 오싹한 건 방 한복판에 놓인 커다랗고 고풍스러운 인형의 집이다. 런던에 있는 우리 집과 무척이나 닮았다. 충동을 이기지 못하고 먼지 쌓인 문을 열어보니 방들도 우리 집과 비슷하게 꾸며져 있다. 방마다 목각 인형이 한 쌍씩 있는데, 어밀리아와 나의 미니어처는 아니다. 한 사람은 트위드 재킷에 나비넥타이를 맨 노인, 다른 한 사람은 빨간 드레스를 입은 소녀다. 서로 손을 잡고 있고, 노인은 입에 파이프를 물고 있다. 자세히 보니 진짜 도토리 껍데기와 꼭지로 이루어진 파이프다.

"이 박스 봤어?" 어밀리아가 묻는다.

어밀리아는 잭 인 더 박스*를 들고 있다. 나도 어릴 때 똑같은 장난감이 있었는데 무서워서 좋아하지는 않았다. 어밀리아가 왜 그걸 봤냐고 묻는지 의아했는데 가까이서 보니 '잭'이 지워지고 '애덤 인 더 박스'라고 적혀 있다.

---

* 상자를 열면 광대 인형이 튀어나오는 장난감

어렸을 때 어머니가 그 장난감의 프랑스식 이름을 가르쳐줬다. 디아블 엉 보아트(Diable en boîte), 즉 '상자 속 악마'였다. 가끔 나도 모르게 머릿속에서 어머니가 사고를 당하던 순간이 재생된다. 추적추적 내리는 비, 급브레이크를 밟는 소리, 공중에서 펄럭이는 붉은 로브. 어머니가 산책시키던 개는 내가 졸라서 데려온 개다. 그런데 정작 나는 개를 돌보는 데 소홀했다. 만약 내가 약속대로 개를 산책시켰다면 어머니는 그날 길에서 목숨을 잃지 않았을 것이다.

내 손가락이 이성을 따르지 않고 '애덤 인 더 박스'의 태엽을 찾아 감는다. 귀에 익은 멜로디가 흘러나오자 어머니의 목소리가 머릿속에서 따라 부른다.

어머니가 바느질을 가르쳐줬지
그리고 바늘을 꿰는 방법도
손가락이 미끄러질 때마다
짠! 족제비가 튀어 나오네

상자에서 잭이 튀쳐나오자 나는 이미 예상했음에도 흠칫 놀란다. 헝클어진 머리, 하얗게 칠한 얼굴, 파란 점무늬 옷은 기억보다 괴기스럽게 보인다. 두 눈이 빠져 있는 탓이다.

무슨 메시지인지는 알 것 같은데, 내가 못 보고 있는 게 또 뭘까?

다시 방을 둘러보니 벽지, 커튼, 베개, 이불이 모두 같은 무늬로 덮여 있다. 울새(Robin). 그리고 한구석에는 먼지 쌓인 어린아이용 칠판이 있다. 분필로 쓴 글자는 수년 전에 쓴 듯 흐릿하지만 알아보지 못할 정도는 아니다.

나는 이야기를 하면 안 된다.

나는 이야기를 하면 안 된다.

나는 이야기를 하면 안 된다.

양철

올해의 단어

메타노이아(Metanoia) : 생각이나 가치관의 전환, 전향

2018년 2월 28일, 우리의 열 번째 결혼기념일

애덤에게

　정확히 하자면 우리의 10주년 기념일은 이미 지났어. 그 일 때문에 편지를 조금 늦게 쓰게 되었어. 나는 올 한 해 동안 우리가 나름 잘 지냈다고 생각했고, 당신도 그렇게 생각하는 줄 알

앉어. 이제 우리 사이에 딱히 문제가 없다고 생각했는데 내가 ~~등~~ ~~선어었~~ 착각한 거야. 지금도 믿기지 않아. 스노 글로브 안에 갇힌 기분이야. 한 번만 더 흔들면 흩날려 사라질 것 같아.

오랫동안 누군가가 우릴 지켜보고 있다는 느낌을 받았어. 말로 표현할 수는 없지만 감시를 당해본 사람이라면 그 느낌을 이해할 수 있을 거야. 일터에 있든, 개를 산책시키든, 지하철을 타든 누군가의 눈길이 필요 이상으로 오래 머물면 본능적으로 감지할 수 있는 느낌이야.

내가 퇴근하고 돌아오면 당신은 늘 작업실에 박혀 있었어. 하지만 우리의 결혼 10주년 전날 밤, 당신은 어둑한 거실에 앉아 BBC 스트리밍 앱으로 그레이엄 노턴 쇼 재방송을 보고 있었지. 헨리 윈터는 웬만해서는 인터뷰를 하지 않는 것으로 유명하지만 작년에 데뷔 50주년이자 50번째 소설을 출간한 기념으로 쇼에 출연했어. 우리는 그 방송을 함께 시청했지. 그레이엄 노턴은 참 재미있고 매력적인 진행자야. 그가 헨리를 소개한 순간 나는 속이 울렁거렸어. 어느새 몰라보게 늙은 헨리가 비척거리며 무대에 올라 빨간색 소파에 앉았지. 헨리는 트위드 재킷 차림에 나비넥타이를 매고 토끼 머리 모양의 은색 손잡이가 달린 지팡이를 들고 있었어. 나이 탓인지 몹시 병약해 보였어.

그날 밤 당신은 혼자 그 인터뷰의 특정 장면을 몇 번이나 돌려 봤어. 나는 우리 집 현관 복도에 선 채로 그 모습을 조용히 지켜봤지.

그레이엄이 몸을 앞으로 숙이고 물었어. "작가님의 작품이 영화와 드라마로 제작된 걸 어떻게 생각하십니까?"

헨리의 주름투성이 얼굴에서 가식적인 미소가 사라졌어.

"나는 집에 텔레비전이 없습니다. 옛날부터 책을 더 좋아했죠."

"그래도 보셨을 텐데요?" 그레이엄이 화이트와인을 한 모금 마시며 끈질기게 물었어.

"보긴 했는데 썩 마음에 들지는 않았어요. 사실은 각본을 맡은 친구에게 설득당했죠. 그 친구는 시나리오 작가 경력상 막다른 골목에 있었거든요. 난 그 친구의 각색이 썩 마음에 들지는 않지만 다들 좋다고 하니 어쩌겠어요. 대중의 인기가 더 중요하죠."

그레이엄이 호탕하게 웃었어. "제발 그 친구가 이 방송을 보지 않았으면 합니다."

작년에 이 방송을 본 이후로 당신은 헨리와 연락하거나 그의 소설을 각색한 적이 없지.

의기소침해진 당신은 에이전트를 비난했고, 나는 죄책감에 시달렸어. 난 당신의 에이전트를 좋아해. 말도 많고 탈도 많은 이 업계에서 드물게 좋은 사람이니까. 하지만 당신에게 모든 진실을 털어놓을 수는 없었어. 드디어 우리 사이가 정상 궤도로 진입했다고 생각했는데, 헨리가 당신에게 각색을 맡긴 이유가 나 때문이라고 고백했다가는 다 물거품이 될 테니까.

가위바위보

나는 왜 당신이 혼자 어둠 속에 앉아 헨리가 당신의 성과를 깎아내리는 장면을 거듭 돌려보는지 이해할 수 없었어. 왜 아직도 그의 사소한 의견에 일일이 신경 쓰는지. 그때 반쯤 비어 있는 위스키 병이 눈에 띄었어. 헨리가 즐겨 마시던 브랜드였지. 당신이 수상한 바프타 트로피도 보였어. 경력의 정점을 너무 일찍 찍는 것도 어찌 보면 불행한 일이야. 미약하게 시작해서 점점 성장해나가는 게 가장 좋지.

나는 살금살금 현관으로 돌아가 일부러 문을 세게 열었다가 닫고 곧장 계단을 뛰어 올라갔어. "샤워하고 올게." 잠시 후 내가 내려왔을 때 텔레비전은 꺼져 있고, 위스키 병은 사라졌고, 바프타 트로피는 선반 위로 다시 올라가 있었지. 당신이 내 앞에서 심란한 속내를 숨긴 게 언제부터일까? 내가 퇴근하고 올 때마다 아무 일도 없었다는 듯 연기를 한 게?

다음 날, 우리의 결혼기념일에 나는 반차를 쓰고 일찍 퇴근하기로 했어. 이른 시간에 깜짝 등장해 당신의 기운을 북돋아주고 싶었기 때문이야. 앞뜰을 지나는 순간 뭔가 조짐이 이상했어. 결혼 5주년 기념으로 잔디밭에 심은 목련이 죽어가는 것처럼 보였거든. 나는 밥과 함께 집 안으로 들어섰어. 당신이 작업실에 처박혀 있으면 집 안은 늘 고요하지. 식탁 위에 베이크드 빈스 캔 하나가 놓여 있기에 무슨 장난인 줄 알았어. 결혼 10주년 기념 전통 선물의 소재가 양철이었으니까. 나는 피식 웃고 나서 위층 침실로 향했어. 당신을 놀라게 하기 전에 몸단장을 좀 할 생각이었지.

내 계획과 달리 당신이 나를 놀라게 했어. 당신은 내 직장 친구와 침대에 함께 있었지. 그 친구는 오전에 병가를 쓰고 조퇴하더니, 다른 목적이 있었던 거야. 방 안에 들어서는 순간 모든 게 멈췄어. 당신이 내 친구와 벌이던 행위만을 뜻하는 게 아니야. 시간이 아예 정지해버린 느낌이었지. 산산조각 난 내 삶의 파편들이 바닥에 떨어질 순간만을 기다리듯이.

난 할 말을 잃고 서서 당신과 친구를 번갈아 바라보았어. 그때 친구의 입가에 떠오른 미소는 영영 잊을 수 없을 거야. 뒤늦게 당신이 우리 둘을 번갈아 바라보았지.

"당신인 줄 알았어." 당신이 허둥지둥 이불을 몸에 두르며 말했어. 내가 대답하지 않자 당신은 거듭 되풀이했지. 그렇게 우긴다고 거짓이 참이 되지는 않아. "당신인 줄 알았어."

당신은 거짓말을 할 때 얼굴을 붉히지. 그때 당신의 얼굴은 잘 익은 사과 같았어. 그다음에 내가 한 일이 그리 자랑스럽지는 않아. 차라리 시원하게 한마디 쏘아 붙였더라면 좋았겠지만 적절한 말이 생각나지 않았지. 사실은 지금도 그날 오후에 본 장면에 대해 적절한 말을 찾을 수 없어. 난 아무 말도 없이 창고로 가서 삽을 꺼내 들고 잔디밭으로 나가 빌어먹을 목련을 캐내버렸어. 내 직장 친구는 진작 떠나버렸고, 당신은 공포에 질린 낯으로 나를 바라보기만 했지. 나는 내 키보다 큰 목련 나무를 질질 끌고 집 안으로 들어가 계단을 올라갔어. 벽에 잔뜩 흙칠을 하고, 바닥에 잔해를 남기면서. 그런 다음 당신이 더럽힌 침대에 나무를 패대기치고 나서 이불을 덮어주었어. 마치 아기처럼.

"당신이 원하는 대로 따를게. 부부 심리 상담? 주말여행? 우리, 신혼여행 때처럼 스코틀랜드에 갈까? 어서 말만 해. 그대로 할 테니까." 내가 짐을 싸는 동안 당신은 내 뒤를 졸졸 따라다니며 애원했어. 하지만 난 이제 그 무엇도 우리 사이를 이전으로 되돌릴 수는 없을 것 같은데, 어떻게 생각해?

당신의 아내가

어밀리아

애덤은 아직도 퍼즐 조각을 맞추지 못한다. 그저 길 잃은 아이처럼 울새 무늬로 뒤덮인 여자아이의 방을 멍하니 바라보고 있다. 내가 애덤의 손을 잡고 층계참으로 이끈다. 나는 나선형 계단 꼭대기에 서서 벽에 걸린 마지막 사진을 가리킨다.

"누구야?" 애덤이 묻는다. 나는 지금쯤 애덤도 알고 있을 거라 확신한다. 안면실인증이라고 해서 진실을 볼 수 없는 건아니다.

그때 침실의 괘종시계가 울려 우리 둘 다 움찔 놀란다. 고장나 멈춘 줄 알았는데.

"당신 사진이야." 내가 말한다. 우리는 함께 사진을 들여다본다. 애덤이 입고 있는 정장 예복, 어깨에 떨어진 색종이 조각들, 웨딩드레스, 반지, 행복한 미소 그리고 불청객의 모습이 보인다. "사진의 배경에 헨리가 있어. 결혼식에 초대받지도 않았는데 등기소 밖에 서 있다가 우연히 찍혔나봐. 이 사진을 가족 초상화를 모아둔 벽에 걸어놓은 걸 보면 헨리는 당신을 자기 소설을 각색한 각본가 이상으로 생각한 게 분명해."

애덤은 여전히 이해하지 못하는 표정이다. 받아들이기 어렵겠지만 이제 애덤은 진실을 알아야 한다.

"웨딩드레스를 입은 여자는 내가 아니야."

애덤

"무슨 뜻이야?" 나는 신랑 신부 사진을 노려보며 묻는다.

"이 사진은 당신의 첫 번째 결혼식 사진이거든. 로빈과 결혼했을 때의 사진."

우리는 계단참에서 미동도 하지 않고 서 있다. 어밀리아가 한 말을 머릿속에서 처리하려고 애쓰는 동안 시간이 멈춰 선 느낌이다.

"무슨 말인지 이해가 안 돼."

"로빈은 당신하고 사는 10년 동안 자기가 헨리의 딸이란 사실을 철저히 숨긴 거야. 로빈은 이 예배당에서 자란 게 분명해.

그 여자아이 방은 로빈이 쓰던 방이었던 거야."

나는 어밀리아를 빤히 쳐다보며 이게 무슨 운명의 장난인지 알아내려고 애쓴다. 하지만 머릿속에서 다시 반 고흐의 그림 같은 소용돌이가 치는 바람에 몸을 가누기 힘들어 난간을 부여잡는다.

"그럴 리 없어."

어밀리아가 고개를 젓는다. "당신은 알아볼 수 없겠지만 지금 여기에 걸린 액자 세 개는 어제만 해도 이 자리에 없었어. 오늘 새롭게 걸린 세 개의 사진 속 주인공은 모두 당신의 전처 로빈이야. 지금 당신이 열심히 보고 있는 그 사진은 로빈과의 결혼식 사진이고. 헨리가 배경으로 끼어들어 찍힌 사진." 어밀리아는 그 아래 사진을 가리킨다. "이 사진은 로빈이 어릴 때 블랙워터 호수에서 낚시하는 모습이네." 어밀리아가 마지막 사진을 턱짓으로 가리킨다. "이 마지막 사진은 꼬마 로빈이 파이프를 문 헨리의 무릎에 앉아 책을 읽는 모습이야."

"말도 안 돼. 헨리는 자식이 없었어."

"묘비에 적힌 말은 다르잖아."

"로빈은 자기 아버지나 가족 얘기를 한 적이 없어. 오래전에 인연을 끊었다고 했지."

"그럴지도 모르지. 헨리가 아버지라고 말하지 않은 이유가 있을 거야."

나는 사진을 다시 들여다보지만 여전히 얼굴을 알아볼 수 없다.

"내 말 믿어." 어밀리아가 말한다. 절친한 친구의 남편을 유혹한 여자를 믿은 건 애초부터 큰 잘못이었다. "이 사진은 당신의 전처 로빈이 맞아. 로빈의 어릴 때 모습을 보니 헨리를 빼다 박았어. 이 두 사람이 마흔 살쯤 차이 나는 쌍둥이가 아니라면 로빈이 헨리의 딸이라는 사실을 받아들여야 해." 어밀리아의 말이 나를 세게 때리고 꼬집고 후려친다. 도무지 믿기지 않지만 믿지 않을 도리가 없다.

"왜 두 사람 다 그토록 엄청난 사실을 숨겼을까?" 내 목소리가 한심하게 들린다. 나는 사람의 외모를 볼 수는 없지만 내면은 잘 본다. 로빈은 마음이 아름다운 사람이다. 로빈과 같은 공간에 있으면 저절로 느낄 수 있다. 다들 로빈을 만나자마자 착하고, 진실하고, 정직한 사람이라는 걸 알아본다. 로빈이 내게 거짓말을 했다는 건 상상할 수 없다. 더구나 그렇게 엄청난 거짓말을 할 사람이 아니다.

"두 사람 다 당신한테 결코 말하고 싶지 않은 이유가 있었던 게 아닐까? 두 사람 중에 누굴 먼저 만났지? 당신이 헨리의 소설을 각색하게 된 계기가 있을 텐데?" 어밀리아가 묻는다.

나는 노팅힐의 단칸방에서 로빈과 함께하던 날들을 떠올린다. 생활은 빠듯했지만 지금보다 마음은 풍족했다. 힘겨운 어린

가위바위보

시절을 견디고 외톨이로 살아가던 우리는 그제야 인생을 함께할 상대를 찾아냈다. 로빈은 나와 내 능력을 믿었다. 아무도 나를 알아봐주지 않아도 항상 내 편이었고, 내가 필요로 할 때 언제나 옆에 있어 주었다. 아무런 대가도 요구하지 않았다. 나는 대답을 기다리는 어밀리아의 시선을 느낀다.

"예전에 한동안 일이 없어 힘들 때 내 에이전트가 갑자기 전화해서는 헨리 윈터가 나를 자기 집에 초대했다고 했어." 그 말을 내뱉은 순간 내가 사는 동안 가장 행복했던 기억 하나가 지워진다.

"헨리 윈터의 초대를 받는 게 평범한 일이야?"

나는 곧장 대답하지 않지만 물론 평범한 일이 아니다. "그게, 헨리의 에이전트가 좀 갑작스럽게 죽었어."

"어쩌다가?"

"나도 기억 안 나. 적잖이 놀라긴 했어. 꽤 젊은 나이에 죽었으니까."

"당신과 로빈 사이에 낀 사람들은 죽거나 사라지거나 둘 중 하나네."

"무슨 뜻으로 하는 말이야?"

"로빈은 가까이 지내는 친구가 없었어."

친구가 필요 없었기 때문이다. 로빈은 오로지 나만을 원했고, 나 하나로 만족했다. 나는 그걸 당연하게 받아들였다.

"로빈이 친구를 사귀는 데 문제가 있었던 건 아니야." 난 지금 전처를 변호하고 있다. "모두 로빈을 좋아했지. 다만 로빈이 먼저 거리를 두었을 뿐이야. 한때 나랑 일한 악토버 오브라이언도 로빈과 친하게 지냈어."

"내 말이 그 말이야. 악토버도 죽었잖아. 저 아래 부엌 서랍에 관련 기사가 가득해."

"설마 로빈의 짓이라는 건 아니지? 악토버는 스스로 목숨을 끊었어. 로빈은 한때 당신의 친구이기도 했잖아. 당신이 배터시에서 자원봉사자로 일할 때 로빈이 정규직 전환을 도와줬다며. 로빈은 당신에게 그렇게 잘해주고, 당신을 믿었는데⋯⋯."

"지금 내 얘기를 할 때가 아닌 것 같은데? 당신이 세계적인 베스트셀러 작가를 만나게 된 건 그의 딸과 함께 살고 있었기 때문 아니야?" 어밀리아가 내가 가장 두려워하는 비밀을 큰 소리로 내뱉는다. "로빈과 부부로 지낸 10년 동안 당신은 헨리 윈터의 사위였지. 당신은 그 사실을 몰랐을 뿐이야."

"밥." 내가 속삭인다.

"갑자기 밥은 왜?"

"밥도 원래 로빈의 개였어. 배터시에서 밥을 입양해 자식처럼 사랑했지. 만약 로빈이 밥을 데리고 있다면 적어도 안전할 거야."

"정말 로빈이 이 모든 일을 꾸몄을까?" 어밀리아가 묻는다.

"그럼 누구겠어? 우린 지금 왜 여기에 와 있을까? 로빈이 복수를 원했다면 이렇게 오래 끌 필요가 있었을까? 로빈이 원하는 게 뭘까? 왜 우리를 속여 스코틀랜드까지 오게 했을까?"

"나야 모르지. 로빈은 당신의 전처니까 당신이 더 잘 알 텐데?"

"당신의 친구이기도 했어. 당신이 받은 이메일에 따르면 이번 주말에만 숙박이 가능하다고 했지?"

어밀리아는 어깨를 으쓱한다. "이번 주말이 무슨 특별한 의미가 있는 날인가?"

"오늘이 며칠이지?"

어밀리아가 휴대폰으로 날짜를 확인한다. "2월 29일 토요일. 몰랐는데 윤년이네. 오늘이 무슨 의미가 있을까?"

"우리의 결혼기념일이야."

"우린 9월에 결혼했잖아."

"나랑 로빈 말이야."

로빈

애덤과 어밀리아가 같은 침대에 있는 모습을 본 바로 그날 오후에 로빈은 런던 집을 떠났다. 목련 나무를 파헤쳐 침대에 던지고, 애덤의 어머니 유품이었던 사파이어 약혼반지와 결혼반지를 빼내 부엌 식탁에 올려두고 집을 나왔다. 몇 가지 아끼던 물건들과 소지품을 가방에 챙겨들고 무작정 차를 타고 떠났지만 무얼 해야 할지 어디로 가야 할지 알 수 없었다. 단지 뻔뻔하기 그지없는 그들로부터 최대한 멀리 떠나고 싶었다. 갑자기 떠나느라 밥을 두고 온 게 몹시 후회스러웠다. 이 세상에 후회가 없는 사람은 거짓말쟁이뿐이다.

그때 헨리가 전화해 집으로 와달라고 했다. 아버지와 인연을 끊다시피 하고 오래도록 남처럼 지내왔다. 그날 오후는 마치 로빈의 눈앞에서 유성우들이 일직선으로 정렬하는 듯했다. 로빈을 어렸을 때 도망쳐 나온 그 집으로 인도하기 위해. 하긴 달리 갈 곳도 없었다.

어밀리아는 배터시 유기견 보호소의 자원봉사자였다. 로빈은 여기저기 헤매다 배터시에 입양된 유기견처럼 소심하고 외로운 어밀리아에게 연민을 느꼈다. 어밀리아가 안정적인 직업을 얻고 새 삶을 살 수 있도록 도왔고, 기꺼이 친구가 되어주었다. 그 대가로 남편을 빼앗겼다. 금발에 화려한 옷을 입고 애덤을 팔에 끼고 있는 어밀리아의 모습을 보자니 마치 다른 사람 같았다. 어밀리아의 배신도 끔찍했지만 애덤이 더 원망스러웠다. 이제는 두 사람에게 책임을 묻고 싶었다. 이번 주말에 그들을 속여 블랙워터까지 오게 만든 이유다.

로빈은 살면서 딱 세 번 슬펐다.

아이를 가지려다 포기했을 때.

애덤이 어밀리아와 바람을 피웠을 때.

어머니가 욕조에서 익사했을 때.

로빈은 어머니의 죽음을 사고라고 믿지 않았다. 헨리는 아내가 숨지고 나서 로빈을 기숙학교로 보냈다. 헨리는 혼자 스코틀랜드 예배당에서 지내면서 어머니의 흔적을 모두 지워버렸다.

부인이 숨을 거둔 욕조를 가장 먼저 없애버렸고, 식기 두 벌만 빼고 부엌에 있던 찬장과 서랍의 내용물들을 모두 버렸다. 음식 냄새가 생전에 요리를 즐기던 아내를 떠올리게 한다는 이유로 냄비와 팬도 버렸다. 오래된 가사도우미가 헨리가 굶어 죽지 않도록 음식을 대량으로 만들어 와 냉동고에 가득 채워놓았다. 로빈은 어머니가 쓰던 물건을 몇 개 챙겨 침대 밑에 숨겨두었다. 그중에는 금색 황새 모양 손잡이가 달린 자수용 가위도 있었다. 어머니는 요리만큼 바느질 솜씨도 좋았다. 로빈은 어머니의 죽음이 결코 우연이라고 믿지 않았다. 범죄소설을 탐독하거나 쓰는 사람들은 살인죄를 모면하는 방법을 너무나 잘 안다. 그들은 마음만 먹으면 언제든 완전범죄를 계획할 수 있다.

어린 로빈의 눈에 자신의 부모는 원치 않는 배역을 억지로 연기하는 배우들처럼 보였다. 서로에 대한 무관심은 방치의 한 형태였다. 어머니가 세상을 떠나고 나서 상황은 더욱 나빠졌다. 로빈이 마주하는 세상은 급격히 협소해졌다. 헨리는 돈만 있으면 모든 문제가 다 해결된다는 듯이 굴었고, 그래서 로빈은 성인이 되어서도 그에게 단 한 푼의 돈도 바라지 않았다. 헨리와 한 지붕 아래에서 사느니 차라리 옥외 화장실이 딸린 추운 오두막에서 지내는 편이 나았다. 헨리의 돈에는 왠지 어머니의 피가 묻어 있다는 느낌이 들었다.

헨리는 어머니를 잃은 로빈에게 난생처음 보는 화려한 인형의 집을 사주었다. 그 안에는 헨리와 로빈을 닮은 한 쌍의 미니어처 모형이 있었다. 형편없이 망가진 진짜 가족을 대신해줄 행복한 가짜 가족의 모습이었다. 헨리는 그 목각 인형들을 손수 깎아 만들었다. 긴 세월 파이프를 빨거나 위스키를 홀짝이면서 만든 예배당 밖 조각상들과 울새 모형들처럼.

로빈은 어머니에게 실제로 무슨 일이 있었는지 모르지만 헨리의 짓이라고 믿었다. 심지어 헨리는 몇 년 후《찰랑이는 슬픔》이라는 소설에서 한 남자가 부인을 욕조에서 살해하는 이야기를 썼다. 로빈은 그 소설이 허구가 아닌 실화를 바탕으로 쓰였다는 생각에 공포에 떨었다. 헨리의 소설은 베스트셀러에 올랐고, 로빈의 기숙학교 학생들은 물론 교사들 사이에서도 큰 화제가 되었다.

헨리의 소설을 읽고 자극을 받은 로빈은 자기만의 소설을 썼다. 로빈의 영문학 선생님은 그 원고를 읽고 크게 감탄했다.

"스토리텔링 능력은 너희 집안 내력인 것 같구나." 영문학 선생은 로빈에게 말도 없이 그 원고 복사본을 헨리에게 보냈다. 직접 범죄를 저지르고 그 경험을 소설로 써내는 사이코패스 작가 이야기였다.

로빈이 겨울방학을 맞아 집으로 돌아왔을 때 헨리는 딸을 본체만체했다. 헨리는 늘 그랬듯이 자신이 사랑하는 책들과 함께 비밀의 서재에 틀어박혀 지냈다. 어느 날 오후 욕실에 가보니 로빈의 인형들이 세면대에 둥둥 떠 있었다. 마치 욕조에서 익사한 어머니처럼. 크리스마스 아침에 일어났을 때, 침대 끝에 걸려 있던 양말 안에는 아무 선물도 없었다. 간밤에 유일하게 바뀐 건 로빈의 머리 모양이었다. 베개 위에 로빈의 길게 땋은 금발 머리 두 뭉치가, 침대 옆 탁자에는 어머니의 예쁜 황새 모양 가위가 놓여 있었다.

헨리 윈터는 단순히 극악무도한 범죄자 이야기를 쓰는 사람이 아니었다. 그 자신이 극악무도한 범죄자였다.

로빈은 학교에서 그런 소설을 쓴 벌로 한마디를 되풀이해 써야 했다.

나는 이야기를 하면 안 된다.
나는 이야기를 하면 안 된다.
나는 이야기를 하면 안 된다.

그 후 로빈은 헨리가 죽기 전까지 소설을 쓰지 않았다. 예배당 뒤편 묘지에 헨리를 묻고 나서 어린 시절에는 차마 발을 들여놓지 못했던 비밀 서재로 들어가 빈티지 책상 앞에 앉았다. 헨리의 노트북을 열고 패스워드를 입력했다. 그때 헨리의 미완성 작품을 발견하고 읽어내려갔다.

유기견 보호소에서 일하던 여자가 세계적인 베스트셀러 작가의 소설을 대신 완성한다면 누가 믿겠는가? 하지만 로빈은 그

일을 해냈다. 아니, 거의 뼈대만 남기고 처음부터 다시 썼다. 3개월 동안 초고를 세 번이나 고쳐 쓰고 나니 개작이라고는 생각되지 않을 만큼 글이 매끄러워졌다. 헨리의 에이전트에게 원고를 보내는 일이야말로 진정한 모험이었다. 눈 밝은 에이전트라면 다른 사람이 썼다는 걸 금방 눈치챌 테니까.

헨리가 에이전트에게 원고를 보낼 때 늘 갈색 종이에 싸서 끈으로 묶는다는 걸 알고 있었다. 어릴 때 많이 봤기 때문이다. 로빈은 구형 랜드로버 조수석에 원고를 싣고 우체국으로 향했다. 3개월 전에 예배당에 도착한 이후 블랙워터를 벗어나는 건 처음이었다.

자신의 삶은 몰라보게 변했는데 바깥세상은 이전과 별로 달라지지 않은 게 이상하게 느껴졌다. 블랙워터에서 가장 가까운 할로그로브 마을에 가는 건 20여 년 만에 처음이었지만 혹시라도 누군가 알아볼까 봐 겁이 났다. 다행히 그런 일은 없었지만 구멍가게 주인 패티는 갈색 종이에 싼 소포의 내용물이 뭔지 알아보았다.

"헨리 윈터 씨의 신간이지?" 50대인 패티가 불량 청소년처럼 풍선껌을 짝짝 씹으며 물었다. 로빈은 얼굴이 확 달아올랐다. "비밀 지켜줄 테니까 걱정하지 마." 패티는 뻔한 거짓말을 했다. "윈터 씨는 원고를 항상 이렇게 포장하거든."

로빈이 여전히 말이 없자 패티가 눈을 가늘게 떴다.

"당신, 그 집에 새로 온 가사도우미지? 원래 있던 가사도우미는 해고됐다고 들었는데."

"네." 로빈은 깊이 생각할 틈이 없어 그렇게 대답했다.

패티는 손가락으로 입술을 톡톡 쳤다. "헨리 윈터 씨가 입조심하라고 했지? 자기가 신간을 썼다는 걸 누가 알고 떠벌리기라도 할까 봐. 하지만 난 별 관심 없어. 난 그 노망난 늙은이가 쓴 뒤숭숭한 공포소설을 읽을 만큼 한가하지 않거든. 그런 악독한 수전노를 위해 일하다니 당신도 참 딱하네. 아무튼 걱정하지 마. 소포든 비밀이든 나에게 맡기면 문제없어."

로빈이 간직하고 있는 비밀이 얼마나 큰지 패티가 알아채지 못해서 다행이었다. 로빈은 작가가 작품을 세상에 선보이는 과정이 얼마나 번잡하고 긴장되는 일인지 처음 알았다. 로빈은 원고를 에이전트에게 부치고 돌아와 며칠 동안 커튼을 모두 내리고 두문불출하며 지냈다. 배가 고프면 냉동 음식을 데워 먹고, 몹시 피곤하거나 술에 취하면 잠을 자는 생활을 반복하다 보니 날짜 감각을 완전히 상실해버렸다. 전화벨이 울려도 받을 수가 없었다. 누구든 헨리와 통화하려고 전화를 걸었을 테니까. 로빈은 좀 더 기다렸다.

다음날 헨리의 에이전트가 보낸 편지를 받았을 때 로빈은 와인 한 병을 비우고 나서야 열어볼 용기가 났다.

원고를 밤새 읽었습니다. 지금껏 쓰신 원고 중 최고 걸작입니다.
오늘 당장 출판사에 보내겠습니다.

로빈은 기쁨과 안도감에 휩싸여 펑펑 울었다. 누구에게라도 이야기하고 싶었지만 흰 토끼 오스카는 대화 상대로 적합하지 않았다. 처음 만난 날 이름을 오스카로 바꿔주었다. 토끼는 수컷이었고 로빈은 자기 이름을 그 누구와도 공유하고 싶지 않았다. 아버지에게 물려받은 것 중에서 유일하게 마음에 드는 것이었으니까.

로빈은 자신이 쓴 소설이 너무나 자랑스러웠지만 책 표지에는 어김없이 헨리 윈터의 이름이 실릴 터였다. 헨리의 에이전트가 보낸 편지를 넣으려고 책상 서랍을 열었는데 서랍은 이미 꽉 차 있었다.

로빈은 오래된 원고처럼 보이는 종이 뭉치를 들어내다가 표지를 확인하고 깜짝 놀랐다.

〈가위바위보〉
애덤 라이트 지음

애덤이 쓴 편지가 동봉되어 있었다. 날짜를 보니 몇 년 전이었다.

에이전트 편에 원고를 한 부 보냅니다. 예전부터 이 각본을 소설화하면 어떨지 궁금했습니다. 제가 가장 잘될 수 있는 방향이라는 생각이 들어서요. 바쁘신 걸 알지만 선생님의 고견을 듣고 싶습니다. 어떤 조언이든 감사히 받겠습니다. 직접 창작한 작품을 발표하는 게 제 오랜 꿈이었습니다. 언젠가 그 꿈이 이루어질 거라 믿고 싶습니다.

추신 : 제가 최근에 작업한 각본이 마음에 드셨길 바랍니다. 선생님의 작품을 영화로 만드는 뜻깊은 일을 맡게 되어 영광입니다.

애덤이 자신의 각본을 헨리에게 보내고 조언을 바랐다는 사실이 로빈을 슬프게 했다. 헨리는 그 원고를 읽어 보지도 않았을 게 뻔했다. 로빈이 런던 집을 떠나면서 챙겨온 몇 가지 물건 가운데 하나는 매년 결혼기념일에 애덤에게 몰래 써온 편지 상자였다. 로빈은 하루도 빠짐없이 애덤과 밥이 그리웠다. 그날 밤, 로빈은 애덤이 쓴 원고와 자신이 쓴 편지들을 다시 읽었고, 머릿속에 새로운 생각이 떠올랐다. 처음에는 터무니없게 느껴졌지만 어쩌면 그 생각은 자신의 인생을 다시 쓰는 방법이 될 수도 있었다. 잃어버린 행복한 결말을 되찾을 방법.

강철

올해의 단어

인소시언트(Insouciant) : 무관심한, 태평한, 걱정없는

2019년 2월 28일, 우리의 열한 번째 결혼기념일이 되었을 수
도 있는 날

애덤에게

물론 오늘은 우리의 결혼 11주년 기념일이 아니야. 우리의 결
혼 생활은 그렇게 오래 가지 못했으니까. 나는 지금 스코틀랜드

벽지의 오두막집에서 살고 있고, 당신은 어밀리아와 함께 우리의 런던 집에서 살고 있어. 그래도 당신에게 편지를 쓰고 싶었어. 물론 지난 편지들처럼 나 혼자만 간직해야 하겠지만. 얼마 전 호숫가에 앉아 내가 쓴 편지들을 전부 다시 읽어보았어. 당신과 함께하면서 숱한 우여곡절을 겪었지만 나쁠 때보다 좋을 때가, 슬픈 기억보다 행복한 기억이 많았다는 걸 깨달았어. 난 아직도 당신이 그리워.

우선 그동안 거짓말해서 미안해. 난 어린 시절부터 책에 둘러싸여 자랐어. 세계적으로 유명한 작가의 자식이라면 누구나 다 그럴 거야. 어머니도 작가였는데 그 얘기도 당신에게 한 적 없지. 어머니의 때이른 죽음을 당신과의 공통분모로 삼고 싶지 않았어.

나는 처음부터 당신의 능력을 믿었지만 점점 조급해졌어. 하루빨리 당신의 꿈이 이루어져서 우리가 서로에게 더 집중할 수 있길 바랐거든. 그래서 몇 년 만에 헨리에게 연락해 부탁한 거야. 그의 소설 하나를 당신이 각색할 수 있게 해달라고. 그 일이 잘되면 당신이 그 경력을 발판삼아 창작 시나리오 작가로 이름을 알릴 수 있을 거라 믿었지. 하지만 내가 당신의 성공을 도우려다가 오히려 망친 건 아닌지 후회가 되기도 해. 헨리는 당신을 나와 다시 가까워지는 수단으로 이용했어. 부모 노릇을 제대로 한 적도 없으면서 막상 죽을 때가 다가오니 내가 자기 보물들을 관리해줄 적임자로 보였나봐. 헨리 윈터는 자기가 쓴 작품들을 자기 자식보다 귀하게 여겼지.

지난 2년 동안 나는 많은 걸 배웠어. 도시의 불빛은 구름 한 점 없는 하늘의 별, 산을 덮은 눈, 호수 위에 비치는 햇살처럼 반짝이지도 않으면서 사람의 눈을 쉽게 멀게 하지. 사람들은 자신이 바라는 것이 반드시 필요한 줄 착각하며 살아가지만 나는 이곳에 오고서야 바라는 것과 필요한 것이 얼마나 다른지 깨달았어. 오히려 반드시 필요하다고 생각했던 게 알고 보면 최대한 멀리해야 하는 것들이었지. 요즘 내 머리는 백발에 가까워. 런던을 떠난 이후로 한 번도 자르지 않았더니 아주 길게 자랐어. 매일 땋지 않으면 심하게 엉키지. 나는 우리 집, 우리, 밥이 그립긴 하지만 스코틀랜드 하일랜드에서의 삶이 꽤 잘 어울리는 것 같아. 그리고 인정하긴 싫지만 아버지와 닮은 구석이 꽤 많더라고.

헨리는 내가 태어나기 전에 이 스코틀랜드 산간벽지를 통째로 샀어. 오래된 예배당과 오두막까지 포함해서. 도박 빚이 많았던 지주가 헐값에 땅을 팔아넘겼지. 심지어 헨리는 몇 년 뒤에 근처 펍까지 구입해 문을 닫아버렸어. 평화롭고 조용한 곳에 완벽하게 혼자 남겨지길 바란 거야.

이 지역 사람들은 외부인이 산간벽지 대부분을 사들인 걸 달갑게 여기지 않았어. 헨리가 지난 50년 동안 방치 상태였던 예배당을 개축하려고 나서자 주민들은 집단 반대 청원서를 내기도 했지. 헨리는 아랑곳하지 않고 공사를 강행했어. 뭐든 제 마음대로 해야 직성이 풀리는 사람이니까. 지역민들의 반대가 심해지자 헨리는 블랙워터 예배당과 관련해 무서운 괴담을 지어내 아무도 얼씬거리지 못하게 했어. 나는 헨리가 왜 그렇게까지 세상을 등지고 살길 원하는지 이해할 수 없었지. 예배당 주변에는 민가도, 상점도, 도서관도, 극장도 없어. 그저 끝없이 펼쳐진 산과 하늘, 연어가 사는 호수뿐이야. 헨리는 연어 요리를 그다지 좋아하지 않았지.

하지만 주변에 뭐가 없어도 헨리는 딱히 불편해하지 않았어. 예배당에 자신이 필요로 하는 모든 걸 갖추고 있었으니까. 지하실에는 고급 와인이 가득하고, 예전 가사도우미가 손수 만들어 놓은 가정식이 냉동고에 잔뜩 들어있어. 거실에는 각 분야의 다양한 책들이 쌓여 있고, 계절에 따라 옷을 갈아입는 이 지역 풍경은 숨이 막히게 아름답지. 하지만 아무리 좋은 환경이라도 함께 나눌 사람이 없다면 공허하게 느껴지기 마련이야. 나는 우리가 함께 나누었던 오늘의 단어와 올해의 단어가 그리워. 이곳에서 그리 잘 먹고 지내지는 않아. 요즘 통조림 음식에 빠져 있는데, 런던에서 살 때보다 오히려 건강해진 느낌이 들어. 날마나 청정 구역을 구석구석 거닐며 신선한 공기를 들이마셔서인가봐. 어쩌면 오롯이 나만을 위해 살고 있기 때문인지도 모르지.

가위바위보

부모로부터 꿈을 물려받으면 부모의 그림자에서 벗어나기 힘들다고 하지. 나는 어려서부터 작가가 되고 싶었는데 헨리의 벽은 너무 높았어. 헨리는 어린 나에게 글을 쓰는 재능이 없다고 친절하게 알려주기도 했지. 하지만 그건 스스로 도전하지 않고는 모르는 일이더라. 난 당신과 이혼하기 훨씬 전에 자신감과 헤어졌지만 삶은 나에게 용기를 내어 도전하면 뭐든 이룰 수 있다는 걸 가르쳐줬어.

헨리가 쓴 문장을 볼 때마다 내 문장과 달리 무게감이 있고 강한 여운을 남기는 것처럼 느껴졌어. 그 문장이 내 머릿속에서 밀물과 썰물처럼 오가며 자신감을 앗아갔지. 그런데 이번에 헨리의 미완성 소설을 다시 쓰면서 내가 이제껏 헨리의 그림자에 갇혀 살아왔다는 걸 깨달았어. 그 벽이 실제로 그리 높지 않다는 걸 알았다면 진작 벗어날 수 있었을 텐데. 소설을 완성하고 나니 비로소 자유로워진 것 같아.

가끔 저녁 어스름이 깔린 호숫가에 앉아서 당신과 밥이 나와 함께 있다는 상상을 하곤 해. 헨리의 파이프를 빨면서 수면 위로 뛰어오르는 연어들을 구경하다가 달빛 아래 개구리들이 우는 소리와 박쥐들이 떼를 지어 밤하늘을 가로지르는 모습을 감상해. 그러다가 너무 춥고 어두워지면 오두막집으로 돌아가. 불행한 기억들이 무수히 남아 있는 예배당에서 자고 싶지는 않아. 그래도 블랙워터 호수는 아무리 봐도 질리지 않아. 당신과 함께라면 예배당도 다르게 느껴질지도 몰라. 당신은 나를 평생 사랑하겠다고 몇 번이나 약속했지. 아직도 그 마음이 남아 있을까? 아직도 내 생각을 하고, 나를 조금이나마 그리워할까?

어밀리아가 런던의 우리 집에서 당신과 함께 지내는 모습은 상상도 하기 싫어. 내 침대에서 내 남편과 잠을 자고, 내 개를 산책시키고, 내가 손수 리모델링한 부엌에서 요리하고, 내 사무실에서 일한다는 게 믿어지지 않아. 당신 어머니의 유품이자 내가 끼던 약혼반지를 어밀리아에게 주었다지? 어밀리아가 그 반지를 원했다지? 다른 사람의 것을 훔치는 게 어밀리아의 버릇인가봐. 어밀리아는 세상이 자신에게 빚을 졌다고 생각하기에 뭐든 공짜로 얻길 바라지. 이제껏 여기저기서 응모한 경품 이벤트만 해도 한 트럭은 될 거야. 그런 사람이 스코틀랜드 하일랜드 산장에서의 주말여행권을 마다할리 없지. 당신을 이곳으로 오게 하는 방법은 너무나 쉬웠어.

이 세상에서 복수를 꿈꾸는 전처가 나밖에 없을까? 나는 ~~커꿈둘 타 죽어는 상상을~~ 아예 당신들을 생각하지 않으려고 노력했어. 내 분노는 항상 놀라울 정도로 침착했지. 사실 나도 어린 시절부터 부정적인 감정이 밀려들 때마다 글을 읽거나 쓰면서 풀었어. 늘 내가 상상하는 이야기 속으로 숨어들곤 했지.

당신과 공유하고 싶은 비밀이 하나 있어. 이미 말했듯이 나는 소설 한 편을 완성했고, 또 한 편을 쓰고 있어. 이번 작품은 아주 흥미진진해. 살짝 귀띔하자면 당신도 등장하는 소설이야. 가위바위보는 선택의 문제야. 난 이미 선택했고, 곧 당신 차례가 올 거야. 모든 걸 잃었을 때 한 가지 좋은 점은 더는 잃을 게 없다는 거야.

　당신의 전 아내가

어밀리아

통속적으로 전처는 피해자, 후처는 가해자라고 여겨진다. 나도 세상 사람들이 나를 어떻게 볼지 잘 알고 있다. 하지만 결혼 생활 10년이면 제법 오래 살았고, 로빈과 애덤의 사이는 진작부터 끝이 보였다. 나는 로빈을 만나고 나서야 지나친 친절도 독이 된다는 걸 배웠다. 로빈은 자기를 마음껏 이용해도 된다고 광고하듯이 친절했다. 내가 배터시 유기견 보호소에서 자원봉사를 시작했을 때 로빈은 내가 안쓰러웠는지 먼저 다가와 친구가 되어주었다. 알고 보니 정작 로빈이 나보다 더 친구가 필요한 상태였다. 나는 살면서 로빈보다 더 외로운 여자를 만나본 적이 없다.

물론 날 정직원으로 추천해준 건 고마웠고, 애덤과 잠자리를 한 건 미안했다. 하지만 애덤과 로빈의 관계는 내가 끼어들기 이전부터 막바지에 다다라 있었다. 나 때문에 가정 파탄이 난 건 아니라는 뜻이다.

로빈이 떠나고 나서 애덤과 나는 정식으로 부부가 되었다. 모두가 비참해지는 것보다는 나은 결말이었다. 애덤과 로빈의 결혼 생활은 행복하지 않았다. 로빈은 할리우드에서 잘나가는 시나리오 작가인 남편에 대해 끊임없이 불만을 표출했다.

내가 애덤을 처음 만났을 때 그는 긁지 않고는 견딜 수 없는 가려운 부위 같았다. 나는 오랫동안 애덤의 주위에서 머물며 가까워지길 바랐다. 나는 머리, 옷, 말투까지 바꾸며 애덤이 원하는 사람이 되려고 애썼다. 내 욕심을 채우기 위해서라기보다는 내가 그의 괴로움을 치유할 수 있고, 로빈과 함께할 때보다 더 행복하게 해줄 자신이 있었기 때문이다. 로빈은 자신이 얼마나 운이 좋은 사람인지 몰랐다. 세 사람 가운데 두 사람이 행복할 수 있다면 모두가 불행한 것보다는 낫다.

애덤이 로빈과 함께한 10년의 세월을 고려하면 이혼은 놀라울 만큼 순조롭게 진행되었다. 로빈은 떠났고, 애덤은 남았고, 나는 그 집으로 들어갔다. 그 결정이 모두를 위한 최선이었고, 우리는 행복했다. 애덤과 나는 예전만큼 사이가 좋지는 않아도 여전히 함께하고 있다. 문제가 있다면 고치면 된다. 이번 주말에 우리 부부 문제를 해결할 생각이었는데 큰 실수였다. 로빈은 오래전부터 정신 상태가 조금 의심스러웠는데 이제 보니 확실히 미쳤다.

나는 층계참에 서서 벽에 걸린 그들의 결혼식 사진을 바라보며 마음을 굳게 다진다. 애덤과 로빈은 둘 다 카메라를 바라보며 환하게 웃고 있다. 나는 애덤이 그 사진에서 무엇을 볼지 궁금하다. 그리운 사람의 얼굴? 흐릿한 형체? 새삼 로빈이 아름다워 보일까? 둘이 잘 어울린다고 생각할까? 지금도 함께하길 바랄까?

애덤과 로빈도 처음에는 행복했을 것이다. 사랑이 증오로 바뀌는 건 물이 포도주로 바뀌는 것보다 훨씬 쉽다. 처음 함께 살게 되었을 때 애덤과 나는 공통점이 거의 없었지만 상관없었다. 애덤은 내가 책과 영화를 사랑하지 않아도 개의치 않았고, 처음 몇 달간은 잠자리도 훌륭했다. 나는 로빈보다 매력적인 몸매를 유지하기 위해 헬스장을 다니며 신경 써서 관리했다. 우리는 로빈이 직접 리모델링한 집의 모든 방에서 사랑을 나눴다. 두 사람의 결혼 생활이 남긴 잔재를 몰아내기 위한 내 나름의 의식이었다. 애덤과는 늘 대화가 끊이지 않았다. 애덤이 일하는 분야는 매혹적이었다. LA 출장이나 대본 리딩 현장에서 늘 유명 배우들과 감독들을 만났고, 나에게는 그 모든 게 너무나 흥미로운 이야깃거리였다. 애덤은 내 열띤 호응에 신이 나서 일 얘기를 했고, 우리는 매사에 장단이 잘 맞았다. 로빈과 이혼이 확정되자마자 우리는 혼인 신고를 했다. 결혼식은 간소하고 조용하게 치렀다. 그날 식이 열린 등기소에는 우리 둘밖에 없었지만 상관없었다. 굳이 다른 사람은 필요 없었다. 지금도 그렇고.

이 모든 게 로빈이 복수를 위해 꾸민 일이라면 그리 무섭지는 않다. 나는 로빈보다 똑똑하고, 정신적으로나 육체적으로 훨씬 강하다. 만약 전 남편을 되찾으려는 수작이라면 방법이 크게 잘못되었다. 미치광이와 함께하고 싶은 사람은 없을 테니까.

"그냥 떠나자." 내가 말한다.

"타이어가 다 터졌잖아."

"옆 마을까지 걸어가든지, 차가 보이면 얻어 타든지 하면 되잖아."

"그래." 애덤은 힘없이 대답한다. 극심한 충격에 빠진 기색이 역력하다.

"얼른 짐 챙겨."

나는 침실로 돌아가려다가 실수로 다른 문을 연다. 아까 여자아이의 방처럼 어젯밤에는 분명 잠겨 있던 방이다. 예배당에서 가장 큰 방으로 한가운데에 커다란 침대가 놓여 있다. 헨리가 사용하던 침실인 듯하다. 특이한 점은 사방 벽을 차지한 유리 진열장이다. 선반마다 나무를 깎아 만든 작은 새가 가득하다. 한 발짝 다가가 보니 모두 울새다. 같은 듯 미묘하게 다른 울새가 수백 마리에 이른다.

"여기 있다가는 정신이 점점 이상해지겠어. 어서 가자." 내가 애덤을 재촉한다.

나는 애덤을 데리고 헨리의 방을 나와 어젯밤 우리가 잤던 침실로 간다. 로빈의 존재감이 뚜렷한 방이다. 흰 침대보 위에 붉은색 실크 로브가 가지런히 놓여 있다.

"이게 무슨 의미일까?" 내가 물었지만 어리석은 질문이다. 우리는 답을 알고 있다. 붉은 로브는 애덤의 악몽에 등장하는 단골 소재다. 애덤의 어머니가 밤늦게 개를 산책시키러 나갔다가 뺑소니 차에 치여 사망했을 때 입고 있던 바로 그 옷.

"로빈이 왜 이런 짓까지 할까?" 애덤이 속삭인다.

"나도 모르지만 상관없어. 우린 어서 여길 떠나야 해."

"차도 없이 어떻게?"

"아까도 말했잖아. 걸어가면 돼."

애덤이 말없이 다른 곳을 보기에 나는 그의 시선을 따라간다. 화장대 거울에 빨간 립스틱으로 세 단어가 적혀 있다.

가위 바위 보

가위바위보

실크

올해의 단어

리다먼시(Redamancy) : 온전히 돌려주는 사랑

2020년 2월 29일, 우리의 열두 번째 결혼기념일이 되었을
수도 있는 날

애덤에게

결혼기념일마다 당신에게 비밀 편지를 썼지만 이 편지만큼은
반드시 읽어줬으면 해. 마침내 당신에게 모든 사실을 털어놓을

수 있게 되어 마음이 후련해. 난 당신이 죽도록 미울 때조차 당신을 사랑하지 않을 수 없었어. 솔직히 고백하자면 한때는 당신이 죽길 바라기도 했지. 당신 때문에 지독하게 마음이 아팠으니까.

우리가 결혼한 해가 2008년 윤년 2월 29일이니까 정확하게 오늘이 12년째가 되는 날이야. 이제 당신은 헨리 윈터가 내 아버지라는 사실을 알게 되었지. 당신에게 그 사실을 숨긴 이유는 많아. 헨리는 늘 우리 배후에 숨어 있었어. 심지어 결혼식을 한 날부터 그랬지. 당신은 그를 알아보지 못했을 뿐이야. 내가 헨리에 대해 말하지 않은 건 오로지 당신을 보호하기 위해서였어. 내 아버지는 음습한 이야기를 쓰는 작가일 뿐만 아니라 현실에서도 매우 음습한 사람이었거든.

당신이 헨리의 열렬한 팬이라는 사실을 알았지만 그가 우리 사이에 영향력을 미치는 게 싫었어. 당신이 나를 내 아버지와 상관없이 사랑해주길 바랐고, 그가 우리를 자기 뜻대로 주무를까 봐 두렵기도 했지. 나는 오래전에 헨리 윈터에게 연락해서 당신에게 기회를 달라고 부탁했지. 이해해주길 바라지는 않지만 당신을 사랑해서 그랬다는 걸 알아주었으면 해. 뒤늦은 깨달음은 참 가혹하지. 헨리 윈터가 내 아버지라는 사실을 당신이 진작 알았다면 아마 우린 여전히 열두 번째 결혼기념일을 함께 축하할 수 있었을 거야.

가위바위보

헨리 윈터는 뛰어난 작가였지만 실제의 삶은 미숙한 문장들로 꾸민 졸작이나 다름없었어. 어머니가 죽음을 선택할 때까지 괴롭혔고, 그다음에는 나를 못살게 굴었지. 헨리는 종종 나를 투명 인간처럼 대했어. 현실의 딸보다는 그가 창조해낸 인물들에게 눈과 귀가 쏠려 있었지. 헨리의 무관심과 무정한 태도는 나를 쓸모없는 사람처럼 느끼게 했고, 스스로 주변에 벽을 치게 했어. 당신을 만나기 전까지 나는 정말 외톨이었어. 나는 가끔 헨리가 할 수만 있었다면 나를 케이지에 가뒀을 거라고 생각해. 스스로 목숨을 끊은 내 어머니나 그가 키우던 토끼처럼. 블랙워터 예배당은 어머니의 케이지였고, 난 그걸 물려받기 싫었지.

헨리의 진정한 자식은 자기가 쓴 책들이었고, 나는 원치 않는 방해물에 지나지 않았어. 헨리는 가끔 와인을 너무 많이 마시면 나를 '비운의 사고'라고 불렀지. 심지어 한번은 생일 카드에 그 말을 써주기까지 했어.

비운의 사고에게
열 번째 생일을 축하한다!
헨리가

그때 난 아홉 살이었고, 그 카드는 생일 2주 뒤에나 도착했어. 헨리는 자기를 아빠나 아버지라고 칭한 적 없어. 나도 그렇

341

게 부른 적 없고.

내가 하는 모든 일이 헨리의 성에 차지 않았어. 자식들은 부모의 메아리라지만 어떤 부모는 그 소리를 거슬려 하지. 내 인생을 지키려면 그를 떼어내야만 했어. 헨리는 혼자 지내는 걸 그렇게 좋아하면서도 핏줄에 대한 집착이 컸어. 난 평생 감시당하는 느낌으로 살았는데, 실제로 그랬기 때문이야. 열여덟 살 때 집을 나와서 성도 어머니의 결혼 전 성으로 바꾸고 다시는 돌아가지 않았어. 헨리가 죽어가고 있다고 전화한 날까지.

그 후로 내가 한 모든 일은 당신과 우리를 위해서였어.

나는 소설을 한 편 써서 출간했고 최근에 두 번째 소설을 탈고했어. 두 번째 소설도 첫 번째와 마찬가지로 헨리 윈터의 이름으로 출간할 거야. 헨리가 죽었다는 사실을 굳이 세상에 알릴 필요는 없다고 생각해. 신작 소설《가위바위보》의 개요는 다음과 같아.

결혼한 지 10년 된 부부가 있다. 두 사람은 매년 결혼기념일 전통에 따라 종이, 구리, 양철 등으로 만든 선물을 교환하고, 아내는 남편에게 절대로 보여주지 않을 편지를 쓴다. 결혼생활의 명암을 적나라하게 담은 비밀 기록이다. 어느덧 결혼 10주년을 맞아 그들 부부는 함께 주말여행을 떠나 점점 틀어져 가는 사이를 바로잡으려고 하지만 세상사도, 사람도, 보이는 게 전부는 아니다.

가위바위보

어때? 익숙하지 않아?

당신의 각본과 내가 매년 당신에게 쓰는 비밀 편지의 조합이야. 물론 등장인물들은 가명으로 하고 내용은 허구와 사실을 적절하게 섞었지. 당신도 마음에 들 거야. 헨리 윈터는 에이전트에게 이 소설을 보내면서 즉시 각본 작업을 시작하라는 지침을 내릴 거야. 드디어 당신이 창조해낸 이야기를 스크린에 펼칠 수 있게 되겠지. 우리가 늘 꿈꿔온 일을 실현할 수 있게 된 거야. 물론 당신이 어밀리아와의 관계를 끝내야만 가능한 일이겠지.

정신 나간 계획처럼 보일지 모르지만 당신과 나, 우리의 앞날을 위한 일이 될 거야. 나는 매일 우리가 함께했던 날들이 그리워. 당신은 안 그래? 작은 단칸방에서 살던 시절 기억 나? 나는 그때의 우리가 제일 그리워. 그땐 가진 게 너무 없다고 생각했는데, 알고 보니 다 가진 거였어. 너무 어리고 미숙해서 몰랐을 뿐이야.

사람들은 나이가 들어서 어릴 적 꿈을 돌아보곤 해. 그 꿈이 지금보다 작아 보이면 기쁘고, 커 보이면 슬프지. 때로는 그 꿈을 구석에 버려 놓고 살아온 걸 뒤늦게 후회하기도 해. 내가 세운 계획이 우리가 늘 꿈꾸던 삶을 이루어줄 거라고 생각해.

헨리가 내 아버지란 것 말고도 당신이 그에 대해 몰랐던 사실은 많아. 헨리는 나랑 당신을 감시하려고 수년 동안 사설탐정을 고용했어. 당신이 바람을 피운다는 사실을 나보다 먼저 알아낸 사람이지. 내가 몰랐던 사실들과 당신이 여전히 모르는 사실들을 알아낸 사람이기도 하고.

사설탐정의 이름은 새뮤얼 스미스야. 샘은 아직 내 아버지가 살아 있는 줄 알아. 그 엄청난 착오 말고는 제법 유능한 사람이 분명해. 샘이 몇 년 동안 우리를 몰래 감시하며 작성한 주간 보고서를 헨리에게 보냈는데, 읽어 보니 만감이 교차하더라. 알고보니 샘은 우리뿐만 아니라 우리와 가까운 사람들 모두를 감시했어. 악토버와 어밀리아도 감시 대상이었지. 샘은 심지어 내가 떠나기 전후의 우리 집 사진을 헨리에게 보내기도 했어. 우리가 서로에 대해 아는 것보다 샘이 우리에 대해 알고 있는 게 더 많을 수도 있어. 나는 샘이 헨리에게 보낸 정보들을 당신과 공유해야 할지 깊이 고민했어. 당신을 괴롭히고 싶지는 않아. 난 여전히 당신을 사랑하니까. 언제나 사랑했고, 앞으로도 사랑할 거야. 그래서 나는 내가 알게 된 진실을 당신에게 전부 털어놓기로 했어.

어밀리아가 배터시에서 자원봉사자로 일하게 된 건 결코 우연이 아니야. 나와 친구가 된 것도, 당신에 대해 요모조모 캐물은 것도. 나랑 당신이 처음부터 어밀리아의 계획에 포함되어 있었다는 뜻이야. 어밀리아는 이미 30년 전에 당신을 만난 적 있어. 당신은 어밀리아의 얼굴을 알아보지 못했지. 당신이 어밀리아와 바람을 피웠을 때 샘은 예상보다 더 많은 정보를 알아냈어.

당신은 어밀리아에 대해 얼마나 알고 있어?

어밀리아 존스(당신과 결혼하기 전 이름이야)는 처음부터 당신과 나를 속였어. 어밀리아는 10대 때부터 유치장을 자주 들락거린 전과자야. 위탁 가정을 전전하며 비행을 일삼던 어밀리아는 한때 당신과 같은 동네에 살았고, 심지어 같은 학교에 다닌 적도 있어. 당신과 어밀리아가 열세 살 때야. 그 무렵 어밀리아의 비행은 마트에 들어가 물건을 훔치거나 차를 훔쳐 타고 돌아다니는 범죄 행위로 발전했지. 어밀리아는 훔친 차로 난폭 운전을 하다가 보행자를 치고 도주해 사망하게 만든 혐의로 경찰 조사를 받게 되었어. 그 전에 이미 일곱 대의 차량을 훔친 전력이 있었지. 어밀리아는 뺑소니 사망사고를 일으켰지만 미성년자인 데다 위탁모가 알리바이를 만들어줘 증거불충분으로 풀려났어. 위탁모는 훗날 알리바이를 조작했다고 실토했지.

어밀리아가 운전한 뺑소니차 사망 사고의 희생자가 바로 당신 어머니였어. 유일한 목격자인 당신은 안면실인증 탓에 가해 운전자의 얼굴을 알아볼 수 없었어. 범인 식별 절차에서도 당신은 끝내 어밀리아를 지목하지 못했지.

어밀리아는 멀리 떨어진 지역의 새 위탁 가정에 맡겨졌고, 그 후로는 딴사람처럼 얌전하게 살았어. 과연 어밀리아가 그 사건에 대해 반성하고 후회했을까? 죄값을 받지는 않았지만 죄책감이라도 느꼈을까? 몇 년 동안 은밀하게 당신을 따라다니고, 나를 이용해 당신과 가까워질 계획을 세운 이유는 뭘까? 지난날의 과오를 뒤틀린 방식으로 용서받기 위해? 나는 도저히 알 수 없으니까 당신이 직접 그 이유를 물어보길 바라.

　내가 아버지에 대해 속인 이유는 적어도 당신과 우리의 결혼 생활을 보호하기 위해서였어. 어밀리아의 거짓말 퍼레이드는 과연 누구를 위한 것이었을까? 어밀리아는 당신 어머니를 숨지게 한 뺑소니차 운전자야. 내 말을 못 믿겠다면 어밀리아에게 진실을 안다고 말해봐. 다만 조심해야 할 거야. 어밀리아는 그리 평범한 여자가 아니니까.

　어밀리아에게 석연치 않은 면이 있다고 느낀 적 없어? 어밀리아가 우리 집에 초대받지 않은 손님으로 온 적이 있지? 그날 당신은 어밀리아를 배우라고 묘사했어. 알고 보니 당신이 본 첫인상이 정확했어. 침대 옆에 놓여 있는 어밀리아의 수첩을 봤는데 당신의 악몽에 대해 아주 상세히 적혀 있었어. 어밀리아가 당신의 악몽에 왜 그리 관심이 많은지 의아한 적 없어? 아마도 당신에게는 범인의 얼굴을 떠올릴 수 있도록 도와주기 위해서라고 했겠지. 하지만 진실은 당신이 끝내 범인의 얼굴을 떠올리지 못한다는 사실을 확인하고 싶었기 때문일 거야. 어밀리아가 밤마다 수면제의 도움을 받아야 잠을 잘 수 있는 것도 무리는 아니야. 세상 누구라도 그 많은 죄를 떠안고 편히 잠들 수는 없을 테

가위바위보

니까.

난 사설탐정 샘이 보내준 이메일과 증거 자료들을 확보하고 있어. 내 얘기가 진실인 걸 확인한 뒤에도 어밀리아를 여전히 사랑하고 앞으로도 신뢰하며 살 수 있다면 당신을 잡지 않을게. 선택지는 가위바위보처럼 세 가지야.

바위 : 어머니를 숨지게 한 여자와 계속 살아가기.

보 : 예배당을 떠나 오두막집으로 오기.

밥과 나는 당신을 기다리고 있고, 다시 전처럼 셋이 함께하길 원해. 런던으로 돌아가면 소설 《가위바위보》를 헨리의 이름으로 출판할 거야. 장담컨대 당신은 마침내 당신의 순수 창작 시나리오로 큰 성공을 거둘 거야. 앞으로 다시는 남의 이야기를 각색할 필요 없이 당신만의 이야기를 쓰면 돼.

가위 : 이건 모르는 게 나을 거야.

선택은 당신 몫이야. 물론 쉬운 결정은 아니겠지. 하지만 우리의 가위바위보 룰을 기억한다면 간단할 거야.

당신의 로빈이

어밀리아

애덤과 나는 런던의 우리 집 침실과 똑같이 생긴 침실에 서 있다. 로빈이 떠나고 내가 새롭게 꾸민 침실. 다만 우리 앞에 펼쳐진 상황은 이전보다 훨씬 더 낯설다. 나는 이번 주말여행이 순조롭게 진행되지 않을 경우 애덤을 떠나기로 결심한 상태였다. 이미 변호사와 재무 관리사를 만나 이혼 관련 상담을 받았다. 생명보험을 들면 재산 분할을 할 때 유리하다는 조언도 들었다. 애덤에게 마지막으로 나를 잡을 기회를 주고 싶었는데 다 망했다. 진작 이혼 절차를 밟고 떠났어야 했다. 이미 내가 살 집도 알아보았다. 템스강이 내다보이는 멋진 아파트이다. 하지만 내심 이 결혼이 파탄으로 이어지지 않길 바랐다. 이번 주말여행이 우리를 다시 친밀하게 만들어주길 바랐다. 부동산 중개사가 다음 주까지만 결정하면 된다고 했으니 이번 주말여행이 끝나면 런던의 집으로 둘이 함께 돌아갈지, 애덤 혼자 돌아갈지 정해질 테니까.

얼마 전부터 내 비참한 삶 전체가 머릿속에서 자꾸만 되풀이된다. 약을 먹어도 잠들지 못하고 온갖 어두운 기억에 시달린다. 그 모든 실수, 잘못 든 길, 막다른 골목이 내 머리를 어지럽힌다. 내 어린 시절은 단 하루도 안락하지 않았다. 그 불우하고 서글픈 날들이 지금의 나를 만들었다. 보호자의 사랑을 받지 못하고 방치된 아이가 나 하나밖에 없는 건 아니지만 누구에게나 자신의 불행이 가장 큰 법이다. 어린 나이에 위탁 가정을 전전하다 보니 그 어디에서도 마음이 편하지 않았고, 그 누구도 믿을 수 없었다. 심지어 나 자신조차 믿을 수 없었다. 새 가정은 새 가족과의 만남, 새 학교로의 전학, 새로운 친구들과의 만남을 의미했다. 그럴 때마다 지난 시절의 어둠을 불사르고 새로운 버전의 내가 되려고 애썼지만 번번이 뜻대로 되지 않았다.

나는 어려서부터 내 부모의 죽음이 내 탓이라고 생각했다. 만약 내가 생기지 않았다면 그날 아버지는 어머니를 차에 태우고 병원에 가다가 트럭과 충돌하지 않았을 테니까. 만약 애덤이 나를 만나지 않았더라면 그의 삶은 지금과 많이 다르게 펼쳐졌을 것이다. 우린 비슷하게 시작했지만 이제 그 어느 때보다 멀리 떨어져 있다. 나는 애덤을 몇 년 동안 지켜봤다. 애덤의 성공은 인터넷을 통해 쉽게 확인할 수 있었다. 좋은 아내가 되고자 노력했지만 애덤은 아직도 로빈을 행운의 여신으로 여기고, 나를 그 반대로 생각한다. 나는 애덤을 행복하게 해주고 싶었다. 그의 어두운 과거를 몰아내려고 나름 오랜 시간 애썼다. 그러다 보니 이제 내가 어떤 사람인지도 모르겠다. 이제부터 미래에 집중해야 한다. 속죄 같은 건 신기루처럼 아무리 손을 뻗어도 잡히지 않으니까.

"'가위바위보'라니, 무슨 뜻이지?" 내가 묻는다. 로빈은 정말 미친 걸까? 애덤은 혼란스러운 얼굴로 방을 서성거린다. "왜 우리를 속여 이 산간벽지까지 오게 했을까? 왜 지난 10년 동안 자기 아버지의 정체를 숨기고 그가 죽은 사실을 아무에게도 알리지 않았을까? 왜 우리 개를 몰래 데려갔을까?"

"엄밀히 말해 밥은 로빈의 개였어." 애덤이 내 말을 반박하며 끼어든다.

"로빈이 밥을 그냥 버려두고 집을 나갔잖아. 목련 사건 이후로 한동안 잠적했다가 나중에 변호사를 통해 우리한테 연락했지."

"결혼기념일에 남편이 자기 친구랑 자기 침대에서 그러고 있는 장면을 목격했는데 어느 누가 제정신일 수 있겠어?"

"당신과 로빈의 사이는 내가 나타나기 전부터 이미 위태로

웠어.”

“난 결코 로빈한테 그런 상처를 주고 싶지 않았어.”

“버스는 이미 떠났어. 지금은 미친 전처를 그리워할 때가 아니야. 로빈이 예전에는 어땠는지 모르지만 지금은 완전히 사이코패스가 된 것 같아. 어젯밤에 내가 창문 너머로 본 얼굴도 아마 로빈이었을 거야. 여기 와서 벌어진 일은 다 로빈이 우릴 겁주려고 꾸민 짓이고. 아마 자가 발전기도 일부러 망가뜨렸겠지. 우릴 얼어 죽게 하려고.”

“자가 발전기는 내가 껐어.” 애덤이 말한다.

“뭐? 왜?”

애덤은 어깨를 으쓱한다. “되도록 빨리 런던으로 돌아가고 싶었어. 전기가 끊기면 당신도 기꺼이 동의할 줄 알았지.”

뒤통수를 호되게 맞은 느낌이 들지만 싸울 상대는 로빈이지 애덤이 아니다. 난 로빈이 짠 판에서 더는 놀아날 생각이 없다. 런던으로 돌아가면 다르겠지만 지금은 애덤과 같은 편을 유지해야 한다. 우리 두 사람이 힘을 합쳐 로빈을 물리쳐야 한다.

“오두막집에서 본 마녀가 로빈이겠지? 아직 오두막에 있을 테니까 당장 가서 결판을 짓자고. 당신은 로빈이 무서울지 모르지만 난 아니야.”

“그래, 솔직히 난 로빈이 두려워.” 애덤이 말한다.

내 남편이 이토록 한심해 보인 건 처음이다. 애초에 두 사람이 그냥 살도록 내버려 두었어야 한다는 후회가 싹튼다. 애덤과 로빈은 어쩌면 천생연분인지도 모른다.

"당신 전처가 어떤 사람인지 까먹었어? 거미 한 마리도 못 죽이던 여자야."

"여태껏 이런 데서 혼자 살았다면 많이 달라졌을 거야. 사람은 주어진 환경에 따라 변하니까."

"인간의 본성은 아무리 시간이 흘러도 안 변해."

그때 아래층에서 큰 소리가 울려 퍼져서 우리는 둘 다 정지화면처럼 몸이 굳는다. 예배당 전체가 쿵쿵 울린다.

"무슨 일이지?" 내가 속삭인다.

애덤이 미처 대답하기 전에 똑같은 상황이 반복된다. 너무나 큰 노크 소리. 마치 거인이 예배당 정문을 두드리는 것 같다. 잔뜩 겁에 질린 애덤의 표정을 보니 울컥 분노가 치민다. 난 로빈이 하나도 무섭지 않다.

침실을 박차고 나온 나는 계단을 단숨에 뛰어내려가 문을 향해 달린다. 그 결에 거실 책장에 부딪혀 책을 몇 권 떨어뜨린다. 내 몸에서 아드레날린이 뿜어져 나온다. 어제는 이상한 일들이 연이어 벌어져 많이 놀랐지만 이제 상대를 알고 나니 확신이 든다. 유령이나 마녀가 아니라 로빈이다. 나는 로빈이 우리에게 한 짓을 후회하게 만들어 줄 자신이 있다.

부트룸에 다다라보니 긴 예배 의자가 여전히 문을 가로막고 있다. 밀어보려고 했지만 꿈쩍도 하지 않는다. 애덤이 뒤에서 나타난다. 평생 함께하고 싶은 모습이 아니라 당장 떠나고 싶은 모습으로.

"의자 좀 치워 줘."

"너무 성급하게 굴지 말자."

"더 좋은 생각이라도 있어?"

애덤과 함께 무거운 의자를 밀면서 나는 내 남편의 소심한 면을 다시 본다. 간혹 삶이 소란스러워질 때마다 애덤은 겁에 질린 아이의 모습으로 돌아간다. 그 모습을 볼 때마다 애처로워서 지켜주고 싶었다. 애덤의 아픈 기억에 묻은 내 지문들을 깨끗이 지우고 다시 시작하고 싶었다. 지금은 애덤이 그냥 나잇값을 했으면 좋겠다.

밖에서 다시 문이 덜컹거리도록 세게 두드린다. 쿵쿵거리는 소리가 사방을 뒤흔든다. 우리 둘 다 한 발짝 뒤로 물러선다. 그때 벽에 달린 작은 거울들이 내 눈을 사로잡는다. 애덤의 얼굴이 여러 버전의 축소판으로 보인다. 거울 속 애덤은 웃고 있다. 옆에 선 애덤의 실물을 보니 미소는 온데간데없고 공포만이 가득하다.

나는 잠시 망설이다가 문손잡이를 돌려 본다. 여전히 잠겨 있는 걸 확인하자 내심 안도감이 든다.

"열쇠 어디 있어?" 내가 애덤에게 손을 내밀며 묻는다. 내 손이 떨리는 걸 애덤도 눈치챘을 것이다. 애덤은 주머니에서 고풍스러운 철제 열쇠를 꺼냈지만 손수 문을 열 생각이 없어 보인다. 애덤의 손에서 열쇠를 낚아채고 홈에 끼우려고 하지만 안 들어간다. 건너편에서 뭔가가 막고 있다. 다시 한번 시도했지만 마찬가지다. 나는 답답한 마음에 나무 문을 주먹으로 쾅쾅 친다. 예배당에 있는 스테인드글라스 창문은 개폐식이 아니다. 이 문이 유일한 출입구다.

그때 문 밑 틈으로 움직이는 그림자가 비친다.

"보나 마나 로빈이야. 저 미친년이 우릴 가둔 거야."

문을 쾅쾅 두드렸지만 아무런 반응이 없다. 나는 끝내 이성을 잃고 온갖 욕을 퍼붓는다.

그러자 문 밑으로 애덤의 이름이 적힌 편지 봉투가 쑥 들어온다.

애덤

내가 편지 봉투를 집어 들자 어밀리아가 **빼앗으**려고 한다.

"나한테 온 거야. 내 이름이 적혀 있잖아." 나는 편지 봉투를 위로 치켜들며 말한다. 나는 부엌으로 걸어가 원목 식탁 곁에 놓인 의자에 앉아 편지 봉투를 연다. 직접 손으로 쓴 편지다. 비록 내가 로빈의 얼굴을 알아보진 못 하지만 글씨체는 아직도 기억한다. 어밀리아가 맞은편에 앉는다. 나는 표정 관리를 하려고 애쓰지만 편지를 읽어 나갈수록 어려워진다.

당신은 어밀리아에 대해 얼마나 알고 있어?

나는 어밀리아가 보지 못하도록 편지를 더 높이 들어 올린다.

어밀리아가 배터시에서 자원봉사자로 일하게 된 건 결코 우연이 아니야.

두 번째 장으로 넘어가면서 손가락이 떨리기 시작한다.

어밀리아는 30년 전에 당신을 만난 적 있어. 당신은 어밀리아의 얼굴을 알아보지 못했지.

"뭐라고 적혀 있어?" 어밀리아가 편지를 낚아채려고 식탁 위로 손을 뻗는다.

난 대꾸하지 않고 편지를 든 손을 뒤로 물린다.

범인 식별 절차에서도 당신은 끝내 어밀리아를 지목하지 못했지.

속이 울렁거린다.

어밀리아가 운전한 뺑소니차 사망 사고의 희생자가 바로 당신 어머니였어.

그토록 충격적인 사실을 접하고서 평정심을 유지하긴 어렵다. 어밀리아도 뭔가 단단히 잘못되어 가고 있다는 사실을 눈치챈 것 같다.

"어서 뭐라고 적혀 있는지 말해봐." 어밀리아가 몸을 더 밀착해오며 재촉한다.

"잘 안 읽혀." 내가 대답한다. 거짓말은 아니다.

나는 겨우 끝까지 읽은 편지를 접어 주머니에 집어넣는다. 그런 다음 의자에서 일어나 스테인드글라스 창문으로 걸어간다.

지금은 어밀리아의 얼굴을 볼 수 없다. 뭘 보게 될지 두렵다.

　로빈은 내 아내이기도 하지만 내 첫사랑이자 가장 친한 친구였다. 어밀리아와 바람을 피웠을 때 나는 로빈뿐만 아니라 내 마음에도 비수를 꽂았다. 그 이후 판단 착오가 도미노처럼 줄줄이 이어졌다. 어밀리아와의 사랑은 사랑이 아니었다. 사랑의 가면을 쓴 욕망이었다. 나는 잘못된 여자와 결혼해 내 인생을 스스로 꼬았다.

　그 무렵 나는 슬럼프에 빠진 채 중년의 위기를 겪고 있었다. 경력은 제자리걸음을 할 뿐 앞으로 나가지 못하고, 글은 써지지 않고, 하루하루가 헛되이 흘렀다. 로빈도 나처럼 나에게 실망한 듯했다. 그 무렵 어밀리아가 다가와 의기소침해진 나를 태양처럼 바라봐주었고, 우쭐해진 나는 어밀리아의 유혹을 거절하지 못했다. 머릿속이 뒤죽박죽이어서 그런 일이 결코 일어나서는 안 된다는 걸 깨닫지 못했다.

　로빈이 떠나자 어밀리아는 기다렸다는 듯이 우리 집으로 왔다. 로빈이 두고 간 약혼반지를 발견한 어밀리아는 자기 손가락에 맞지 않는데도 한사코 그 반지를 끼겠다고 했다. 그 후로는 이혼 서류에 서명하라고 닦달했고, 나랑 아무 상의도 없이 로빈과 결혼했던 등기소에 예약해 뚝딱 결혼식을 올렸다. 결혼한 이후에도 어밀리아는 툭하면 나에게 정서적 협박을 가했다. 두 번째 결혼은 내가 절대로 지불하지 말았어야 할 몸값이었다.

시작부터 어긋난 재혼이었지만 나는 최선을 다하고 싶었다. 나는 어리석은 허영심을 챙기느라 머릿속에서 울려 퍼지는 경종에 주의를 기울이지 않았고, 본능이 전하는 경고를 무시했다. 나는 로빈을 사랑했고, 끝없이 그리워했다. 어밀리아와 이혼하려면 뭘 양보해야 하는지 변호사에게 자문하기도 했다. 하지만 어밀리아가 내 어머니의 죽음과 깊은 관련이 있고, 오랫동안 우리를 감시해왔고, 의도적으로 내게 접근하려고 했다는 말은 쉽게 믿어지지 않는다. 어밀리아가 그런 짓까지 저지를 수 있는 사람인가?

"당신, 오래전에 경찰서에 들락거린 적이 있어?" 내가 여전히 창밖에 시선을 두고 묻는다.

"편지에 뭐라고 쓰여 있기에 그런 말을 해?"

"혹시 어렸을 때 나랑 같은 아파트에 산 적 있어? 같은 학교에 다닌 적도 있고?"

어밀리아가 즉답을 하지 않아 속이 뒤집어질 것 같다. 그날 밤의 기억은 예나 지금이나 여전히 나를 괴롭힌다. 그날 퍼붓던 비는 소설의 등장인물처럼 존재감이 뚜렷하다. 도로를 세차게 두드리던 빗소리가 아직도 귓가에 선하다. 어머니가 걷던 길은 희미한 가로등 불빛이 인공 별처럼 비치는 검은 강물 같았다. 모든 일이 눈 깜짝할 사이에 벌어졌고, 순식간에 마무리되었다. 소름 끼치도록 크게 울려 퍼지던 타이어 소리, 어머니가 앞 유리에 부딪히던 소리, 어머니의 애끓는 비명, 개를 밟고 지나가는 소리가 거의 동시다발적으로 이어졌다. 그토록 크고 충격적인 소리는 처음 들었다. 고작 몇 초 사이였지만 머릿속에서 충격의 순간이 여러 번 반복 재생되었다. 그 뒤에는 끔찍한 침묵이 이어졌다. 내가 목도한 공포가 내 삶의 볼륨을 최대한 줄인 듯했다.

나는 아직 어밀리아를 볼 수 없다. 내 머리는 어밀리아의 말이 채우지 않는 빈칸을 메우느라 여념이 없다.

"차를 훔쳐 타기도 했어?" 내 목소리가 낯설게 들린다.

대답은 들려오지 않지만 내 뒤에서 울리는 숨소리가 점점 거칠어지고 있다. 어밀리아가 의자에서 일어나 나에게로 다가오며 힘겹게 숨을 몰아쉰다. 나는 겨우 억지로 고개를 돌려 어밀리아를 마주한다.

"열세 살 때 뺑소니 혐의로 체포된 적 있어?"

"애덤, 제발 좀 진정해." 어밀리아가 숨을 헐떡이며 어머니의 반지를 마구 비틀어 돌린다. 많이 긴장했을 때의 버릇이다. 사파이어가 어둠 속에서 나를 비웃듯이 반짝인다. 푸르고 아름다운 돌. 애초에 어밀리아가 끼면 안 되는 반지다.

"비가 억수처럼 퍼붓던 날 밤에도 훔친 차를 타고 돌아다녔어?"

"일단 좀 진정하고 얘기하자니까."

어밀리아가 숨을 헐떡이면서 흐느끼기 시작한다. 나는 여전히 어밀리아의 눈을 똑바로 볼 수 없다. 그저 손가락의 반지만 계속 노려보고 있다.

"그날 밤, 차가 보도를 넘었어?"

"애덤…… 제발……."

"붉은 로브 차림으로 개를 산책시키는 여자를 차로 치고, 그대로 달아나버렸어?"

"애덤 그만해."

"영원히 숨길 수 있을 줄 알았어?"

나는 고개를 들어 어밀리아의 얼굴을 쳐다본다. 처음으로 낯이 익다. 어밀리아는 주머니에서 흡입기를 꺼내 빨더니 텅 빈 걸 깨닫고 몸을 부들부들 떤다.

"제발 도와줘." 어밀리아가 속삭이듯 말한다.

"당신이 내 어머니를 죽인 차를 운전했어?" 나는 차오르는 눈물을 애써 삼키며 묻는다.

"애덤……."

"당신이었어?" 어밀리아는 고개를 끄덕이며 울음을 토해낸다. "어떻게 나한테 그런 일을 숨길 수 있지? 당신이 누구인지 왜 말하지 않았어? 정말 역겨워. 달리 표현할 말이 없어. 당신은 역겨운 거짓말쟁이야."

어밀리아는 숨을 쉬지 못한다. 난 이제 무얼 해야 할지, 무슨 말을 해야 할지, 어떻게 반응해야 할지 알 수 없어 천장만 바라보고 있다. 또 한 번 비 내리던 날 밤의 악몽을 겪는 느낌이다.

깊은 충격 속에서도 나는 본능적으로 어밀리아를 도우려고 손을 뻗는다. 그런데 어밀리아가 다시 입을 열자 차라리 막아버리고 싶다.

"나만 거짓말한 건 아니잖아." 그 말에 내 표정이 어땠는지 몰라도 어밀리아가 주춤 뒤로 물러선다. "미안해. 난 단지 당신을 행복하게 해주고 싶었어." 어밀리아가 숨을 헐떡이며 속삭인다.

"그렇다면 처참하게 실패했네. 난 당신과 함께하는 동안 단 한 번도 행복한 적이 없으니까."

그제야 처음으로 어밀리아의 얼굴이 똑똑히 보인다. 아주 잠시지만. 그 얼굴은 낯설고 추하고 어두운 무언가로 변한다. 희번덕대는 어밀리아의 두 눈이 부엌을 사납게 두리번거리다가 식칼을 잡는다. 어밀리아가 번뜩이는 칼을 들고 나에게로 다가온다. 그때 또 다른 얼굴이 어밀리아의 뒤쪽에서 나타난다. 또 다른 금속 날이 번뜩인다. 날이 몹시 날카로워 보이는 가위다.

가위

올해의 단어

샤덴프로이데(Schadenfreude) : 남의 불행을 고소히 여기는 심리

2020년 9월 16일

애덤에게

오늘이 우리의 결혼기념일은 아니지만 집으로 돌아온 지 반년
이 지난 이 시점에 당신에게 편지를 쓰지 않을 수 없었어. 우린
과거를 뒤로하고 다시 가족이 되었지. 당신과 나, 밤 그리고 집

토끼 오스카까지. 스코틀랜드에서 우리에게 있었던 일은 아무도 알지 못하고, 알 필요도 없어.

런던으로 돌아와 어밀리아의 수많은 흔적을 마주했을 때 우리는 둘 다 많이 힘들었지. 그래도 쓰레기봉투 몇 개와 페인트칠 한 번으로 거의 모든 걸 예전으로 되돌려놓을 수 있었어. 배터시로 돌아갈 수는 없었지만 괜찮아. 거긴 잊고 싶은 기억이 너무 많은 곳이니까. 게다가 난 이제 새로운 직업을 찾았어. 내 직업은 전업 작가야. 당신 말고는 아무도 모르지.

지난 6개월은 너무 바빴어.《가위바위보》는 내년에 출간될 예정이야. 많은 사람이 읽을 거라고 생각하니 많이 긴장되는 게 사실이야. 표지에 내 이름은 없겠지만 엄연히 내가 쓴 소설이고, 우리가 실제로 겪은 일들이 많이 녹아들어 있으니까. 당신이 예전부터 함께 일하고 싶어 했던 제작사가 이미 판권을 사들였고, 계약서에는 당신이 이 프로젝트의 유일한 각본가라고 명시되어 있지. 내가 직접 저작권 계약서에 서명했어. 헨리의 이름으로. 사람들은 걷다가 넘어질까 봐 두려워 발을 조심스럽게 내딛지. 거침없이 달리고 뛰어오르다가 넘어지고 부딪힌 경험이 쌓이면서 저절로 몸을 사리게 되나봐. 하지만 무언가를 간절히 원한다면 몸을 사리지 말고 힘차게 도약해야 해.

오늘《가위바위보》견본이 집에 도착했을 때 너무 기뻐서 울컥했어. 스코틀랜드에서 가져온 빈티지 황새 가위로 우편물을 개봉했지. 어릴 때부터 간직해온 가위야. 어머니가 두 개 구입해 나랑 하나씩 나누어 가졌지. 어머니를 떠올리게 해주는 유일한 물건이라 식기세척기에 한 번 돌리니 꼭 새것처럼 내게는 더욱 각별한 가위야. 어머니가 사용하던 가위는 일부러 블랙워터 예배당에 남겨두고 왔어. 나는 그 가위로 우리의 삶을 불행하게 만들었던 불쾌한 여자 기억을 도려내고, 배달된 책 상자를 열어 우리의 새로운 미래를 꺼내 보았어. 《가위바위보》는 이미 세계 20여 개국에 판권이 팔렸지. 표지에 누구 이름이 찍히든 상관없어. 그 소설은 우리들의 이야기야. 그 부분이 내게는 제일 중요해.

사람들은 헨리 윈터가 내 아버지였다는 사실을 알 필요 없어.

이제 그가 고인이 되었다는 것도.

어밀리아에게 일어난 일도.

어밀리아가 한때나마 당신의 부인이었다는 사실이 떠오를 때마다 치가 떨려. 당신이 블랙워터에서 손에 끼고 있던 결혼반지를 빼내 호수에 던져버렸을 때 정말 기뻤어. 당신도 나만큼 어두운 과거를 떨쳐버리고 싶어 한다는 걸 느꼈으니까. 나는 블랙워터를 떠나기 전 당신 어머니가 끼던 사파이어 반지를 어밀리아의 손에서 빼내려고 했어. 어밀리아는 애초부터 그 반지를 낄 자격이 없었으니까. 하지만 아무리 힘을 가해 뽑아내려고 해도 빠지지 않았지. 살아서나 죽어서나 날 괴롭히는 년이야.

물론 이 세상에 완벽한 사람은 없고, 결혼 생활은 결코 저절로 유지되지 않아. 지겹거나 슬플 때도 있지만 가치 있는 관계라면 반드시 지켜내야 해. 사람들은 불완전한 모습에서 아름다움을 보는 방법을 잊어버렸어. 비록 피로 얼룩지고 살이 좀 찢어졌어도 나는 지금 우리가 가진 모든 걸 소중히 여겨. 적어도 우리가 가진 건 진짜야.

이제 당신과 나 사이에 비밀은 없어.

나는 항상 과거를 돌아보기보다는 미래를 바라보는 게 최선이라고 생각해. 만약 우리가 이혼하지 않았다면 내년은 우리의 열세 번째 결혼기념일이 되었을 거야. 결혼 13주년을 축하하는 전통 선물은 레이스로 만든 제품인데, 난 이미 당신에게 무엇을 줄지 결정했어. 새 웨딩드레스는 내가 입겠지만 당신을 위한 거야. 내가 하는 모든 행위가 늘 그랬듯이.

당신의 로빈이

애덤

책은 마음의 거울이다. 사람들은 책을 통해 비친 자신의 모습
이 마음에 들지 않을 수도 있다. 지난 6개월은 나름 순탄했고,
내 삶은 비로소 정상 궤도에 올랐다. 로빈은 다시 집을 구석구
석 새 단장했다. 마치 어밀리아가 이 집에 머문 적이 없었던 것
처럼 모든 흔적을 지워나갔다. 나는 로빈이 돌아와 행복하고,
밥도 전보다 행복해 보인다. 우리에게는 로빈이 정말 많이 필요
했나 보다. 비록 얼굴을 알아볼 수는 없지만 로빈은 내면과 본
성이 아름다운 사람이다. 로빈이 뭘 하든지 내 눈에 비치는 모습
은 변함없을 것이다. 《가위바위보》는 드디어 영화 제작에 돌입

했다. 오프닝 타이틀에 '헨리 윈터의 소설을 원작으로 했다.'라고 떠도 감수할 수 있다. 아무리 까다로운 작가도 죽으면 눈치볼 필요 없다. 놀랍게도 로빈은 아버지만큼이나 스릴러를 잘 쓴다. 어쩌면 그리 놀라운 일이 아닐지도 모른다. 유령의 집은 자신이 유령일 때 가장 무서운 법이니까.

누구나 인생에서 하고 싶은 일을 해야 하는 시점이 온다. 우리는 시간이 무한하지 않다는 것을 알고 있기에 저마다 무의식적으로 꿈을 키운다. 나는 아주 오래전부터 꿈을 이루기 위해 애써 왔다. 결국 꿈을 이룰 자격이 있지 않나? 나는 그렇게 생각한다. 꿈을 이뤄 행복하지만 글쓰기는 쉽게 돈을 벌기 어려운 일이다. 다른 일을 하더라도 행복하게 살 수 있다고 생각했다면 당연히 그 길을 택했을 것이다.

나를 둘러싸고 다시는 생각하고 싶지 않을 만큼 끔찍한 일들이 벌어졌지만 나는 이전보다 잠을 푹 잔다. 내 악몽은 로빈과 함께 돌아온 이후 완전히 사라졌다. 마치 블랙워터에 과거의 아픔을 모두 묻어두고 온 것처럼. 어린 시절의 비극이 비로소 마무리된 것이다.

아직도 어머니의 죽음이 문득문득 떠오르긴 한다. 악몽은 사라졌지만 죄책감은 여전하다. 내가 약속대로 개를 산책시켰다면 어머니는 그날 밤에 거리를 걷다가 차에 치이지 않았을 것이다. 열세 살이었던 나는 어머니가 머리를 하고, 향수를 뿌리고,

화장을 하고, 붉은 로브를 입는 모습에 화가 났다. 우리 집에 남자 손님이 묵고 갈 때만 입는 옷이었다. 어머니는 친구라고 말했지만, 종이처럼 얇은 벽 너머로 들리는 소리는 결코 친구들 사이에서 내는 소리가 아니었다.

매번 다른 남자가 우리 집을 찾았다. 그게 너무 싫었다. 그날 저녁 또 다른 '친구'가 문을 두드렸을 때 나는 무작정 집을 뛰쳐나갔고, 아파트 뒤 공원에서 어떤 여자아이를 만났다. 그 아이와 나는 낡아빠진 그네에 앉아 미지근한 사과주 한 병을 나눠 마셨다. 술을 마시고, 담배를 피우고, 여자와 처음 키스했다. 나는 집에 가고 싶지 않았다. 그날 하루에 얼마나 많은 첫 경험을 할 수 있을지 궁금했다.

그 아이의 입에서는 담배와 풍선껌 맛이 났다. 그 아이는 내게 적당한 장소만 있으면 키스보다 더 짜릿한 경험을 할 수 있을 거라고 했다. 능숙하게 차를 훔친 그 아이는 버려진 창고 뒤에서 나에게 운전을 가르쳐주었다. 또 다른 첫 경험은 차의 뒷좌석에서 이루어졌다. 그때 우리도 친구들 사이에서 내지 않는 소리를 냈다. 어린 나는 그것이 사랑이라고 믿었다.

그 아이가 훔친 차로 동네를 한 바퀴 돌자고 했을 때 거절하지 않은 이유다. 그 아이의 해맑은 웃음소리가 떠오른다. 갑자기 퍼붓기 시작한 폭우로 앞이 잘 보이지 않았다. "더 빨리." 그 아이가 라디오 볼륨을 한껏 높이며 소리쳤다. "더 빨리!" 그 아이가 내 가랑이에 손을 얹는 순간 나는 반사적으로 고개를 숙였다. 놀라서 운전대를 확 꺾는 바람에 차가 빙글 돌았고, 고개를 들었을 때 눈앞에 어머니가 보였다.

어머니도 날 봤다. 모든 일이 순간적으로 벌어졌다. 끼익 하는 브레이크 소리, 보도를 덮치는 차, 공중에 펄럭이는 붉은 로브, 어머니의 몸이 차의 앞 유리에 부딪히는 소리, 바퀴가 개를 밟고 지나가는 둔탁한 소리, 그리고 긴 침묵.

처음에는 꼼짝할 수 없었다. 나는 그 아이가 악을 쓰는지도 몰랐다. 내가 아무런 반응을 보이지 않자 그 아이는 나를 차 밖으로 끌어내고 운전석에 올라타더니 그대로 차를 몰고 현장에서 사라져버렸다. 얼마 지나지 않아 이웃 사람 몇 명이 피투성이가 된 어머니를 끌어안고 우는 나를 발견했다. 다들 내가 어머니와 함께 개를 산책시키다가 변을 당했다고 믿어 의심치 않았다.

나는 그 아이의 이름을 몰랐다. 얼굴을 알아볼 수도 없었다. 경찰이 훔친 차를 운전한 것으로 의심되는 10대 소녀의 사진을 확인해달라고 했다. 나는 경찰을 도울 수 없었다. 두 번 다시 그 아이를 못 볼 거라 생각했는데, 알고 보니 내가 두 번째로 결혼한 여자였다.

어밀리아에게 일어난 일에 대해 죄책감을 느끼냐고? 아니.

안타까운 일이지만 사람은 매일 죽는다. 게다가 어밀리아는 그리 좋은 사람이 아니었다. 인생은 호텔이 아니기에 언제 체크아웃할지 아무도 모른다. 난 지금 내 기대치보다 더 행복하다. 그저 모든 걸 뒤로하고 싶었는데, 이제 그럴 수 있게 되었다. 때로 거짓말은 남에게든 나에게든 가장 친절한 진실이다.

샘

새뮤얼 스미스는 그리 행복한 사람이 아니다. 어린 시절 공포 소설과 추리 소설에 사로잡혀 스티븐 킹과 애거서 크리스티의 소설을 탐독했던 샘은 커서 형사가 되는 게 꿈이었다. 결국 형사와 비슷한 일을 하는 사설탐정이 되었지만 샘은 마흔 번째 생일에 런던의 작은 아파트에서 미지근한 맥주와 차가운 피자를 먹으며 인정했다.

이건 내가 꿈꾸던 삶이 아니야.

다음 날 시큰둥한 기분으로 잠에서 깨어난 샘은 어느 노인의 전화를 받았다. 노인은 사이가 멀어진 딸을 전문적으로 감시해

달라고 했다. 신원을 밝히길 주저했지만 샘은 의뢰인이 어떤 사람인지 분명하게 알아야 일을 수주하는 탐정이었다. 결국 노인은 자신이 유명 작가 헨리 원터라고 고백했다. 샘은 사설탐정일에 회의를 느끼던 중이었는데 헨리의 말을 듣는 순간 일이 급격히 흥미로워졌다.

처음에는 노인이 농담한 줄 알았다. 샘은 주로 독서를 하며 저녁 시간을 보냈다. 스릴러를 가장 좋아하는 샘에게 헨리 원터는 공포소설의 제왕이었다. 10대 시절부터 헨리 원터의 책을 탐독했다. 몇 가지 크로스 체크를 통해 의뢰인이 헨리 원터라는 사실을 확인한 샘은 설령 무보수라고 해도 기쁘게 일할 용의가 있었다.

하지만 사람이 먹고 살려면 돈을 벌어야 한다.

헨리는 귀신도 부릴 수 있을 만큼 돈이 많았다. 하지만 샘은 점점 헨리에게 보수를 청구하기 미안해졌다. 헨리의 딸과 남편을 몰래 지켜보는 건 너무나 손쉬운 돈벌이였다.

그 이후로도 수년 동안 거래가 이어지면서 샘은 내심 자신이 헨리와 친구가 되었다고 생각했다. 어떤 면에선 실제로 친구 사이라고 해도 무방했다. 심지어 샘은 헨리를 설득해 간간이 이메일을 주고받을 수 있도록 노트북을 마련하게 했다. 일주일에 두어 번 로빈과 애덤을 지켜보는 게 주요 업무였다. 그들의 햄스테드 빌리지 저택 밖에서 기웃거리다가 그들이 개를 산책시키거나 출근할 때 몰래 뒤를 밟곤 했다. 그리고 헨리가 원하는 방식으로 월간 보고서를 작성했다. 두 사람의 관계가 언제나 사무적인 건 아니었다. 그들은 종종 책이나 정치에 대해 담소를 나누었다. 직접 대면한 적은 없지만 헨리가 자신을 믿고 허물없이 이야기한다는 사실에 샘은 큰 자부심을 느꼈다.

적어도 한 달에 한 번은 대화를 나누었는데 헨리의 소식이 뜸해지자 샘은 점점 걱정되기 시작했다. 헨리는 전화를 받거나 되걸지 않고 가끔 이메일에 답장을 했다. 뜬금없이 개 사진을 보고 싶다거나 딸이 떠난 후 집 안이 어떻게 달라졌는지 상세히 알려 달라는 내용이었다. 샘의 망원 렌즈 카메라는 그럴 때마다 매우 유용하게 쓰였다. 하지만 노작가의 이메일은 이전처럼 친근한 느낌이 전혀 들지 않았다. 그러다가 어느 날 정기 지불을 끝으로 모든 연락이 끊겼다.

헨리의 딸을 몰래 지켜본 지 어언 10년이 지났다. 헨리가 특별한 설명도 없이 관계를 종료해버리자 샘은 못내 서운했다. 헨리의 신간이 나온 날 샘은 억하심정으로 맥주와 피자를 잔뜩 먹고 다음 날까지 책을 사지 않았다. 로빈이 애덤과 결혼한 이후 샘은 그 가족의 조용한 일원이었다. 애덤이 바람을 피울 때는 마음이 안타까웠고, 이혼했을 때는 우울했다. 그들 부부의 속사정을 파헤치는 일은 식은 죽 먹기보다 쉬웠지만 그 일을 오랫동안 맡아서 한 본질적인 이유는 아니었다. 그들은 지켜보기에 매우 흥미로운 부부였다. 성공한 시나리오 작가인 애덤, 유명한 아버지를 둔 로빈, 비밀스러운 과거. 샘은 심지어 강아지였을 때부터 보아온 밥을 멀리서나마 귀여워했다. 그래서 라이트 부부가 갈라섰을 때 진심으로 슬펐다.

몇 년 동안 지구상에서 사라졌던 로빈이 몇 달 전 다시 전남편에게 돌아왔을 때 샘은 스코틀랜드로 차를 몰고 가서 헨리에게 직접 이야기를 전하기로 했다. 노작가는 늘 사생활을 철저히 지켰고, 단 한 번도 집 주소를 알려주지 않았지만 샘은 당연히 그가 어디에 사는지 알았다. 비록 형사가 되고 싶은 꿈을 이루지 못했지만 웬만한 사람의 뒤를 캐는 일은 그의 전문이었다.

샘은 몇 년 전, 극히 드물게 헨리 윈터를 인터뷰한 신문 기사를 저장해두었다. 작가의 서재를 다룬 기사였다. 헨리가 한때 애거서 크리스티가 사용했던 빈티지 책상 앞에 앉아 있는 사진이 실려 있었다. 그 책상이 어느 경매장에 나왔었는지 알아내기까지 그리 오랜 시간이 걸리지 않았다. 배달기사에게 뇌물을 먹이고, 주소를 알아내는 일도 마찬가지였다. 하지만 헨리의 스코틀랜드 집은 상상했던 것보다 찾기 어려웠다.

런던에서 스코틀랜드까지 가는 길은 고통스러울 정도로 길고 험했고, 휴대폰이 터지지 않는 산간벽지에서 그가 확보한 헨리의 주소와 우편번호는 거의 무용지물이었다. 샘은 블랙워터 예배당을 찾으려고 산과 호수 주변을 끝없이 헤매다가 몇 마일 안에서 본 유일한 마을인 할로그로브로 돌아갔다.

날은 점점 어두워지고, 가게는 하나뿐이었다. 가게 주인 여자가 차에서 내리는 샘을 보자마자 '영업 종료' 팻말을 걸었다. 샘이 굴하지 않고 다가가 노크하자 주인 여자가 한층 더 불쾌한 낯으로 문을 열어주었다.

샘은 주인 여자의 명찰을 확인했다. 패티.

"무슨 일인데요?" 패티는 샘을 향해 눈을 부라리며 시비조로 물었다. 언뜻 보기에도 사람을 기분 나쁘게 만드는 재주가 있는 여자였다. 하지만 패티의 말은 뜻밖으로 매우 유용했다.

"지난 몇 년 동안 아무도 헨리 윈터를 본 사람이 없어요. 가뜩이나 꼴 보기 싫은 노인네인데 잘됐죠, 뭐. 그 늙은이는 오래도록 일한 가사도우미를 가차 없이 해고했어요. 새로운 가사도우미는 베이크드 빈스랑 이유식 중독에 빠진 여자였죠. 어쩌다 한 번씩 들르는데 몇 달 전부터 코빼기도 안 보이네요. 블랙워터 예배당에 갔다가 뭔 일이 생겨도 날 탓하지 말아요. 거긴 귀신들린 집이 아니라 아예 저주받은 집이니까. 아무나 붙잡고 물어봐요. 다들 내 말이 옳다고 할 테니까."

샘은 터무니없이 비싼 가격이 붙은 버번위스키를 한 병 샀다. 오랜 친구를 빈손으로 방문하고 싶지 않았다. 주인 여자에게 감사의 뜻으로 10파운드를 건네자 손수 그린 약도를 쥐여주었다.

샘은 마치 탐정소설의 주인공이 된 기분이었다. 헨리의 전화는 약 2년 전에 끊겼다. 그 무렵부터 헨리가 마을에 발길을 끊었다고 한 가게 주인의 말과 일치했다. 가사도우미에 대해서는 들은 바가 없었다. 헨리가 신경 쓰는 사람은 그의 딸 로빈 뿐이었다. 샘은 그들 부녀가 남보다도 못한 사이로 지내는 게 몹시 안쓰러웠다. 딸과의 소원한 관계가 노작가의 오랜 한이기도 했다.

로빈은 어릴 때부터 다루기 쉽지 않은 아이였다. 오래전 헨리가 문학 축제에서 만난 로맨스 소설가가 로빈의 모친이었는데, 로빈이 여덟 살 때 욕조에서 익사했다. 부모가 소설가였으니 로빈이 사실과 허구를 구분하는 데 어려움을 겪은 건 무리가 아니었다. 헨리의 말에 따르면 로빈은 집에서나 학교에서나 늘 근거 없는 이야기를 지어내 문제를 일으켰다. 언젠가 학교에서 정학 처분을 받는데, 사람을 죽이기 전에 이름을 세 번 속삭이는 귀신 이야기로 기숙사 여학생들에게 공포감을 주었기 때문이다. 물론 상상력이 과했을 뿐이고, 부모에게서 물려받은 천부적 기질인데, 헨리가 엄하게 훈육하려 든 게 잘못이었다. 로빈은 어느 날 가위로 제 머리카락을 잘랐고, 길게 땋은 금발 두 뭉치를 베개 위에 보란 듯이 남겨두었다. 헨리는 아내의 죽음 이후 자신을 탓했지만 딸을 키우느라 애쓴 그 어떤 노력도 효과를 보지 못했다. 로빈은 셀 수 없이 자주 블랙워터 예배당을 뛰쳐나갔고, 열여덟 살이 되자 아예 잠적해버렸다. 로빈이 몇 년 만에 연락해 남편 일을 부탁하지 않았다면 영영 인연이 끊어졌을지도 모른다. 헨리는 처음부터 애덤을 좋아했다. 사위에 대해 이야기할 때면 항상 미소를 띠었다. 소설 각색을 몇 편이라도 허락한 건 애덤이 무척이나 마음에 든다는 뜻이었다. 헨리는 사위를 자신에게는 없는 아들로 생각하게 된 듯했다. 헨리는 애덤이 로빈의 삶에 좋은 영향을 미친다고 생각했고, 로빈이 행복하다면 자신은 멀리서 지켜보기만 해도 좋다는 태도였다. 그것이 바로 헨리가 샘을 통해 알고 싶은 전부였다.

로빈은 행복했을까?

로빈은 어렸을 때부터 소설 쓰기뿐만 아니라 편지 쓰기도 좋아했다. 집을 나가기 전에 로빈은 아버지에게 마지막 편지를 남겼다. 작별 인사 겸 감사 인사였다. 로빈은 아버지로부터 물려받은 것 중에서 유일하게 마음에 드는 게 자신의 이름이라고 했다. 고인이 된 아내가 고집을 부려 '알렉산드라'를 정식 이름으로 했지만 헨리는 늘 자신이 택한 가운데 이름으로 딸을 불렀다. 로빈은 언제든 새처럼 날아갈 수 있는 기분이 들어 그 이름을 좋아했다고 편지에 썼다. 그 말대로 로빈은 훨훨 날아가 다시는 돌아오지 않았다.

샘은 구불구불한 산악 도로를 주시했다. 사위가 어두워지면서 길을 찾기 더욱 어려웠다. 가게 주인이 그려 준 약도가 생각나 참고해보려고 꺼내들었다. 샘은 약도 아래에 적힌 패티의 전화번호를 보고 몸서리를 쳤다. 사막에서 목이 타 죽더라도 마실

물이 따로 있는 법이다. 그렇게 주도로를 벗어났을 때에야 깨달았다. 블랙워터 호수 표지판은 계속 그 자리에 있었다는 걸. 흔적만 남아서 못 보고 지나쳤을 뿐이었다. 보아하니 누군가 도끼로 표지판을 내리친 듯했다.

좁은 산길을 따라가다가 양 몇 마리를 간신히 피했고, 오른쪽에 있는 작은 오두막집을 지나쳤다. 언뜻 보기에 폐가 같았다. 일단 포기하고 하룻밤 묵을 곳이라도 찾아야겠다고 결심한 바로 그때 헤드라이트 불빛이 멀찍이 떨어진 낡은 예배당의 하얀 외관을 어렴풋이 비추었다.

연료 경고등에 불이 들어왔지만 샘은 예배당 근처에 중고 BMW를 세우면서 희망에 부풀었다. 기꺼운 마음은 그리 오래가지 않았다. 건물은 깊은 어둠 속에 잠겨 있었다. 아무도 살지 않는 게 분명했다. 크고 고풍스러운 건물의 나무 문은 굳게 잠겨 있을 뿐만 아니라 자물쇠에 쇠줄이 둘러져 있었다. 문 주변에 잔뜩 낀 거미줄로 보아 사람이 오랫동안 드나들지 않은 게 여실했다.

그 먼 길을 헛걸음했다고 생각하니 몹시 허탈했지만 샘은 미련을 버리지 못하고 차 트렁크에서 손전등을 꺼내 예배당 주변을 둘러보았다. 예배당 안으로 들어갈 방법을 찾고 싶었지만 스테인드글라스 창문 말고는 다른 문이 없었다. 어둠 속에서 희미하게 빛나는 나무 조각상들이 보였다. 고목 그루터기를 깎아 만든 으스스한 토끼와 올빼미들은 한 번 부딪치고 나서야 알아챌 수 있을 만큼 깊은 어둠에 잠겨 있었다. 부리부리한 올빼미 눈들을 마주하자 소름이 끼쳤지만 동시에 묘한 안도감이 들었다. 헨리가 목공예를 좋아한다는 말을 들은 적이 있다. 고된 집필 작업 끝에 나무를 깎는 일이 머리를 비우게 해준다고. 적어도 헨리의 집을 제대로 찾아온 셈이었다.

예배당 뒤편에 묘지가 있었다. 처음에는 칠흑같이 어두워 잘 보이지 않았는데 샘이 가까이 다가가 손전등을 비추자 오래된 묘비들이 드러났다. 대부분 비스듬히 기울어져 있거나 귀퉁이가 떨어져 나가거나 이끼가 뒤덮여 있었다. 하지만 전부 오래되거나 읽을 수 없는 건 아니었다. 조금 면발치에 세워진 지 얼마 되지 않은 묘비가 샘의 시선을 사로잡았다. 가까이 가보려고 발걸음을 옮기다가 흙더미에 걸려 넘어지면서 손전등을 떨어뜨렸다. 샘은 헨리 윈터의 소설 모두를 두 번씩 정독한 스릴러 마니아이기에 웬만한 상황에서는 겁을 먹지 않았다. 하지만 한밤중에 묘지에서 무릎 꿇고 엎드려 손전등을 찾다 보니 등줄기가 섬뜩했다. 풀 한 포기 나지 않은 묘를 보니 최근에 묻힌 사망자가 있다는 뜻이었다. 신원미상 부랑자의 묘처럼 묘비는커녕 아무런 표식이 없었다. 그때 샘은 땅 밖으로 튀어나온 뭔가를 발견했다. 천식용 흡입기였다.

갑자기 불안감이 엄습해왔다. 예배당이 저주받은 집이라고 했던 가게 주인의 말이 떠올랐다. 그때 등 뒤에서 누군가가 그의 이름을 속삭였다.

새뮤얼. 새뮤얼. 새뮤얼.

돌아보니 아무도 없었다.

분명 바람 소리였을 것이다. 두려움과 상상력은 아무리 겁 없는 사람도 공포에 떨게 할 수 있다. 이런 곳에서 자란 아이가 사실과 허구를 결합해 무서운 이야기를 써내는 건 어쩌면 당연하다. 샘은 헨리와 연락이 닿는 즉시 로빈에 대해 물어보기로 다짐했다. 돌아가는 길에 아까 마을에서 본 작은 파출소에 들러볼 작정이었다. 누군가는 헨리의 행방을 알고 있을 것이다. 세계적으로 유명한 작가가 그냥 아무런 종적도 남기지 않고 사라질 리만무하니까. 게다가 헨리는 내년에 신작 《가위바위보》를 출간할 예정이다. 샘도 예약 주문을 해놓은 상태였다.

샘은 손전등을 찾아 들고 질척한 땅에서 일어나 최근에 세운 것으로 보이는 묘비를 향해 걸어갔다. 그리고 그 안에 새겨진 글귀를 몇 번이고 다시 읽었다. 마치 외국어를 독해하듯이.

헨리 윈터
한 사람의 ~~아버지~~, 많은 사람의 작가
살인자

가위바위보

무덤 위에 장신구를 넣어두는 작은 유리 상자 하나가 있었다. 샘은 잠시 망설이다가 허리를 굽히고 손전등을 유리 상자 가까이 비추었다. 세 개의 물건이 들어있었다. 사파이어 반지, 종이학 그리고 작은 황새 모양 빈티지 가위. 그중에서도 반지가 가장 먼저 눈에 들어온 건 푸른 보석 때문이 아니었다. 그 반지가 절단된 손가락에 끼여 있었기 때문이다. 그때 바람이 불었다. 누군가가 또다시 자신의 이름을 속삭여 부르는 듯했다. 샘은 뒤도 돌아보지 않고 허둥지둥 차를 향해 달려갔다.

〈끝〉

옮긴이의 말

번역가마다 작업 방식에 따라 원서를 끝까지 읽고 번역하는 사람과 읽어 나가면서 번역하는 사람이 있다. 장편소설의 경우 아무래도 전체 줄거리와 인물들의 성격 및 관계 변화를 파악하고 있어야 작업 과정에서 오독, 오역 가능성이 줄기 때문에 한 번은 읽고 시작하는 편이 좋지만, 나는 출판사로부터 미리 검토 의뢰를 받지 않는 한 앞부분만 읽고 작업에 돌입하는 편이다. 원체 눈과 손이 느려서 읽는 시간에 옮겨야 한다는 조급증이 일기도 하고, 일단 착수하면 뒷이야기가 궁금해 작업에 탄력이 붙기도 해서다.

《가위바위보》는 검토를 거치지 않고 바로 번역 의뢰를 받아서 운이 좋았다. 이야기에 몰입해서 따라가다가 기대한 만큼 짜릿한 반전을 만끽했으니까. 역자인 동시에 독자로서 쾌감도 얻으니 작업이 한층 더 즐거웠다. 내가 번역에 앞서 읽은 부분은 붉은 로브 차림의 여자가 애덤의 악몽에 등장하는 대목까지다. 그는 누구이고 애덤과 어떤 관계일까? 오두막에 사는 음침한 여자 로빈은 왜 모든 걸 다 아는 뉘앙스를 풍길까? 이야기를 가장 느리고 꼼꼼히 읽는 역자마저 뒤통수를 얼얼하게 맞았으니 독자분들도 믿고(?) 읽을 수 있을 것 같다.

한마디로 '내 배우자가 수상하다.'라고 요약할 수 있는 '메리지 스릴러' 또는 '도메스틱 스릴러' 장르는 가장 가까운 관계와 평온한 일상 속에 감춰진 비밀을 드러내 서늘한 공포를 준다. 내가 선택한 가족과 보금자리가 처음부터 거짓말로 얼룩져 있다는 걸 알게 된다면 얼마나 끔찍할까. 작가 앨리스 피니는 장르의 문법을 충분히 살려 부부 사이뿐 아니라 부모 자식과 친구 사이 등 밀접한 관계들이 기만과 이중성으로 시작하면 어떻게 어그러질 수 있는지 보여준다.

물론 굵직한 반전만으로 재미를 보장할 수는 없다. 연속극이 매화 시청자의 흥미를 유발해 다음 화를 보도록 유도하듯이, 작가는 우리를 스코틀랜드 설산의 괴괴한 예배당으로 데려가 날붙이 가득한 식량 창고, 음산하기 그지없는 지하실, 떠나온 집과 **빼닮은** 침실 등을 하나씩 보여주며 쉴 틈 없이 긴장감을 불어넣는다. 서로를 절대 신뢰하지 않는 부부의 심리전도 마찬가지다. 다소 지루할 수도 있는 과거 서술은 올해의 단어, 가위바위보, 결혼기념일 전통 선물 등 갖가지 상징으로 버무려 흥미로운 전

개를 이어간다.

애덤의 안면실인증 말고도 등장인물들은 저마다 나름의 실인증을 지녔다. 애덤은 배우자의 내면을 보지 못하고, 어밀리아는 진실한 사랑을 보지 못하고, 로빈은 문제의 핵심을 보지 못하고, 헨리는 타인의 능력을 보지 못한다. 자신의 결핍을 타인의 인정으로 채우려다 실패하면 불행한 사태가 벌어지곤 한다. 결말은 인과응보의 형태를 띠었으나 아무도 자신의 실인증에서 끝까지 벗어나지 못한 채 나약하고 독선적인 선택을 한다는 점에서 해피엔딩이라고 보기는 어려울 것 같다.

번역 작업을 마친 지난겨울, 강원도 인제의 곰배령에서 설산 트레킹을 했다. 하필 폭설이 내린 다음 날이었다. 무릎까지 쌓인 눈을 헤치며 정상을 찍고 돌아와서는 눈에 파묻혀 헛도는 차바퀴를 꺼내느라 진땀을 흘렸다. 30분 만에 나타난 귀인이 차를 힘껏 밀어주지 않았다면 정말 난감한 상황에 놓일 뻔했다. 눈발이 흩날리는 도로에서 웬 판지 상자가 통통 굴러다니나 했는데 자세히 보니 고라니였다. 아무리 아름다워도 이런 설국에서 완전히 고립된다면 얼마나 무서울까. 작업 중에 경험했더라면 라이트 부부의 심정에 더 몰입할 수 있었을 텐데, 살짝 아쉽다는 이상한 소회를 남긴다.

이민희